카
레
라
이
스

카레라이스

2017년 11월 7일 1판 1쇄 인쇄 / 2017년 11월 15일 1판 1쇄 발행

지은이 김은령 / 펴낸이 임은주
펴낸곳 도서출판 청동거울 / 출판등록 1998년 5월 14일 제406-2002-000128호
주소 (10881) 경기도 파주시 문발로 115 (파주출판도시) 세종출판벤처타운 201호
전화 031) 955-1816(관리부) 031) 955-1817(편집부) / 팩스 031) 955-1819
전자우편 cheong1998@hanmail.net / 네이버블로그 청동거울출판사

책값은 뒤표지에 있습니다.
잘못 만들어진 책은 바꾸어 드립니다.
지은이와의 협의에 의해 인지를 붙이지 않습니다.

First published in Korea in 2017 by CheongDongKeoWool Publishing Co.
Printed in Korea.

ISBN 978-89-5749-199-7 (03810)

이 도서의 국립중앙도서관 출판시도서목록(CIP)은 서지정보유통지원시스템 홈페이지
(http://seoji.nl.go.kr)와 국가자료공동목록시스템(http://www.nl.go.kr/kolisnet)에서
이용하실 수 있습니다. (CIP제어번호: CIP2017029196)

카레라이스

김은령 장편소설

청동거울

차례

카레라이스

"나는 이제 밥을 그만하고 싶어. 그동안 너무 밥을 많이 했어. 질린 상태야. 끼니때마다 시간 맞춰 밥하는 거 안 하고 싶어. 배고플 때 편한 마음으로 먹고 싶은 것 즐기면서 만들고, 그러면서 살고 싶어. 해방되고 싶어."

'밥질'하는 여자

'나만큼 밥 많이 하는 여자가 어디에 또 있을까? 으이구 이놈의 밥질은 언제나 끝나려나. 죽어야 끝나는 게지. 꼴까닥 죽고 나야…… 쯧쯧.'

쌀과 일곱 가지 잡곡을 섞어 전기밥솥에 넣고 취사 버튼을 누른다. 도마에다 당근을 거칠게, 거의 집어던지듯 올리고 칼질을 시작한다.

탕탕탕 타당탕 다탕 다탕 다탕…….

'밥 많이 하기 대회가 있다면 단연 우승했을 게다, 단연!'

외출복 위에 앞치마를 두른 채 주방 조리대 앞에서 이어지는 유난(有難)의 푸념이다. 불평을 해대면서도 카레의 재료는 마치 어느 요리사의 조리대처럼 준비되어 있다. 담아낼 그릇도 어느 틈에 꺼내 놓았다. 메뉴와 세팅을 분리하지 않는 그녀는 경력자의 면모를 갖추었다. 싱싱한 왕새우와 특상급 쇠고기 안심, 송이버섯, 적양파,

당근, 파프리카, 브로콜리, 호박, 일본산 고형카레. 채소는 모두 유기농이다. 유난은 재료의 선정에서 조리, 스타일링까지 요리의 전 과정을 아주 잘해낸다.

비록 한 접시의 카레일지언정 어떻게 만드느냐에 따라 일품요리가 될 수도 있고 달랑 한 접시의 간편식이 되기도 하지 않겠는가. 마치 녹차를 만들 때 정성껏 다법을 갖춰 우려내는 것과 티백으로 쉽게 우려내는 것의 차이와도 같이. 유난은 비교적 쉽고 간단한 카레라이스도 요리급으로 만들어 내는 실력자다. 저녁 메뉴가 카레인 것은 낮에 만난 친구 풍선이 마침 일본산 고형카레를 유난에게 몇 개 건네었기 때문에 고민 없이 쉽게 결정된 것이다. 급하게, 그러나 완벽하게 장을 보고 집에 들어와 비닐 쇼핑 봉지를 내려놓자마자 밥질을 시작했으니 유난의 마음속에선 편하지 못한 감정이 뒤끓고 있는 것이다.

'나만큼 밥 많이……'라는 말은, 밥을 해서 밥벌이하는 사람들은 빼고, 유난과 비슷한 환경을 가진 사람들과 비교한다는 뜻이다. 달랑 두 식구가 살면서 육십을 바라보는 나이에 아직도 두 끼나 챙겨야 한다는 사실이 억울하여 가슴이 답답할 지경이다. 그동안 삼시세끼뿐 아니라 셀 수 없이 많은 도시락도 쌌으니, 유난이 밥을 많이 한 건 확실한 사실이긴 하다. 도시락에 대하여는 정말이지 생각도 하기 싫을 정도였다. 어쩌다 도시락 모양새의 그릇만 보아도 마음이 절로 무거워졌다. 요즈음 도시락의 추억이니 뭐니 하며 식당 메뉴에도 도시락밥이 등장을 했다는데, 글쎄 도시락 꽤나 싸본 경험이 있는 사람보다는 도시락을 먹기만 했던 사람들의 추억되새김질이 아닐까 싶다.

바쁜 하루였다. 종일 시간에 쪼들렸기에 더욱 오늘 저녁 밥질이 부담스럽기만 하다. 유난은 수입을 창출하는 직업이 있는 것이 아니니 바빴다고 말하기에는 좀 떳떳하지 못한 면도 있긴 하다. 그저 저녁 밥질에 시간을 맞추어 귀가하는 것이 벅찼던 것이다. 같이 있던 친구들의 느긋함과 자신의 쪼들림이 비교되어 더욱 짜증이 났다. 밥하기가 정말 싫은 유난에게는 요리라든가 식사 준비라는 말보다는 '밥질'이라는 표현이 더 적절하다. 유난은 사람들이 쉬운 말로 '대충 먹지, 뭘 그래.'라고 말하는 걸 들으면 가슴이 더욱 답답했다. 대충 먹어도, 잘 차려 먹어도 한 끼의 식사를 차리는 것은 마찬가지일 것이니, 밥질의 횟수가 줄지 않는 한 유난의 불만도 줄어들지 않을 것이다.

스물여섯 살에 결혼한 이래 단 하루라도 밥으로부터 자유로웠던 날이 있었던가. 결혼을 한 그 순간부터 밥질이란 것은 유난의 인생에 있어 중심축이었다. 심지어 여행지에서조차도 끼니의 굴레를 벗어나지 못하고 때마다 자동반사적으로 근심을 해댔다. 주방에서의 노동은 없었을지라도 가족 식생활의 총책임자로서의 책무는 여전히 유난의 것이었기에 메뉴와 적당한 시간을 조율하고 챙겨야 했다. 가끔 외식을 할 때나 배달 음식을 주문할 때도 직무유기를 했다는 일말의 죄책감과 함께 총책임자로서 진두에 서야 했다. 귀가를 한 식구들에게 직접 차려주지 않았던, 그들이 밖에서 먹었던 끼니의 메뉴까지도 번번이 검토를 했다.

어느 해인가 겨울방학 때는 하루에 여덟 번의 식탁을 차린 적도 있었다. 참고로 그때의 가족 구성원은 네 명이었다. 방학이 되어 하루 일과를 다르게 하는 가족들과 유난의 유난스러운 밥질 담당 본능이 어우러져 하루 종일 오직 밥만을 한 듯했다. 까딱하면 주방에서 순직할 뻔했다. 이렇듯 유난의 결혼생활은 식솔들의 뒷바라지 중에서도 밥, 밥을 해먹여야 하는 일이 핵심 임무였다. '밥'으로 프로그래밍된 회전 터빈이 뇌 속에 자리를 잡고 쉼 없이 돌고 또 돌았다.

결혼 전까지 유난은 오랜 세월 동안 밥하는 일과는 별 상관도 없는 교육들을 받았지만, 다행히 타고난 손맛 덕에 밥을 맛있게 잘했다. 전공이었던 수학은 밥하는 일을 포함한 살림살이에 별반 도움이 되지 않았다. 게다가 세상살이의 약삭빠른 계산 같은 것은 그다지 잘하지도 못하는 그녀였지만, 사람들은 수학 전공인 유난이 셈이 빠를 것이란 의심까지 해대었다. 지난 긴 세월 동안의 공부는 정말이지 살림살이에 도움이 되기보다는 오히려 밥하는 일에만 전념할 수 없게 하는 장애요인인지도 몰랐다. 무언가 자기가 진짜로 해야 할 일은 어딘가에 따로 있을 것만 같았기에 유난은 생활 속의 어떤 일에서도 온전한 즐거움을 느낄 수가 없었다.

유난은 결혼을 하기 전에 2년간 남자고등학교에서 수학교사를 했다. 교사생활을 하는 동안 유난은 열정적이었다. 주변에서 유난스럽다는 말을 들을 정도로 완벽하게 일을 했다. 좀 더 창의적인 교수법을 위해 온갖 연수에 빠지지 않고 앞장서 다녔고, 해외논문까지 검색을 하는 열의가 있었다.

유난이 자신의 학교일에 몰입하고 있을 때 친정엄마는 유난의 결혼을 서두르고 있었다. 여자 나이 26세를 넘기면 좋은 혼처가 없어진다고 하며, 맞선보기를 종용했다. 거의 주말마다 엄마가 선별해 둔 신랑감들을 만나야 했다. 유난은 힘겨웠다. 마음이 맞는 남자도 없었을 뿐 아니라, 밀려 가는 학교일 때문에 마음이 편하지가 않았다. 그 시절 유난의 관심은 자신의 학교일에만 쏠려 있었기 때문이다.

유난이 남편을 만나게 된 것은 열대여섯 번째쯤의 맞선자리에서였다. 남편을 처음 만나던 그날은 주말이 아닌 금요일이었다. 하루 종일 찌푸렸던 날씨가 저녁 무렵 기어이 비를 쏟아내었고, 유난은 짜증이 났다. 습도가 높은 날씨 탓에 점심시간에 손질을 했던 머리는 스타일이 나지 않았고, 학생들은 오후 내내 별나게도 소란스러웠다. 게다가 앞코가 뚫린 디자인의 구두를 신고 비 오는 날 맞선이라니. 토요일에 밀린 일을 하고 싶은 욕심에 금요일로 약속을 정한 것이 잘못이었다고 내내 후회를 했다.

"유난 쌤, 전화 왔어요. 남자네요?"

교무실 구석에서 수화기를 손으로 막으며 동료교사가 전했다.

"네, 전화 바꿨습니다. 저 최유난입니다."

"아, 안녕하세요. 처음 뵙겠습니다. 지금 밖에 비가 많이 오고 있어요. 아무래도 이동이 힘드실 것 같으니 제가 유난 씨네 학교 근처로 갈까 하는데요. 근처에 마땅한 장소가 있을까요?"

유난은 감동과 함께 어떤 예감이 스치는 것을 느꼈다. 목소리는 남자다웠고, 말투는 투박한 사투리를 쓰고 있었지만, 따스한 배려와 함께 다정함마저 느껴졌다.

"그렇게 배려해 주시면, 저는 감사하죠. 학교 근처에 '심지'라는 찻집이 있어요. 거기서 6시에 뵐까요?"

"네, 좋습니다. 거기서 뵙죠."

강원도 청년의 속 깊은 배려와 지적 매력에 유난은 첫눈에 반하고 말았다. 강원도 청년 역시 유난의 총기어린 눈빛에 반했다. 수학을 전공해서 그런지 회계사인 자신의 직업에 대해서도 이해도가 뛰어난 유난이 매력적이었다. 첫 만남부터 심지에 불을 붙인 그들은 교제를 시작했다. 서너 달 뒤에 결혼식을 하였고 유난은 자연스레 학교를 그만두고 전업주부가 되었다.

어쨌든 밥을 하는 것은 전공이 무엇인가와는 정말 아무런 상관관계가 없는 것은 확실했다. 밥은 누구라도 할 수가 있고, 손맛이 있으면 더욱 맛나게 할 수 있다. 그리고 세월이 쌓이면 자유자재로 응용을 할 수도 있고 창작도 할 수 있는 경지에 이르게 된다. 이것은 거의 진리이다. 삼십 년도 넘는 세월 동안 밥질을 해온 유난의 생각은 그랬다.

오늘도 아침 여섯 시 십 분에 일어났다. 시계의 알람은 여섯 시였지만 십 분의 유예가 필요했다. 잠이 덜 깬 탓에 안방 문을 열고 나오다가 오른쪽 어깨를 벽에 부딪쳤다. 아픈 어깨에 손을 얹을 틈도 없이 주방으로 내달았다. 여섯 시 삼십 분에 출근을 해야 하는 남편의 아침식사를 위해 한 치의 시간 낭비도 허용되지 못한다. 소변이 몹시 마려웠지만 참아야 했다. 정말 아침 시간의 속도감은 엄청나서 여유라고는 없었다. 언제나 쪼들리는 긴장 상태일 수밖에 없었다. 삼십 몇 년을 변함없이 그랬다.

잠옷을 걸친 채 머리는 산발인 그대로 움켜쥐고 고무줄로 질끈 묶었다. 삼십 년도 넘게 해온 일인데도 매번 마땅찮다. 개운하게 잠에서 깨어나 본 적이나 있는지. 세월이 갈수록 점점 더 지겨워지는 듯하다. 체념이란 없는 건가. 오늘도 어김없이 열이 나고 답답하다. 그녀는 마침내 성호경을 그었다. 잠옷의 앞섶 리본에 손가락이 걸릴 뻔했다. '삼십 분만 인내하게 해주소서. 평화를 주소서.' 기분 상하는 일 없이 무사히 이 아침시간이 잘 지나갈 수 있도록 빌었다. 이른 아침을 먹어야 하는 저 남자에 비하면 유난은 그래도 이 시간만 지나면 자유로울 수가 있지 않은가. 싫거나 힘든 내색하지 말고 잘 대접하며 출근 시중을 들어야 한다고 자신에게 다짐을 했다.

남편은 아침에 두 개의 화장실을 모두 점령한다. 안방의 화장실에서 긴 시간 동안 생리현상을 해결하고, 거실 쪽 화장실에서 또 오래도록 샤워를 한다. 그가 지나간 자리에는 공기와 물질의 흔적이 가득하다. 그 뒤처리는 유난이 불평을 하면서 하게 될 것이다. 주방에서 식탁으로 옮겨질 밥과 국은 타이밍을 맞춰야 하니 그녀의 손에서 밥주걱과 국자는 남편이 식탁에 앉을 때까지 대기 상태이다. 아침 출근하는 사람의 밥과 국은 따끈하고 정성스럽게 먹여야 한다는 것은 친정엄마의 가르침이었다. 이렇게 밥주걱과 국자를 들고 대기 상태로 서 있는 잠깐 동안에 유난은 차라리 화장실에나 먼저 다녀올 걸 하는 후회를 늘 하곤 했다. 짧은 시간이지만 대기 상태에서 치밀어 오르는 감정은 묘한 것이었다. 충실한 하녀와 별반 다를 것도 없는 것 같은 그런 기분이었다.

밥 뜰까? 한 번에 대답하는 법이 없다. 옥타브를 더 높여 밥 뜰까? 마침내 밥과 국을 남편이 식탁에 앉는 시간에 딱 맞추어 떠놓고 안방으로 부리나케 들어간다. 와이셔츠와 넥타이, 재킷과 바지, 벨트, 양말, 손수건을 꺼내 놓는다. 미친, 왜 이러고 사냐? 번번이 절로 중얼거려진다. 화장실에 들어가 참았던 소변을 해결하고 거울 속의 진짜 미친 여자 모습을 보는 순간 차라리 눈을 감고 싶다. 남편도 눈을 감았을지도 모른다. 쯧쯧 하고 스스로에게 연민도 일었다.

아침 식탁에서 얼마나 열심히 먹는지 쩝쩝거리는 소리가 방까지 들려온다. 어째 평생을 저리도 열심히 먹어댈까? 아침잠을 이겨 가며 유난이 차린 밥을 잘 먹으니 고맙기는 하다. 혹여 밥투정이라도 했다면 그들은 같이 살 수가 없었을지도 모른다. 남편의 휴대폰도 눈을 뜬 이후 줄곧 시끄럽다. 전날의 스포츠 뉴스가 실감나게 중계되면 그는 잠간씩 정지 모션이 되기까지 한다. 탄식소리마저 내기도 한다. 여유가 없는 아침시간에 스릴을 느끼며 휴대폰까지 들고 설쳐대다니 기가 막힌다. 국이 식는 것을 안타까워하거나 시간이 빨리 흐르는 것을 알려주는 잔소리를 하기에는 유난의 열정은 너무 많이 식었다. 식탁을 차려주는 것까지가 유난의 한계가 된 지 오래였다.

한 사람의 출근을 위한 이 아침의례가 삼십 몇 년째다. 가끔 이웃의 남편이 아침식사를 하지 않는 습관이 있다는 얘기라도 들을라치면 유난은 속이 쓰렸고, 간편식으로 아침식사를 한다는 소리에는 너무 부러워서 한숨이 났다. 요즘엔 아침식사를 거른다는 이웃이 왜 그렇게도 많은 건지. 밥과 국을 먹어야만 하는 남편과 삼십 몇 년을 살아온 것이 억울하기도 하고, 또 앞으로도 얼마나 많은 밥을 더 해야만 할지 막막하고 답답했다.

유난도 밥하는 일을 즐겼던 적이 있기는 했다. 아주 오래전, 한 일

년 남짓의 기간 동안이었는데 삼십 년도 더 되어버린 옛날이야기다. 첫아이가 태어나기 전, 그러니까 신혼 시절, 결혼 전에 음식을 만들어 본 경험도 없었지만, 만드는 음식마다 신기하게도 참 맛있었다. 남편은 의외의 수확에 쾌재를 불렀다. 그녀의 매력에 빠져서 성격이 그다지 좋지 못한 것을 알면서도 결혼을 했다. 그런데 결혼을 하고 보니 유난은 예상했던 것보다 살림을 너무 잘했다. 특히 음식 솜씨는 유난의 좀 까다로운 성격을 다 덮고도 남을 만큼 놀라웠다.

우렁각시인 양 퇴근을 하고 오면 반들반들 예쁘게 꾸며진 집에, 매일 정성들인 메뉴의 맛난 식사를 준비해 놓는 것이었다. 심지어 김치도 담글 줄 알고 육개장, 추어탕, 삼계탕 등등 그가 좋아하는 탕 종류의 음식도 묵은 솜씨인 듯 해내었다. 책꽂이에는 날이 갈수록 요리책이 늘어났다. 냉장고의 자석 밑에는 일주일 단위의 메뉴가 번갈아 가며 새로운 모습으로 그를 설레게 했다.

그는 감격했다. '아, 이 세상에 나만큼 행복한 놈 있으면 나와 봐라.' 그는 정말이지 밥맛으로 살맛나는 인생 앞에서 신바람이 났다. 유난도 그의 행복을 보며 덩달아 신이 났다. 자신에게 이렇게 놀라운 살림 솜씨가 있을 줄이야. 남편의 회사 동료들, 양가 가족과 친지들, 친구들, 이웃사람들을 가리지 않고 밥을 해먹였다. 유난의 밥에는 사랑과 성취감이 차고 넘쳤다. 솜씨 자랑 해본 사람은 알 것이다. 그것이 얼마나 재미나고 행복한 일인지. 그 시절에는 밥하는 일이 유난의 삶에 있어서 인정욕구를 충족시켜 주는 중요한 성취의 도구였다. 오늘 이 저녁의 거친 칼질과 푸념을 그 시절에 어찌 상상이나 했을까.

당근을 썰다 말고 도저히 안 되겠다 싶어 FM 라디오를 크게 틀었다. 그리고 위스키를 한 잔 따랐다. 술이 결코 세지도 않고 잘 마시지도 못하지만 때때로 술은 명약이 되었다. 유난에게 가장 잘 맞는 술은 약한 알코올 도수보다는 오히려 독한 위스키였다. 해질녘 FM 라디오의 음악들은 센티멘털하다. 칼질도 잔잔해졌다.

다각 다각 다각 동 동 동 다각 다각 다각…….

큰 접시 위에 당근 썬 것을 먼저 올렸다. 초록색으로 넓은 테두리가 칠해져 있는 접시와 당근색이 조화롭다. 호박의 연두색과도 어울린다. 송이버섯도, 브로콜리도, 네 가지 색 파프리카도 잘 어울린다. 접시 위엔 적양파도 보태졌다. 접시는 작품이 되었다. 아하! 초록색의 포용력을 재발견했다. 초록색은 자연의 색이다. 자연 속에선 온갖 삼라만상이 무리수 없이 어울리듯 그렇게 초록색 테두리의 접시는 온갖 식재료의 색을 모두 수용했다. 시각적 만족이 그녀의 기분을 누그러뜨려 준다. 라디오에선 기가 막힌 음악들이 흘러나오고 있다. 익숙한 리듬들이지만 제목은 알 수 없다. 뭐 어때, 시험을 칠 것도 아닌데.

음악의 무드와 위스키에 취해 어느새 흥얼거리기까지 하며 냄비에 올리브 오일을 두른다. 발화점이 낮다고 해도 다른 기름은 쓰기 싫으니 오직 엑스트라 버진 올리브 오일을 애용한다. 쇠고기 안심을 볶다가 야채를 넣고 또 볶다가 물을 붓고 끓인다. 한소끔 끓고 나서 새우를 넣고 고형카레도 뚝뚝 잘라서 넣었다. 주걱으로 한참을 저으면서 또 한 잔의 위스키를 호로록 삼켰다.

흐음, 끓고 있는 카레의 냄새가 좋구나. 냄새만으로도 요리의 성패는 가늠된다. 그것도 경력자에게 주어지는 중요한 식별 능력이다. 칙칙 치이이익 하고 밥솥도 완성의 막바지 증기 배출에 온 힘을 쏟고 있다. 때맞춰 심박수를 자극하는 전자음을 내며 현관문 여는 소리가 들리고 강아지는 조건 반사하며 목청껏 짖어댄다. 유난도 표정이 굳어지는 조건 반사가 일어나고 있다.

아침에 유난이 차린 밥을 먹고 나간 남편은 저녁에도 변함없이 단골 밥집을 찾듯 들어온다. 간신히 달래고 있던 기분이 바닥으로 툭 하고 떨어진다. 유난과 남편은 별다른 인사를 주고받지 않는다. 서로의 존재와 안녕을 확인하는 번개처럼 짧은 순간이 지나면 한마디도 건네지 않은 채 각자의 임무로 복귀한다. 남편은 강아지에게 오랜 시간 정성들여 하루의 안부를 물으며 품에서 내려놓지를 못한다. 그것은 그의 귀가 후 중요한 임무이다.

열이 난다. 위스키의 반응이 더해져 활활 타오른다. 이런, 외출복도 갈아입지 못했구나! 왜 이러고 사니? 너는 무엇이냐?

"넌 유능한 하녀란다. 또는 무수리, 하숙집 주인여자? 큭큭."

냉장고가 대답해 준다. 바른 소리를 하는 얄미운 냉장고를, 냉장고 문을 힘껏 여닫아 본다. 냉장고 문짝 포켓의 물병이 덜컹한다.

"쯧쯧, 그래 가지고 부서지겠냐?"

방금 마시고 싱크 볼에 담아 둔 위스키 잔이 비웃는다. 잔을 던져버리고 싶지만 참아야 한다. 아끼는 잔이기도 하고 유리는 깨지면 뒷수습이 힘드니까. 유난의 생각을 눈치채고 유리잔은 키득댄다.

"밥장이야!"

이런 망할 것들이 뭐라는 거야?

유난은 점점 열이 더 오르고 있다. 다 된 밥도 못 차려 먹겠나. 마주 앉아 밥을 먹은 지가 얼마나 되었는지 기억도 안 난다. 목소리에 성깔을 담아서 소리쳤다.

"여보! 카레 만들었어. 꺼내 놓은 접시에 밥이랑 떠서 먹도록 해. 김치는 꺼내든지 말든지 맘대로 해."

울컥울컥 치미는 화를 더 쏟아놓기 전에 화장실로 들어갔다. 양치질부터 했다. 긴 시간 외출 동안 양치질이 하고 싶었지만 집에 들어오자마자 급한 마음에 주방으로 직행했던 것이다. 외출복에 물이 튀지 않게 조심히 양치질을 하며 거울을 보니 당근이 있다. 좀 전에 보았던 도마 위의 그 당근만큼이나 진한 홍색이다. 술 마셨으니 빨갛지 뭐. 어쨌든 미션 석세스다. 이 임무를 수행하기 위해 마신 술이 아니었던가 말이다. 유난은 시간에 딱 맞추어야 하는 밥질이, 그것도 평생을 해온 그 짓이 여전히 즐거울 사람이 세상 어디에 있을까 싶었다.

방으로 가서 외출복을 벗었다. 신분의 하락을 두려워하지 않아도 되는 이곳, 집에서는 헐렁하고 볼품없는 실내복도 문제될 게 없다. 유난은 언젠가부터 가벼운 외출에도 옷을 신경 써서 차려 입었다. 옷차림에 신경을 쓰게 되면서 여러 가지 연관된 다른 소비품목도 많아졌다. 그래서 십여 년째 백화점의 굳건한 VIP고객이 되었다. 골프에다, 쇼핑에다 문화강좌에다 나름 바쁘게 사는 유난은 밥질만 하지 않으면 세상에 별로 부러울 것이 없는 여자였다. 밥질만 하지 않는다면 완벽한 유한마담일 것이다.

방을 나와 최대한 소파의 좌측 끝에 가서 자리를 잡았다. 소파의 우측은 좌측보다 식탁과 주방이 더 가깝기 때문에. 식탁 쪽에서 쩝쩝대는 소리에 애써 무심하려 노력하며 텔레비전 리모컨을 눌러댔다. 저녁 이 무렵의 텔레비전 속 사람들은 모두가 먹고 또 먹고 감탄사를 해댄다. 먹고 사는 모습이 뭐 대단한 거라고 쉬지 않고 여기저기에서 '먹방' 일색이다. 먹거리를 가장한 본성의 다른 무엇인지도 모른다. 해소되지 못한 근원적인 욕구를 먹거리로 대체시켰으리라. 젠장, 밥질에 지친 그녀에겐 참 별로다. 게다가 다들 행복해서 죽겠다는 표정들이다. 맛있어서 죽겠고 내 솜씨를 인정받으니 행복해서 죽겠고 시청률이 오르는 소리에 기분 좋아 죽겠지.

채널을 돌린다. 저쪽 식탁에서 식사를 마치고 곧 이 자리로 오게 될 남편이 채널의 주도권을 잡기 전에 열심히, 재빠르게 자신의 취향을 탐색해 본다. 세상이 변해서 채널이 이백 개도 넘는다. 그리 오랜 옛날도 아닌, 몇 년 전엔 손가락으로 꼽을 만큼 몇 개 되지도 않던 채널에 비하면 풍요 그 자체다. 그러나 볼만한 것이라고 해야 할지, 보고 싶은 것이라고 해야 할지, 어떻게 말해야 할지 모르겠지만 마음에 드는 게 없다. 이런 것이 풍요 속의 빈곤이다.

코미디 프로를 많이 좋아하는 유난에겐 이 시간대가 맞지 않았다. 아쉽다. 웃기는 사람들이 보고 싶다. 그들의 재치에 찬사를 해가며 실컷 웃고 싶었다. 그녀는 코미디, 언제부터인가 개그라고 이름 붙여진 프로그램의 예찬론자이고 개그 프로그램 제작자들을 천재라고까지 생각했다.

식탁 앞의 저 남자는 개그를 혐오한다. 한 사람은 개그를 예찬하고, 한 사람은 개그를 혐오한다. 두 사람은 부부다. 한 사람은 밥질을 무지 싫어하고, 한 사람은 밥을 엄청 좋아한다. 두 사람은 다른 점이 많다. 한 사람은 돈을 벌어 오고 한 사람은 한 푼도 벌지 못하고 그 돈을 주로 쓴다. 좀 많이 쓴다. 한 사람은 주인의식으로 충만해서 갑이고 한 사람은 하인 기질이 있고 을이다. 돈을 버는 사람이 당연히 갑이다. 그런데 갑은 자신이 을이라고 우긴다. 눈치를 본다나 뭐라나. 을은 자신이 감히 갑이라고 상상조차 해본 적이 없다. 갑은 어디로 갔을까? 그녀, 웃을 수밖에…….

그래서 유난은 진짜로 눈물 나게 웃기는 개그를 보고 싶은 것이다. 거리낌 없는 한바탕 풍자 속에 빠지다 보면 온갖 너저분한 것들이 다 없어지는 것 같았다. 심지어 일주일을 기다리는 설렘마저 있다. 그렇다고 유난의 텔레비전 시청 시간이 많은 편은 결코 아니다. 장안의 화제가 되는 드라마도 단 한 번을 본 적이 없어 사람들의 대화에 끼지조차 못할 때가 다반사다. 요즘 뜬다고 하는 가수나 연기자들도 대부분 알지 못한다. 어쩌다 개그맨과 개그우먼들의 이름만을 조금 알 뿐이다.

유난은 그다지 편안한 성격이 못 된다. 삼십 년이 넘은 밥질에도 아직 저항하고 있는 것만 봐도 짐작이 된다. 유행이라고 세상이 떠들썩해도 취향이 아니면 거들떠도 안 본다. 그렇다고 남다른 무엇을 가진 것도 아니다. 특별할 것이 없는, 육십이 되어 가는 밥장이 아줌마이다. 굳이 자세하게 설명해 보자면, 남편이 좀 잘나간다. 남편은 평범한 집안 출신이지만, 똑똑해서 나름 출세를 했다. 출세를 한 축에 드는 사람들이 그렇듯이 좋은 지역의 아파트와 수입이 있는 부동산, 외제차, 몇 가지의 회원권과 두둑한 현금 통장을 가지고 돈 걱정 없이 산다. 아들과 딸도 공부를 잘하는 유전인자를 받아서 속 썩이지 않고 술술 잘 풀리는 편이다.

이 동네 사람들이 대부분 그러하듯이 유난도 그런 비슷한 조건들 속에서 살아가고 있다. 인생이란 당연히 그런 모습으로 흘러가는 것이라 여겼고, 그렇지 못한 다른 인생의 모습을 볼 수 있는 기회는 별반 없었다. 유난이 밥질을 고통으로 여기는 것은 동네 사람들과 다를 수도 있을까. 아니, 어쩌면 그것마저 같을지도 모른다. 나이가 이 정도 되면 체념이라거나 나름의 대처 요령이 생기는 것이 자연스러울 테지만, 유난처럼 좀 편하지 못한 성격들도 있을 테니까.

유난에게 밥질은 함정이었다. 스스로가 파놓은, 절대 헤어나올 수 없는 깊은 구덩이였다. 유난은 자신의 주방에 다른 손길이 닿는 것이 너무도 싫었다. 심지어 가사도우미가 출근을 하기 전에 주방집기들을 모두 싱크대의 수납 공간 속으로 숨겼다. 언제나 싱크대 위에는 청소를 위한, 삶아서 소독한 행주 두 장만을 얹어 놓았다. 가사도우미들은 이런 유난의 주방에서 난공불락의 요새, 또는 불가침의 성역을 대하는 듯한 기분을 느낄 수밖에 없었다. 유난은 식재료를 다듬는 일조차도 자신이 직접 했다. 가사도우미에게는 오직 청소만을 시킬 수 있을 뿐이었다. 유난의 삶에서 이른 아침과 저녁에 시간을 딱 맞추어야 하는 밥질은 매우 중요한 임무이며 동시에 너무도 지겨운 임무였다. 융통성을 가져 보라는 주변의 권유는 오히려 유난의 가슴을 더욱 답답하게 만들었을 뿐이었다. 게다가 남편과 자식들은 언제나 유난의 밥이 최고라는 찬사를 해대었으니 밥질에 타인의 손길이 끼일 틈이 없었다. 자녀들이 떠나고 남편과 둘만 남겨진 요즘도 꼬박꼬박 시간에 맞춰 밥질에 매어 있자니 불만이 이만저만 아니다. 밥질만 아니면 유난은 남부러울 것이 없을 터였다. 아니, 남들이 부러워하는 삶일 것이다. 어쨌든 유난은 밥질이라는 구덩이에 빠져서 허우적대는 꼴이었다.

깜빡 잊을 뻔한 것이 한 가지 있다. 유난은 국립 S대 출신이다. 잘나가는 동네라고는 해도 아줌마들 중에는 드물게 좋은 학벌이다. 하기야 그 정도 학벌을 가지고 밥장이로만 사는 경우가 흔치는 않을 테니 그녀는 동네 여인들 모임에선 독보적이다. 정작 자신은 잊어가고 있지만 유난을 아는 사람들은 그녀의 학벌을 언제나 염두에 두고 그녀를 대한다. 그래서 유난이 조금이라도 지성이 담긴 내용을 말하거나 남들과 다른 생각을 피력하면, 잘난 척한다고 재수 없는 인간 취급을 당하기 일쑤다. 똑같은 말을 해도 어떤 사람이 하면 덕담이 되고 어떤 사람이 하면 천하에 몹쓸 독설이 되어 버리듯이.

같은 학교 출신인 남편에게는 학벌이 세상살이의 귀중한 자원이 되지만 그녀에게는 그렇지 못했다. 그녀의 성격이 점점 평범함의 궤도를 벗어나는 것은 이런 억울함에서 기인되는 것인지도 모른다. 그녀 자신이 국립 S대를 졸업했다는 사실을 점점 망각하며 살게 된 것은, 어찌 보면 이러한 모든 일들의 원인이자 결과였다. 심지어 학벌이 아깝다고 혀를 끌끌 차는 사람도 있었다. 자랑스러웠던 학벌은 마치 유난의 삶의 굴레이기라도 한 듯했다. S대 출신이라는 것은 밥질에서나 대인관계에서나 유난에게는 장애요인이 되었고, 남편에게는 고정불변의 소중한 자산이었다.

리모컨의 편성표 버튼을 눌러대다가 86번에서 멈추었다. 몇 달 전엔 68번이었던 것 같은데 앞뒤의 숫자가 바뀌었나? 채널 숫자가 자꾸 바뀌는 것은 왜인지 모르겠다. Art라는 채널이다. 미술, 음악, 문학을 포함한 다양한 문화영역을 포만할 정도로 다루는 채널이고 유익한 정보가 많은 듯했다. 소파 앞 탁자에서 트레이에 밥을 차리거나 간식을 차려서 먹으며 가끔 보게 되는 그 방송이 꽤 인상 깊었던 기억이 있다. 개그 프로가 아니니 굳이 일부러 찾아서 보았던 것은 아니었다.

오늘 저녁엔 눈에 익은 패션 디자이너가 주인공이다. 디자이너는 여자 모델의 몸을 마치 마네킹 만지듯 더듬으며 열심히 설명을 하고 있다. 가슴 두 개를 번갈아 가며 손가락 끝으로 라인을 따라 그리는 모습이 변태처럼 보인다. 몸매는 바비 인형 같지만, 얼굴은 그다지 예쁘지 않은 모델은 파운데이션 차림을 한 채 로봇 같은 포즈를 하고 서서 디자이너의 손길을 무심히 받아내고 있다. 하늘색에 가까운 색상의 하늘거리는 천으로 모델의 허리를 감싸고 안으며, 자기보다 키가 두 배는 커 보임직한 여자 모델의 여기저기를 열심히 만지며 말하고 있다. 필요 이상으로 터치를 많이 하고 있는 듯 보인다.

유난은 지금 안경이 없으니 자막이 잘 보이지 않는다. 디자이너는 영어가 아닌 독일어에 가까운 억양으로 불어를 하고 있는 것 같다. 그래, 맞다. 백발을 꽁지머리로 묶고 우스꽝스런 걸음걸이를 가진 저 남자, 칼 라거펠트라던가? 검은 선글라스, 가죽 장갑, 가죽 부츠에 꽉 끼는 바지 차림이 심벌인 저 남자는 나이가 많고 동성애자라고 한다. 저 남자의 애인은 남자 패션 모델이라는 것을 어느 잡지에선가 보았다. 참나, 저 정도 유명해지고 아티스트라고 인정받으면 동성애자라는 사실도 별 저항감이 없이 받아들여지는 것 같고 왠지 어울려 보이기까지 한다.

세상은 공평하지 않다. 어떤 사람에게는 자연스러워 보이는 것이 어떤 사람에게는 최악의 작위가 된다. 당당하고 떳떳한 것과 부끄럽고 누추한 것의 차이는 다를 바 없는 똑같은 본질 위에 덧입히는 편견과 착각이 빚어내는 결과일지도 모른다.

그 남자는 세상의 많은 여자들이 열광하는 샤넬, 그 유명한 샤넬의 수석 디자이너다. 그의 몸짓들을 편치 못한 마음으로 바라보자니 오전에 만난 풍선이 떠올랐다. 풍선은 오늘 샤넬의 시그니처룩인 트위드 재킷을 입고 있었다. 이 동네 웬만한 여자들은 한두 벌쯤씩 갖고 있는 아이템이다. 유난의 옷장에도 몇 년 전에 사서 서너 번 걸친 그것이 있다.

유난의 친구 풍선은 사치를 많이 한다. 나름 엄청 노력을 하지만 맵시는 별로다. 유난이 보기에는 옷이 아깝다고 느껴질 때가 많았다. 그리고 풍선은 말이 참 많다. 말을 많이 하지 않을 수가 없을 듯도 하다. 왜냐면, 자기가 치장하고 나온 물건들의 가치를 일일이 설명해서 상대방에게 확인시켜 주어야 하니까. 상대방의 관심이나 인정이 약할 땐, 거듭 심화된 설명을 해야 하므로 풍선은 언제나 다른 사람들보다 말수가 많을 수밖에 없는 것이다. 사람들은 이미 다 알고 있다. '어머 너무 좋네. 진짜 멋있다.' 이런 말은 절대 금물이란 걸. 그런 한마디면 풍선의 연관설명이 더욱 더 길어질 테니. 그래서 불에 기름을 붓는 것과 같은 짓을 하지 않기 위해 차라리 어색한 기류를 견뎌낼 때가 많았다.

풍선의 패션은 민망할 정도로 다차원적이다. 하모니를 고려하지 않은 디스플레이 그 자체다. 풍선은 온갖 고급진 것들을 마음 내키는 대로 온몸에다 걸치고 붙이고 신고 들고 나온다. 그녀의 주장에 의하면 고가의 명품들은 매치를 신경 쓰지 않아도 서로를 수용하는 장점이 있다고 했다. 풍선과 오래 알고 지내다 보니 어느새 그런 패션을 구경하는 것이 재미있을 때도 있었다. 아주 가끔 고급 패션 잡지의 정신없는 모델 같아 보일 때마저도 있었다. 어쩌면 풍선을 바라보는 우리 모두가 안목이 없기 때문에 풍선을 온전하게 인정 못 하는 것일 수도 있으리라.

풍선은 A여대 출신이다. 서울의 중상류층 여자로서 체면치레가 될 만한 학벌이다. 이 동네에선 A여대 출신들 모여라 한다면, 아마 순식간에 몇백 명은 모일 것이다. A여대에서 국립 S대의 대학원으로 진학하는 것은 매우 쉬웠고, 학벌을 업그레이드시킬 수 있는 기회일 수도 있었지만, 풍선은 공부가 하기 싫었다. 겨우 학점을 따고 졸업을 했는데, 다시 힘들게 공부를 하는 것은 상상할 수조차 없는 일이었다. 졸업 후 몇 년 동안 열심히 맞선을 보다가 지금의 남편을 만났다. 공부를 몇 년 더 하는 것은 끔찍했지만, 몇 년 동안 수백 번의 맞선을 보는 것은 나름의 재미가 있었다.

무엇보다 선을 보는 날의 치장이 즐거웠고, 약간의 긴장을 하는 묘미도 있었다. 풍선은 남자를 만나는 일이 재미있었다. 배우자를 고른다는 본연의 과업을 잊고, 갈수록 새로운 남자들이 궁금했다. 더러 맞선의 상대가 너무 실망스러워 중매쟁이에게 욕을 퍼부으며 집으로 돌아오게 되는 날도 있었지만, 점점 맞선에 대한 노하우가 쌓여 갔다. 풍선은 결국 두 가지의 조건만큼은 절대 양보하지 않으리라는 자신만의 기준도 가지게 되었다. 신랑감의 외모와 경제력은 포기할 수 없었다.

유난은 풍선과의 인연이 길어질수록 풍선이 남자에게 관심이 아주 많고 남자를 참 좋아한다는 사실을 알게 되었다. 의외의 사실에 놀라웠고 가끔 그런 풍선을 바라보노라면 묘한 재미도 느껴졌다. 풍선은 여러 면에서 그녀와 썩 잘 맞는 것은 아니었지만 가장 가까운 친구였다. 공통점이 없어서 잘 지낼 수가 있는지도 모르겠다. 그들은 별로 갈등이 없었다.

텔레비전에서 샤넬의 수석 디자이너를 보니 풍선의 트위드 재킷이 떠올랐다. 오늘 만난 풍선은 노란색과 회색이 배합된 샤넬의 기성복인 트위드 재킷을 입고 있었다. 오뜨꾸뛰르 정도는 입지 못해도 풍선은 샤넬을 매우 좋아하고 즐겨 입는다. 일본에서 사온 사케와 고형카레를 건네주던 풍선의 수다가 아직도 귓가에 맴도는 듯하다. 칼 라거펠트는 여전히 딱딱한 발음으로 설명을 하고 있다. 모델은 어느새 키가 더 큰 여자로 바뀌었다.

드디어 식탁 쪽에서 수저로 그릇을 긁는 소리가 들리기 시작했다. 리모컨을 쥐고 있는 유난의 손에도 힘이 들어갔다.

남자와 여자는 사이좋게

풍선이 유난에게 만나자는 문자메시지를 보내온 것은 오늘 아침 일찍이었다.

—자기야. 오늘 백화점 오픈 시간 맞춰서 나올래? 오랜만에 자기 얼굴 좀 보자~.

—일본은 잘 다녀옴? 라운지에서?

—응, 넘넘 잼났지. 자기야, 상상초월~~~ 골프도 최상이었어. ㅋ 나중에 봐~.

—알~.

무슨 일인지 풍선은 들떠서 까불고 있었다. 일주일 동안 일본에 골프 여행을 갔다가 그저께쯤 돌아왔을 것이다. 밥 먹듯이 여행을 다니는 풍선이 일본에 다녀왔다고 들떠 있는 것은 아닐 테고 뭔가 뉴스가 생긴 것 같기도 하다. 골프가 최상이라고 해봤자 이십 년도 훌쩍 넘는 구력에다 육십이 낼 모렌데 뭔 별일이 있으랴. 기분 좋게 재밌게 쳤다는 게지. 감정의 기복이 심하고 변덕이 죽 끓듯 하는 성정을 지닌 풍선이 예전엔 감당하기가 벅찼으나, 둘 다 나이가 들어가니 모든 게 점점 수월해지고 있다.

부부나 연인과는 달리 친구라는 존재는 시간이 지날수록 '그러려니'가 그럭저럭 되어지는 것 같다. 상대의 특성을 정확히 파악하기까지가 고비이지만, 그것만 넘기고 나면 원수가 될 확률은 현저히 낮아진다. 다른 집에서 각자의 배우자와 살면서 서로 잠깐씩 만나 지난시간들의 우정을 확인하고, 서로에게 과하게 베풀지 않으며, 서로에게 어떤 기대도 하지 않는 관계를 만들며 사는 것이 그리 어렵지만은 않다.

유난과 풍선의 20년 세월을 보면 그러하다. 유난이 밥질에 진저리를 치고 세월이 갈수록 남편을 못마땅해하고 미워하면서도 풍선과는 보온밥솥 같은 뜨뜻함을 유지하고 있지 않은가. 물론 풍선과 고비도 있었고 지금도 가끔 꼴 보기 싫을 때가 없는 것은 아니지만, 며칠 냉각기간이 지나면 앙금 없이 빠르게 회복이 되었다. 아마도 한집에서 같은 침대를 쓰지 않고 같은 화장실을 쓰지 않기에 그렇게 지낼 수 있는지도 모르겠다. 최소한의 비밀의 여지는 남겨 두었다는 것은 그렇게 의미가 있는 것 같다. 하여튼 유난과 풍선은 생사를 거는 최전선을 벗어난 후방의 여유와도 같이 결코 치열하지 않았다. 그냥 보온밥솥같이 뜨뜻했다.

무엇보다도 그들은 서로에게 느끼는 감정의 질량지수가 거의 동일해졌다. 남거나 모자라지 않는 감정교환의 밸런스가 갈등의 여지를 만들지 않는 포인트였을 것이다. 풍선의 문자를 보고 외출 준비를 시작하려는데 다시 또 문자가 왔다.

—자기야, 비누(貧友)랑 로즈도 같이 볼까? 자기는 오늘 할 일이 많아?

'자기야'라는 호칭이 담긴 문자를 누군가가 보게 된다면, 남녀관계로 오해할지도 모른다. 풍선은 유난에게 뿐만이 아니라 세상의 모든 이에게 '자기야'라고 한다. 남녀노소를 불문하고 '자기야'라고 한다. 가끔 상대가 너무 연로하다고 생각될 땐, '어르신'이라고도 한다. 유난은 이 점에 대해 생각해 본 적이 많았다.

아주 오래전엔 풍선의 머리가 나빠서 상대에 대한 정보를 파악하고 입력하여 호칭을 출력해낼 역량이 부족하기 때문이라고 생각했다. 좀 더 시간이 지난 후엔 풍선이 정이 많고 열린 마음으로 살아서 그렇다고 생각했다. 요즘엔 '자기야'라는 호칭으로 친밀도를 가장하는 것으로 여기고 있다. 풍선에게 '자기야'는 인간관계의 절박함이 담긴 최선의 언어인 것 같았다.

언젠가 유난이 풍선에게 '자기야'라고 부르지 말고 이름을 불러주거나 아이들의 이름을 붙여서 불러 달라는 요구를 했다. 그래도 제일 가깝게 지내는데 다른 사람들을 대할 때와는 달라야 되지 않겠냐고 그랬다. 그때 풍선은 유난을 안타깝게 바라보며 말했다.

"자기야, 자기는 자기가 무엇으로 불리는 게 중요하니? 자기랑 서로 마주 보고 있으면서 자기를 다른 호칭으로 부르면, 자기랑 너무 멀게 느껴진단 말이야. 자기야, 나는 자기가 내 맘 다 아는 줄 알았는데……. 자기야, 자기 땜에 내가 마음이 안 좋아지려고 해. 자기야, 그러지 마라. 응? 자기야……."

모르는 사람이 들으면 의심의 여지없이 연인들의 대화인 줄로만 알 것이다. '자기야'를 피하기 위해 요청을 했던 날, 유난은 평소보다 훨씬 더 많이 셀 수도 없을 만큼, 폭포를 맞듯이 '자기야' 세례를 뒤집어쓰고 말았다. 그날 이후 유난은 자신도 모르게 풍선처럼 '자기야'라는 말을 자주 쓰게 되었다.

가까운 사람들은 닮아 간다. 식성이든, 옷차림이든, 말버릇이든, 무엇이든지 욕하고 싫어하면서도 어느새 닮아져 있음에 깜짝 놀랄 때가 있다. 싫어함의 강도가 강했을 때는 충격이 더욱 크다. 유난은 성장기에 절대로 닮지 않으리라 결심했던 부모의 단점이란 단점은 모두 다 자신의 것이 되어 있었다. 유난의 남편과 유난의 어떤 것들도 자신들의 아들딸에게 그렇게 될 것이다. 닮아 가는 양상을 생각해 보면, 본인이 원래 가진 것을 상수(常數)로 하여 거기에 타인의 것이 가산되는 그런 공식은 아니다. 특히 부부지간에는 상호작용이 너무 활발하여 결국에는 치환이 되어버리는 듯 보인다.

유난과 남편의 경우를 보면 그렇다. 그녀는 거의 옛날의 남편이 되어버렸고, 남편은 거의 옛날의 그녀가 되었다. 남자가 여자가 되고 여자가 남자가 돼버린 꼴이다. 그렇다면 부모세대에도 부모끼리 그러했을 것이라는 가정이 가능하다. 이렇게 보면 이것은 간단한 문제가 아니다. 남자와 여자의 구분이란 무엇에 기인하는가. 여자가 남자를 닮아 왔고 남자가 여자를 닮아 왔으며, 앞으로도 계속 그러할 것이라면 구분이란 무슨 의미가 있으랴. 외양으로 보이는 성징의 구분만이 남는다.

오호라. 쓸데없는 생각을 너무 키웠다. 궤변을 마치 수학 공식인 양 꿰맞추려니 웃음이 난다. 인간! 인간은 그냥 오욕칠정을 똑같이 가진 감정의 동물이다. 남자답게, 여자답게란 것도 이미 의미가 없어져 가고 있는 추세이다.

유난은 학창시절에 레마르크의 소설을 참 좋아했다. 『서부 전선 이상 없다』 『리스본의 밤』 『사랑할 때와 죽을 때』 『개선문』 『검은 오벨리스크』 등을 인상적으로 읽었다. 참혹한 전쟁 속에서도 이뤄지는 남녀의 애틋한 사랑과 인간의 고뇌를 읽으며 삶에 대한 철학적 사고를 키웠다. 그리고 전쟁이 무대가 되는 그 책들을 읽으며 유난은 태어난 후 처음으로 여자인 것에 대한 열등의식을 느꼈다. 전쟁터에서의 살육의 무자비함과 죽음의 극한 공포를 이겨내는 남자들에 대하여 경외심마저 일었다. 남녀의 평등을 아무리 외쳐 보아도 절대로 뛰어넘을 수 없는 한 가지가 '전쟁'이라고 생각되었다. 굳이 우위를 따져 보자면 전쟁이 있는 시대엔 남자가 절대 우위일 수밖에 없을 것이다.

자매들만 있는 가정에서 자란 유난은 남자에 대한 복잡한 감정이 언제나 있었다. 레마르크의 전쟁소설에서 느꼈던 남자라는 강한 존재에 비해 여자는 좀 더 나약하고 열등한 존재라는 의식과 함께 남자를 뭔가 특별한 존재로 여기는 마음이 있었다. 게다가 친정엄마는 기가 센 편임에도 아버지의 봉양만큼은 최우선으로 하는 모습을 보였기에 남자는 여자보다 위에 있는 존재로 여겨졌다.

한편으론 학창시절 성적으로 따져서 자신의 뒤에 줄을 설 수밖에 없었던 뭇 사내들에 대한 우월감도 있었다. 경쟁을 해서 누를 수 있는 존재로 여겨지기도 했으나, 그들의 폭 넓은 행동반경이나 통 큰

모험심, 어마어마한 음주량에 대해선 열등감을 떨칠 수가 없었다. 서부전선의 참호 속에서 온갖 폭격을 이겨내는 강한 남자들의 모습을 그들에게서 발견하게 될 때마다 좌절감 같기도 한 묘한 감정이 일었다. 그러나 세상의 남자와 여자는 친하게 지내야 평화롭다는 것도 잘 알았기에 유난은 남학생들과의 인간관계도 잘 해냈고 남자와 결혼도 하였다.

오래전에 심리학 책에서 남성에게 내재된 여성성과 여성에게 내재된 남성성을 설명하는 '아니마' '아니무스' 어쩌고 하는 것을 읽은 적이 있다. 어떤 게 '아니마'이고, 어떤 게 '아니무스'인지는 책을 읽을 때도 헷갈렸으니 지금은 당연히 기억나지 않는다. 남녀의 구분이란 것이 살아갈수록 애매해진다. 심지어 어떤 작가들은 성별의 구분을 하지 않고 '그니'라는 명칭을 사용하기도 하고, '그'나 '그녀'라는 명칭을 아예 쓰지 않기도 한다.

풍선이 남녀노소를 불문하고 '자기야'라고 하는 것은 인간 본성에 충실하고 세태에도 잘 부응하고 있다는 것으로 해석할 수도 있겠다. 어쨌든 풍선은 남다른 구석이 많으니까. 마주 보고 말로 할 때보다 문자를 주고받으며 읽게 되는 '자기야'는 묘하게도 웃음을 자아낸다. '자기야'라는 말이 아예 기호화되어 있다면 풍선이 문자를 입력할 때 훨씬 편리할 것이란 생각까지 들었다. 오늘 따라 웃음이 자꾸 난다. 유난도 답을 했다.

—갑자기 비누랑 로즈는 왜? 비누가 서울 왔어?

—응, 걔들 본 지가 꽤 되었잖아. 자기야, 얼굴 까먹기 전에 한번 봐야지 싶어서. 왜? 자기는 싫어? 자기가 싫으면 연락 않을게.

—난 상관없어. 좀 이따 보자. 난 세수도 아직.

비누랑 로즈까지 나오면, 네 명의 여자가 모여서 '자기야'를 수건 돌리기라도 하듯이 돌리며 수다를 떨겠지. 유난은 또 웃었다. '자기야' '자기야' '자기야'…… 이름이라고는 가져 본 적도 없는 사람들처럼 서로를 끊임없이 '자기야'라고 부르고 부르다가 헤어질 땐, '자기야, 잘 가. 또 봐.'라고 할 테지. 유난은 양치질을 하면서도, 얼굴에 비누칠을 하면서도 계속 웃었다. 아주 세심한 손길로 주름을 커버하며 화장에 몰입하기 전까지 웃음이 멈추질 않았다. 문자와 말의 뉘앙스가 참 달랐다.

화장을 하기 전, 거울 속에 비친 자신의 얼굴을 유난은 부인하고 싶었다. 주기적으로 주사를 맞고 시술을 해보아도 만족스럽지 못한 결과에 한숨이 난다. 점점 짧은 주기로 병원을 다니는 것도 귀찮고 비용도 갈수록 하늘 높은 줄 모르고 치솟고 있다. 아예 모든 것을 끊고 무심하게 살고 싶다는 생각도 해보았다.

이 동네에서 살아가자면 견디기 힘든 상대적 박탈감이란 것이 있다. 유난은 이미 또래보다 피부가 많이 노화된 상태다. 얼굴도 젊을 때는 매력적이란 말을 종종 들었지만 예쁜 축은 못 된다. 그냥 아줌마치고 살찌지 않은 몸매라 옷맵시는 그런대로 있는 편이었다. 관리를 포기하게 된다면 유난은 아마도 급속하게 추락의 길로 가게 될 것이다. 유난 자신도 잘 알고 있기에 한숨을 쉬는 것이다. 다행히도 남편의 경제력이 있으니 끝까지 버티어 볼 수밖에 없으리라. 동네의 늙지 않는 어여쁜 여자들 속에서 자신만 할머니 같은 모습이 되어 어울리고 싶지는 않았다. 유난은 유난히 노화의 속도가 빨랐다.

유난은 다섯 명의 자매들 중에서 맏이였다. 남자 형제는 없다. 다섯 자매가 결혼을 하기 전까지 친정엄마를 비롯한 여섯 명의 여자는 천하무적이랄 수 있었다. 네 명의 여동생들과 유난은 서울 시내에서도 알아주는 수재들이었다. 딸들이 일등을 놓치지 않고 공부를 잘하니 친정엄마는 어디서든 권력자였다. 그 시절에도 아들을 낳지 못했다는 것이 핸디캡이 될 수 없을 정도로 다섯 명의 딸들은 세상의 부러움을 사는 자랑거리였다. 유난은 별로 예쁘지 않았지만 친정엄마를 비롯한 다섯 명의 여자는 외모마저도 출중해서 기가 죽을 만한 어떤 틈도 없었기에 몹시도 드세었다.

요즈음도 그녀들은 만나기만 하면, 세상 무서운 줄 모르고 잘난 척들이다. 마치 아직도 자신들의 성적표가 이마에 붙어 있기라도 하는 듯 마냥 자신감 있고 당당하다. 유난은 자신의 학력을 잊은 지 오래건만 동생들은 여전하다. 동생들은 맏언니인 유난이 남들보다 늙어 보이는 외모인 것에 못마땅해했다. 특히 피부과 의사인 막내는 마음의 부담마저 느끼는 듯해 보였다. 유난은 자신의 친정엄마보다도 탄력이 떨어져 보인다고 하는 동생들의 평가에 상처를 많이 받았다.

그래서 유난은 비밀리에 피부과를 다니게 되었다. 막내가 바로 코앞에서 피부과 병원을 하고 있지만, 다른 병원에 다니고 있다. 막내는 아주 예민해서 이미 큰언니의 비밀을 감지했지만 모른 척해 주기로 했다. 그것은 언니를 위해서라기보다는 자신이 피곤하고 싶지 않아서였다. 가족이나 가까운 사람을 진료하는 것은 의사들로서는 언제나 마음의 부담이 되는 일이니 구태여 일을 벌일 필요는 없었다. 게다가 자신의 병원은 환자가 차고 넘쳤고 언니는 돈이 많으니 문제될 게 없다. 날이 갈수록 개선되어 가는 언니의 피부를 보며 다행이라고 생각했다.

유난의 자매들은 여느 다른 집의 자매들과는 좀 다른 특성이 있었다. 일정한 선을 지키고 어떤 오버도 하지 않았다. 그래서 다른 집의 자매들처럼 지나치게 융합되거나 하여 갈등을 빚는 사고는 결코 일어나지 않았다. 언니의 노화에 대해서 지적과 평가는 신랄히 했지만 어느 누구도 적극적으로 도움을 주지는 않았다. 자신들은 각자의 관리 시스템을 가지고 열심히 노력하고 있었다. 당연히 막내의 병원이 아닌 다른 병원들에서였다. 그것은 마치 학교 공부를 하던 시절에 자신의 시간과 에너지를 빼앗기지 않고 열중하기 위해 타인에게 무심해야 했던 것과도 비슷했다.

가족의식이라는 것이 집집마다 다른 양상으로 나타난다. 어디에선가 '따로 또 같이'라는 캐치프레이즈를 본 적이 있다. 유난의 친정 가족은 그렇게 '따로 또 같이'를 잘 실행하며 평화로웠다. 친정아버지는 드센 여자들 틈에서 존재감이 미미했다. 아버지는 평생을 말단 공무원으로 지냈고 수입이 번듯하지 못해 큰 소리를 낼 여력이라고는 없었다. 다섯 딸이 장학금으로 공부를 해주는 것이 그저 고맙고도 고마웠다. 친정엄마는 자식이 다섯 명이나 되다 보니 아버지의 경제력을 보조하기 위해 부업을 끊임없이 할 수밖에 없었다. 그 덕에 다섯 자매들은 어디에서도 궁티를 찾을 수 없을 정도로 예쁘게 잘 자랐다. 그래서 모두 좋은 배우자를 만났고 나름 하이클

래스의 삶을 살고 있다.

유난의 자매들은 타인들의 침범에 대해 매우 예민했다. 다르게 표현을 하자면 이기적이라고 할 수도 있을 것이다. 그나마 가족들 중에서 친정아버지와 유난만이 좀 여유가 있는 편이었다. 두 사람은 가장이라든가 맏이라는 책임의식을 은연중에 내비치며 사는 것이 공통점이었다. 친정아버지와 유난은 약자에 대하여 인정을 베푸는 성향이 똑같이 닮았다. 친정엄마는 모질지 못한 부녀를 못마땅해하며 험한 세상을 그리 살아서 어찌 하냐고 닦달을 해대기 일쑤였다. 경제적으로 무능한 가장과 맏딸을 동일시하여 퍼부을 때가 많았다.

친정아버지는 선비의 기질이 있었다. 40년간의 공무원 생활에서 퇴직을 한 후에는 사군자와 서예와 더불어 한시에 몰입했다. 젊은 날부터 틈틈이 즐기던 바둑은 같이할 친구들이 점점 없어지자 한손에 바둑책을 들고 한손에는 바둑돌을 든 채로 바둑수를 연구하며 시간을 보냈다. 저녁 무렵이 되면 홀로 소주나 정종을 마시며 카세트테이프에서 흘러나오는 노래를 듣곤 했다.

친정아버지와 엄마는 노년에도 돋보기를 끼고 마주 앉아서 독서삼매에 빠져 있곤 했다. 선비 같은 친정아버지에 비하면 생활력이 강해서 실학파 같았던 친정엄마도 틈만 나면 책을 읽었다. 유난은 이렇듯 독서가 일상 풍경이 되는 집에서 자랐기에 세상의 모든 사람들도 당연히 책을 읽으며 사는 줄 알았다. 그렇지가 않다는 것은 시간이 한참 지난 후 세상의 다양함에 대한 깨달음들과 함께 알게 되었다. 유난은 풍선이 책이라든가 신문을 전혀 보지 않는다는 사실에 충격을 받았다. 심지어 제품사용설명서도 골치 아파할 정도로 문자매체를 싫어하는 풍선이 신기할 정도였다. 숫자를 계산하는 것은 수학과 출신인 유난보다 훨씬 빼어났다. 풍선의 암산 실력은 정말이지 놀라웠다. 사람들의 특성이란 참으로 다양한 것이었다. 이런 깨달음들은 크고 작은 충격을 동반하기도 했지만 삶에 대한 수용의 폭을 넓혀 주었고 성장의 거름이 되었다. 세상에는 똑같은 것이란 없고 변하지 않는 것도 없었다.

유난은 청소년기에 아버지의 혼자 술을 보며 아버지가 알코올 중독임이 틀림없다고 생각했다. 쓸쓸한 그 모습이 너무 싫었고 유난의 평생에 잊히지 않는 서글픈 장면으로 각인되었다. 유난이 인생의 쓸쓸함이라고는 전혀 모르던 그때에 입력되었던 기억이기 때문이다. 아버지가 지금도 살아 있었다면 유난은 해질녘 아버지와 마주 앉아 한마디도 않은 채 술잔을 나눌 수 있으리라. 한마디도 하지 않는다 한들 나누는 술잔 속에는 이미 서로의 얘기가 차고 넘쳤을 것이다. 인생에는 말이 필요 없는 관계가 있다. 유난도 어느새 혼자 술을 즐기게 되었다. 그렇게 그녀는 나이가 들어가면서 재해석을 해야 할 기억들이 점점 많아졌다.

VIP라운지의 여자들

백화점은 10시 30분에 문을 연다. 사실 문은 이미 열려 있지만 정확히 10시 30분이 되어야만 들어갈 수가 있다. 산뜻하고 단정한 차림의 직원들이 딱 버티고 서서 대기를 하다가 오픈을 알리는 멘트와 음악이 나오는 순간 잘 모시겠다는 인사와 함께 그들의 허리는 90도로 접힌다. 줄을 서서 대기하던 사람들은 다소 민망함을 느끼며 들어선다. 과분하게 첫 손님을 맞는 그들의 태도를 보상해 주려면 적어도 일정 금액 이상의 소비를 해야만 할 것 같은 부담감마저 든다.

유난은 부지런히 준비를 했음에도 십 분 정도 늦었다. 풍선과 로즈는 시간 개념이 느슨하니까 오늘도 늦을 것이 뻔하다. 설령 그들이 일찍 와 있다고 해도 평소 소행들에 미루어 보면 그리 미안할 것도 없다. 그러나 비누는 다르다. 융통성이 좀 없다고나 해야 할까. 매사에 너무 반듯하니 절로 부담이 된다. 유난이 그리 느낄 정도라면 비누는 정말 정확한 사람임이 분명하다. 유난은 비누가 제발 자기보다 늦기를 바라며 백화점 VIP라운지를 향해 빠른 걸음을 했다. 최상위급의 라운지는 발레파킹 장소에서 접근이 용이한 낮은 층에 있지만, 오늘 네 명의 여자들이 모일 장소는 좀 높은 곳에 있다. 최상위급의 바로 아래 단계이다. 거기도 아무나 갈 수 있는 곳은 아니다. 웬만한 중견 회사원의 연봉 이상은 써야 자격이 주어진다. 심지어 지인을 따라 거기에 가보는 것을 영광으로 생각하는 사람조차도 있다. 최상위급은 풍선을 비롯한 단 몇백 명의 사람들, 전국 단위로 보면 극소수의 사람들에게만 주어진다.

백화점의 마케팅은 고도의 전술과 전략으로 소비자를 최대로 자극한다. 매출 금액대별로 등급을 만들어 더 많은 소비를 할 수 있도록 교묘하게 유도한다. 어차피 백화점은 소수의 상위 고 매출자들의 소비로 굴러가는 것이다. 명품관을 지나가다 사람이 너무 없어 살짝 염려를 해보기도 하지만 걱정하지 않아도 된다. 하나의 품목만 결재가 되어도 일반 상품의 수십 배에서 수백 배의 매출이다. 그리고 진짜 VIP는 매장에 돌아다니지도 않는다. 프라이빗 쇼핑룸에서 편안히 다과를 하는 등 직원들의 시중을 받아가며 쇼핑을 한다.

네 명의 여자들에게 VIP라운지는 집결지의 의미가 있다. 다른 장소에서 식사하고 차 마시기 전에 예열을 하는 자리라고나 할까. 입구에서 카드를 읽히고 들어서서 휘익 둘러보았다. 비누가 역시나 떡하니 도착해 있다. 비누는 창가 쪽의 넓은 자리를 잡고 문 쪽을 향해 앉아 있었다. 비누는 정말이지 빈우(貧友) 같다. 이 동네에서는 보기 드물게 없어 보이는 행색이다. 비누의 외양은 자신이 가지고 있는 모든 조건들보다 몇십 배는 평가 절하되어 보인다. 풍선의 표현을 빌리자면, 돈이 눈이 멀어서 비누 같은 촌뜨기에게 끝없이 자꾸 붙는 거라고 했다.

비누는 많은 자산이 있지만 부의 축적 역사는 짧아 보였다. 즉, 비누가 이 동네의 여자들처럼 자산에 걸맞는 모습으로 무장되기에는 아직 세월이 좀 모자란다는 뜻이다. 게다가 타고난 감각까지 없어 보이니 쉬운 일은 아닐 듯하다. 비누가 네 명의 멤버에 낄 수 있게 된 것은 순전히 풍선의 계산 때문이다. 사회적 인간관계의 속내가 따로 있기에 풍선처럼 외양을 중시하는 여자가 비누를 끌어들이는 것이다.

유난은 삼 년 전쯤에 풍선을 통해서 비누를 처음 보았을 때, 사실은 충격이 좀 있었다. 아무렇지도 않은 척하기가 힘겨워 화장실을 몇 번씩이나 들락거렸을 정도였다면 짐작이 될 것이다. 마치 흥부의 아내가 부활하여 도심에 나타난 것 같았다. 게다가 제주도 방언 같기도 하고 일본어 억양 같기도 한 말투 때문에 언어의 장벽도 있었다. 비누는 외모 때문에 자신이 가진 다른 모든 것들까지 결핍되어 보였다.

쌍꺼풀 수술의 흔적이 남아 있는 눈꺼풀에 진한 보라색의 펄이 있는 아이섀도는 최악이었다. 아마도 수술 자국을 은폐하기 위한 노력이겠지만 완벽한 실패였다. 도리어 취약점에 눈길을 가게 하는 실수를 한 것이다. 유난은 비누가 차라리 좀 짙은 안경을 쓰는 것이 일반적이고 무난했을 것이라고 생각했다. 그리고 스트레이트펌의 짧은 단발은 초라해 보였다. 특별히 세련된 감각을 지니지 못했다면 웨이브펌이 모든 아줌마들의 보편적인 공식이란 것을 비누는 거부하고 싶었던 걸까? 생머리 단발은 촌스런 비누를 더욱 보잘것없어 보이게 했다. 패션은 말할 것도 없다. 비누의 외모에 대하여 자세한 설명을 해보자면 많은 한숨과 함께 또한 많은 시간이 필요하다. 유난은 비누를 보며 외모가 중요하지 않다고 말하는 것은 가식이라는 생각도 해보게 되었다.

비누는 나름대로 변화를 하고 있다. 노력의 결과는 더디게 나타났고, 유난이 비누를 대할 때마다 느껴야 하는 이질감과 불편함도 느리게 조금씩 가벼워지고 있었다. 유난은 비누를 향해 걸어가며 재빠르게 스캔을 했다. 티 나지 않게 빠른 속도로 타인을 스캔하는 것은 유난뿐만이 아니다. 이 라운지의 모든 여자들은 드러나게 눈길을 주며 타인을 탐색하지 않는다. 정확한 이유는 알 수 없지만, 모두들 그렇게 안 보는 척 보는 것이 습관이 되었고 모두가 그러하다는 것도 잘 알고 있다. 그래서 그들은 허점이 보일세라 빈틈없이 자신의 외모에 대하여 관리를 하는 것이다.

관찰을 해보면, 절제된 단순미를 가진 명품족과 풍선과 같이 과도한 명품족은 서로의 '취향'이 상충하여 주고받는 가벼운 시선에도 갈등이 내제되어 있다. 유난이 보기에 두 부류의 간극은 영원할 것으로 보였다. '취향'이란 말보다 애매하면서 편리한 말이 또 있을까. 타인의 인정에 연연해하지 않겠다는 선언이며, 상대를 묘하게 깔볼 수도 있는 여지가 있다. 대놓고 비웃는 것은 부러움이 가장된 천박한 표현으로 오해 받을 수도 있기에 언제나 '취향'이라는 말로 덮는 것이다.

시험으로 우열을 가리는 것이 아닌 모호한 세계에서는 결국 금전의 위력이 대단해진다. 자신의 취향이나 감각보다도 상위에 자리잡고 있는 그 막강한 힘에는 대다수의 많은 사람이 굴할 수밖에 없었다. 자본주의라는 땅에 발을 딛고 서 있기에 누구라도 그 힘으로부터 자유로울 수는 없는 것인지도 모른다.

"비누 씨, 오늘도 일등이네?"

"어서 오세요. 출석이라도 일등 해야지요. 잘 지내셨어요?"

"오늘 변신을 하고 나왔네. 새 안경 멋져요."

"아, 네. 눈에 켈로이드 땜에 도저히 안 되겠어서 안경쟁이가 되기로 했지요."

"잘했네. 어차피 우리 나이엔 다들 안경 쓰는데 뭐. 다초점 렌즈를 쓰는 사람이 많아. 근데 켈로이드 땜에 맘고생이 많았겠네."

"말로 다 못 해요. 쌍꺼풀 수술도 제가 원했던 게 아니었어요. 다른 덴 몰라도 원래 눈매는 예쁘단 소리 많이 들었죠. 근데 주변에서 하도 변화를 좀 주어 보라고 들쑤셔서……. 남의 말은 듣는 게 아니라는 교훈을 얻었어요. 외모 지상주의의 희생자가 되어 버렸어요. 호호호."

유난은 비누의 변화 속도가 늦은 것에는 다 이유가 있으며, 앞으로도 그럴 것이라는 것을 다시 확인했다. 점점 비누를 바라보는 것도 풍선과 로즈를 볼 때처럼 재미있는 볼거리가 되어 가고 있다. 세상의 다양함이란 참 놀랍지 않은가!

"나도 요즘 얼굴 주름이 장난이 아니에요. 화장을 할수록 더 드러나는 것 같아. 나이가 들어가니 방법이 없네."

"여동생이 바로 앞에서 피부과를 하고 있는데, 무슨 걱정이에요?"

"원래 등잔 밑이 어둡죠. 괜히 동생한테 부담 주기 싫어서."

다른 병원에 다닌다는 말은 차마 하지 못했다.

"병원에 주기적으로 다닐 만큼 시간적인 여유도 없답니다. 하루가 얼마나 쏜살같은지. 그냥 살아야지, 뭐."

풍선과 로즈에게는 뻔한 거짓말이겠지만, 눈썰미도 떨어지고 관심사도 좀 다른 비누는 '그렇군요' 하는 표정이다.

라운지에 여자들이 하나둘씩 들어오기 시작했다. 다소곳이 고개를 숙이거나 겸손한 자세의 여자들은 없다. 한결같이 여기에 있는 너희들과 나는 상대가 되지 않아, 라고 말하는 듯하다. 조금이라도 틈을 보이면 추락하게 될지도 모르니 절대로 지지 않으려 단단히 무장을 하는 것이다. 어색함이 느껴질 정도로 힘이 들어간 자세의 여자들도 있다. 쳐다보기조차 거북할 때가 한두 번이 아니다. 하기야 유난도 십여 년 전 처음 VIP 반열에 들었을 때 그랬을지도 모른다. 왠지 신분상승이 되는 듯, 상류층으로 인정이라도 받는 것 같은 그런 기분이 잠깐 들었던 것 같다. 이 VIP라운지는 마치 '도도함'이라는 돛을 올리고 물 위에 떠 있는 유람선같이 느껴졌다. 지나가는 고기잡이배나 상선이 범접하지 못하도록 바다에 특별한 길을 내며 유유히 떠 있는. 그러나 뭍으로 나오는 순간 모든 것이 사라져 버릴, 오직 그 배 위에 머물 때만 의미 있고 가치 있는 그것을 위해 에너지를 쏟는 사람들이 가득 타고 있는 그 유람선은 그렇게 둥둥 떠 있었다.

유난의 대각선 방향에 자리를 잡고 앉으며 다리를 꼬는 여자는 유난의 아들의 동창 엄마다. 무성한 소문을 뿌리고 다니는지라 유난은 될수록 그녀를 피했다. 전반적인 성향은 풍선과 비슷한 듯해 보이지만 알고 보면 많이 달랐다. 인사를 잘하지 않고 턱을 높이 쳐들고 다니며 나이트클럽을 즐기는 여자다. 그녀는 오만방자라는 단어의 이미지에 딱 들어맞아 보였다. 언젠가 의류매장 앞에서 점원과 싸우는 것을 본 적도 있다. 풍선처럼 온갖 화려한 명품으로 치장을 하고 껌을 짝짝 소리 내어 씹어대는 그녀는 남편이 조직폭력배의 보스다. 무슨 파인지는 알 수는 없지만 세력이 크다고 들었다. 놀라운 것은 그녀의 남편은 너무 자상하다고 한다. 유난도 유치원에서 열린 가족과 함께하는 행사에서 그를 본 적이 있다. 흔히 상상할 수 있는 조폭의 외모가 아니어서 놀라웠고 게다가 가족들에게 무척이나 다정해 보였다. 하기야 언제 칼에 맞아 비명횡사할지 모르니 가족에게 최선을 다해야 하지 않을까 싶기도 하다. 유난은 그녀와 눈을 마주치지 않으려 조심을 해야 하는 상황이 불편했다.

유난은 대각선 방향의 여자가 부담스러워서 비누가 시선을 가려주는 옆 의자로 옮겨 앉았다. 옮겨 앉으며 옷자락을 정리하는데 누군가 유난의 어깨를 두드렸다. 그녀는 유난의 아파트 위층 여자였다. 유난의 아파트는 강남에서 가장 뜨고 있는 명품 아파트에다 가장 큰 대형 평수였다. 90평 아파트가 40억이 훨씬 넘는다 하니 다른 설명이 필요 없는 부자들인 것이다. 유난도 은근 자부심을 느끼며 살고 있었다. 아마도 다들 그렇지 않을까 싶지만, 위층의 그녀는 좀 별난 축이었다. 자신의 아파트만이 세상에서 가장 집다운 집이라 할 수 있다는 듯 거들먹거렸다. 그녀의 SNS에는 아파트의 온갖 전경들로 가득했다. 그녀에게는 아파트만이 삶의 위안이 되는 것이 확실했다. 왜냐면 남편과 자식이 아파트만큼 자랑스럽지는 못했기 때문이다. 남편은 고철사업을 하고 있는데 사기 전과가 많았다. 그리고 얼마 전 탈세를 한 부자들을 습격하는 '현장 24시'에 위층이 나왔다는 것을 유난은 잘 알고 있다. 추운 겨울을 피해 복도의 많은 집들이 따뜻한 해외로 나가고 빈 집이 많은지라 방송국과 세무서 사람들이 들이닥친 것을 유난만이 목격했다.

그날 이후 위층 여자는 유난에게 매우 친절하게 굴었다. 유난이 남의 일을 절대 떠벌이지 않는다는 것을 몰랐기에 위층 여자는 유난의 집에 애플망고 상자나 고급 치즈 등을 몇 번 보내왔다. 유난과 마주칠 때마다 '우리 같이 식사 한 번 해요'라는 말을 달고 산다. 편하지도 친하지도 않은 사람과 무슨 밥을 같이 먹을 수가 있을까 싶지만 위층 여자의 인사말은 언제나 그랬다. 오늘도 깜짝 놀라며 바라보는 유난에게 위층 여자는 예의 그 인사말을 또 했다. 미안하지만 유난은 '밥'이라는 소리를 좋아하지 않는다. 매우 싫어한다.

오늘은 유난스럽게 유난이 마주하기에 마땅찮은 여자들이 많았다. 조폭 마누라와 위층 여자도 유난이 마땅찮기는 마찬가지일 것이다. 어쨌든 이 시간 이 공간 안에서 같은 배경음악을 듣고 공기청정기가 뿜어내는 같은 공기를 마시면서, 같은 음료를 서비스 받으며 앉아 있다. 유람선 위에 앉아 출렁이는 파도를 즐기는 그들은 항구에 정박할 때까지는 다르지 않은 운명이다. 옮겨 앉는 유난과 위층 여자를 보며 비누가 영문도 모른 채 빙그레 웃었다.

약속 장소에서 뒤에 나타날 사람을 기다리는 일은 될수록 느긋한 마음으로 하는 것이 좋다. 약속 시간보다 늦게 오는 사람의 배짱에 응수하려면 그 시간을 즐기는 편이 서로를 위해서 훨씬 유익하고 현명한 태도다. 특히나 아줌마들과의 약속에서는 그렇다. 그들의 모임이 있을 때면 비누와 유난은 언제나 둘만의 대화 시간을 가질 기회가 많았기에 자연스럽게 서로에 대한 많은 부분을 알아가게 되었다. 유난과 비누는 아예 풍선과 로즈의 출현에 대해서는 신경을 쓰지 않는 듯이 둘만의 대화를 나누곤 했다.

"비누 씨, 요즘 제주도는 잘 안 가나 봐? 작업은 서울서 하는 거예요?"

"어젯밤에 서울 왔어요. 애들 네 명이 한꺼번에 한국에 왔지 뭐예요. 제주에 집합시켜서 교통 정리해 놓고 왔죠."

"네 명이 한꺼번에? 정신이 없었겠다. 나 같으면 서울 올 여유가 없었을 텐데, 대단하네."

"우리 집 애들은 꼭 뭉쳐서 난리예요. 큰놈하고 막내가 뉴욕, 둘째가 보스톤, 셋째가 시카고잖아요. 단체라고 비행기 할인을 받는 것도 아니고, 저희들끼리 일정 맞추느라 골머리 싸매면서도 저렇게 같이 다녀요. 큰애하고 둘째가 26살로 같고, 셋째하고 넷째가 23살로 같은 나이니까 저희들끼리 너무 재미가 있나 봐요."

비누의 표정에 잔잔한 행복이 흘렀다. 비누네 아이들이 두 쌍의 쌍둥이는 아니다. 비누는 재혼을 했다. 일본에서 태어나고 자란 그녀는 20대 후반에 같은 한국인 교포 남자와 첫 결혼을 했다. 외모만 본다면 두 사람의 차이가 너무 커서 남자가 손해를 본 것같이 생각할 수 있었다. 비누는 교포 2세였고 친정이 큰 부자는 아니었지만,

경제적 어려움은 없는 집의 외동딸이었다. 벳부 지역에서 작은 료칸과 미니호텔을 운영하였고 아버지가 무역도 하고 있었다. 일본의 전통적인 가정들의 생활과는 좀 차이가 있었다. 가업에 대한 전통성보다는 부의 축적이 우선하였고 딸 비누에 대한 애정은 상상 이상이었다. 비누의 부모가 40대 후반에 낳은 무남독녀이니 설명이 필요 없었다.

비누는 미술에 소질이 있어서 어릴 때부터 여러 곳에서 두각을 나타냈다. 자연스럽게 예술대학 미술학부로 진학을 했고 같은 과의 선배를 만나 결혼을 했던 것이다. 남자 선배는 인기는 최고였지만 가난한 배경 때문에 결혼 상대를 만나기는 쉽지가 않았다. 그는 타고난 예술가 기질 탓인지, 가난으로 인한 습성 때문인지 불안정한 정서와 불규칙한 생활이 몸에 배어 가장으로서의 의무를 충실히 하고 살기에는 무리가 있었다.

인정이 많고 마음씨가 고운 비누의 작업실에는 언제나 사람들이 북적였는데 비누의 남편도 비누의 작업실에서 술에 취할 때가 많았다. 같은 한국인의 피가 흐른다는 사실이 서로의 감정에 근원이 되어 친하게 지내기는 했으나 남녀의 감정은 전혀 없었다. 그는 비누의 작업실을 아예 자신의 것인 양 이용했다. 가끔 비누의 작업실에서 밤을 새워 작업을 하기도 했다. 자신만의 작업실이 없는 미술학도의 애환을 비누는 이해했고, 그에게 장소뿐만 아니라 여러 가지로 힘이 되어 주었다.

비누와 결혼이 된 것은 일종의 사고였다. 좀 비참한 이야기이지만 그것은 사랑의 행위가 아닌 배설에 가까웠다. 만취 상태에다 호르몬의 과잉이 빚어낸 사고였는데 결과는 심각했다. 비누의 임신은 잠깐 동안이나마 그를 각성시켰다. 현실에 적응을 하고 살아 보려고 마음을 먹었기에 결혼을 하고 아들을 낳았다. 시간이 흐를수록 그는 결혼 생활을 유지하는 것이 몹시 괴로웠다. 작품을 하다 보면 시간의 개념도 없어졌고, 술에 취해야 작업에 몰입이 되는 탓에 거의 폐인과도 같은 생활을 했다.

비누의 추진력과 처가의 도움으로 하게 된 전시회도 실패였다. 팔리지 않고 되돌아온 작품들이 쌓여 있는 작업실에서 그는 술을 마시고 울부짖으며 세월을 보냈다. 잠깐 외출이라도 하게 되는 날엔 유흥가의 여자와 밤을 지내고 왔다. 그는 비누의 모든 것이 싫었다. 그의 눈은 언제나 균형 잡히고 매력적인 것을 추구하였고 여자를 보는 기준도 마찬가지였다. 비누를 바라보는 그는 괴로웠다. 매력이라고는 없는 비누의 외모와 정형화된 틀 속에서 반듯하게 살아가는 여자를 보노라면 숨통이 막혔다. 자신의 안목과 취향과는 너무도 거리가 먼 여자와 평생을 살아야 하는 자신에게 연민이 일었다.

처가의 경제적인 도움을 위로삼아 견뎌 보고자 했지만, 자신의 인생에 환멸이 느껴질 때가 많았다. 아들에 대한 무거운 책임감도 그에게는 힘겨운 굴레였다. 그는 남편이나 가장으로 살기에는 적합한 인간 유형이 아니었다. 예술혼을 불태울 수 있는 자유로운 영혼을 추구하였다. 그것은 어떤 것으로도 묶어 둘 수 없고 잠재울 수도 없는 불길이었다. 가까이 있는 모든 것을 불태우고 자신마저도 태워 버리고 말 거센 불길이었다. 그의 창작활동에 도움이 되고 위로가 되는 것은 밤마다 위스키에 취하는 것과 섹스 파티에 가서 자유분

방하고 멋진 외모를 가진 여자들과 즐기는 것이었다.

비누는 견뎠다. 예술가의 격정을 이해한다고, 시간이 더 흐르고 남편의 작품이 세상에서 인정받게 되면 모든 것이 안정될 것이라고 믿었다. 비누는 자신도 예술가라는 사실은 까마득히 잊어버렸다. 연로한 친정 부모와 함께 아들의 양육을 하고 가난한 시집의 가족을 돌보며 남편의 뒤치다꺼리까지 했다. 비누가 고단하게 현실의 삶을 꾸려 나가는 동안, 남편은 마치 늪과도 같은 예술에 빠져서 허우적댔다. 처가로부터 받는 후원은 그 늪에다 독을 푸는 것과 다를 바 없었다. 그는 출생 후에 처음으로 가져 보는 경제적 여유를 술과 여자와 마약을 사는 데 아낌없이 썼다. 그의 인생에서 처음으로 가져 보는 풍족함이었다. 술이 깨면 다시 취하기 위해 마셨다. 예술은 죽어 갔고 그의 정신도 거의 죽어 갔다.

둘째아이를 임신하게 된 것을 알게 된 날 비누는 남편의 작업실로 갔다. 마침 남편은 약한 술기운에 빠져 작업에 몰입하고 있었다. 비누는 기뻤다. 오랜 만에 대화가 가능한 상태인 것과 작업을 하는 모습을 보자 희망을 느꼈다. 그러나 남편에게 그 장소에서 당장 임신 사실을 알리고 싶지가 않았다. 삿뽀로에 여행이라도 다녀오자고 했다. 가서 낭만적인 경치도 보고 맥주도 마시자고 했다. 작품에 도움이 될 터이니 마음을 내어 보라고 했다. 남편은 흔쾌히 그러자고 했다. 비누는 여행 일정을 짜서 가져오겠다고 했다. 그는 웃음까지 보이며 삿뽀로의 맥주를 예찬했다. 비누는 여행 중에 남편에게 임신 사실도 알리고 새로운 전시를 위한 기획도 제안하려고 생각했다. 비누는 새 생명의 잉태에 의미를 부여하며 새 출발을 꿈꾸었다.

새로운 삶이 시작되었다. 비누는 여행 일정을 짜고 호텔과 렌트카 예약까지 마친 뒤에 남편의 작업실로 향했다. 문이 열려 있었지만, 벨을 한 번 누르는 예의를 갖추고 들어섰다. 작업을 하던 캔버스 앞의 팔레트 위에 그가 엎드려 있었다. 물감이 얼굴에 엉망일 거라는 생각과 함께 비누는 그에게 달려들었다. 술이 결국은 사람을 잡는다는 잔소리와 함께 남편의 얼굴을 드는 순간 뻣뻣하게 굳은 주검이 바닥에 쿵하고 떨어졌다. 주사기와 몇 개의 약병들이 바닥에서 굴렀다. 그렇게 새로운 삶이 시작되었다.

사람들의 오해는 단어의 이미지를 잘못 해석하는 데서 시작된다. 새롭다는 것을 희망적이고 긍정적인 단어로만 해석할 것은 아니다. 새로움은 변화가 있는 그 기점에 온다. 비누는 남편과의 2년에 걸친 결혼 생활을 정리하는 데 그리 많은 시간이 걸리지는 않았다. 장례식을 마치고 파리 떼같이 달려드는 시집 식구들의 거지 근성을 보며 더욱 쉽게 과거와의 결별을 할 수가 있었다. 비누의 친정 부모는 남편의 가족들에게 다시는 어떤 접촉이나 관계를 맺지 않는다는 조건으로 거금을 건네었다. 그들은 손자에게는 관심도 없었다. 차라리 다행이었다. 비누에게 새로운 삶이 시작되었다.

비누는 남편의 죽음 후에 친정 부모와 함께 제주도에 터전을 마련했다. 제주의 자연 속에서 가족들은 평온을 되찾았고 행복을 꿈꾸었다. 둘째가 유치원에 갈 무렵에 비누는 작업을 시작했다. 제주의 풍경들은 비누의 모든 작품의 소재가 되었다. 작품이 쌓이게 되자 일본과 서울을 오가며 여러 차례에 걸쳐 전시회를 하게 되었다. 제주 풍경화 속의 현무암과 바다 물빛은 한과 서러움이 담긴 묵직

한 색조였고 그 너머의 하늘빛과 땅 위의 자연들은 신비로움이 감도는 밝은 색조였다. 오묘한 조화를 이루는 작품들을 좋아하는 사람들이 많아졌다. 매력의 경지를 벗어나 마력이 느껴진다고 하는 이도 있었다.

미술평론을 하는 한 남자를 만났다. 그는 삶과 죽음을 주제로 비누의 작품을 해석하고 싶다고 했다. 비누에게 괜찮겠냐고 물었다. 제주의 바다 풍경이 보이는 호텔의 커피숍이었다. 그 옆에는 비누의 둘째아들 또래의 작은 남자 아이가 아주 얌전하게 오렌지 주스를 마시고 있었다. 그 아이의 긴 속눈썹이 예뻤다. 마치 여자 아이처럼 예뻤고 아주 얌전한 아이였다.

말로는 다할 수 없는

"우리 집 네 명의 머슴애들은 제주도를 너무 좋아해요. 어릴 때 돌담 넘기랑 나무에 오르던 추억이 그 아이들의 재산이죠. 미국에서도 제주의 바다 생각만 하면 너무 그리워서 공부고 뭐고 다 때려치우고 돌아오고 싶다네요, 글쎄……."

"비누 씨도 제주에서 작업할 때가 더 좋죠?"

"네, 그렇지만 서울에서 제가 직접 해야 할 일들이 점점 많아지니까, 남편이 제주를 지키고 있죠."

"하기사 비행기 타고 금방 왔다 갔다 할 수 있잖아요. 땅덩이가 작은 나라에 사니까. 자주 오르내리다 보면, 일도 아니겠어요? 환기도 되고 별장 오가는 거하고 똑같겠지, 뭐."

"맞아요. 근데 풍선 씨가 급작스럽게 호출 명령을 내리고선 늦네요. 로즈 씨도 멋 부리고 나오려면 시간 맞추기 어려울 테고……."

"멋은 풍선이 더 부리지. 로즈는 타고난 미인에다 안 꾸며도 멋이 절로 흐르니까. 로즈는 젊을 땐 눈이 부셨어요. 연예인이 되고도 남았을 용모인데……."

"아유, 연예인 되어서 남의 입에 오르내리면 뭐가 좋나요? 지금 온갖 것 다 누리고 우아하게 사는 게 참 좋아 보이던데요. 참, 언니도 너무 세련되시고 배울 게 많아서 좋아요."

비누는 유난이 두 살 많은 것을 대접해 언니라고 불렀다. 풍선과 로즈도 유난과 동갑이었지만 비누는 그들에게는 '풍선 씨, 로즈 씨'라고 했다. 왜인지는 알 수 없다. 세상의 다른 사람들도 유난에게는 예우를 하는 편이었는데, 유난의 늙어 보이는 얼굴 때문인지도 몰랐다. 풍선과 로즈에 비해 외모도 나이 들어 보이고 말투도 좀 무거우니 그렇겠지. 서운한 기분과 뿌듯한 기분이 묘하게 어우러졌다. 이십 분이 지났다.

"비누 씨, 우리 먼저 커피나 마실까?"

"네, 카페라떼로 마셔야겠어요. 라운지 커피 맛이 점점 없어져서 그나마 라떼가 나은 거 같아요."

"그렇죠? 왜 그런지 몰라. 서비스 질이 점점 나빠지네. 나도 라떼."

두 여자는 모두 커피 맛에 매우 민감하다. 온갖 고급 카페를 다니며 좋은 커피는 다 맛보았고 집에서도 프리미엄급으로 블렌딩된 고급 원두만을 사용한다. 아래층 최상위급 라운지에서는 그런 원두를 쓴다.

"비행기와 백화점만큼 등급을 따지고 차별하는 데가 있을까요? 돈이 계급을 확실히 매겨 주잖아요."

그녀는 비누가 돈을 운운하는 것이 어색했다. 비누의 용모로 보면 돈이 아쉽고 부러운 것이 맞아 보이지만, 비누의 실제 자산을 헤아리면 돈이란 것에 대한 한탄 따위는 걸맞지가 않는다. 아예 돈을 무시하고 살아도 된다는 게 실제와 걸맞을 것이다. 비누는 친정 부모가 남긴 재산에다 일찌감치 제주도에 자리를 잡으며 사 두었던 땅들의 가치가 폭등을 하였다. 비누 부부가 스스로의 힘으로는 재산 관리를 할 수 없을 정도로 몇 년 새 자산의 크기가 갑자기 늘어났다고 한다. 물론 비누가 직접 한 얘기는 아니고 풍선을 통해서 듣게 된 얘기다.

풍선도 만만찮은 자산가이겠지만 비누가 부러운지, 돈이 눈이 멀어서 비누에게만 끝없이 가고 있다고 언제나 헐뜯었다. 풍선은 세상살이의 모든 가치 기준을 돈에다 두고 산다. 심지어 어떤 집의 자녀가 좋은 학교에 갔다거나 남편이 승진을 했다고 하면 그 집은 돈이 얼마나 있냐고 확인을 할 정도였다. 유난의 눈에 풍선은 단순해서 귀여운 속물이었다.

라떼는 그나마 맛이 좀 나았다. 우유의 풍미가 질 낮은 원두의 속성을 은폐해 주어서였다. 유난은 딸려 나온 쿠키의 비닐을 찢으며 서비스하는 젊은 여자들을 보았다. 왜냐면, 라떼의 아트가 너무 고왔기 때문이다. 섬세한 거품 위에 작은 하트를 다섯 개나 연결해서 작품을 만든 사람이 혹시나 저 여자들인가 해서였다.

"비누 씨, 쟤들 언제 봐도 참 이뿌지? 채용할 때 키도 기준이 있나 봐. 십 년 이상 라운지 다녀 봐도 키 작은 애는 본 적이 없네. 말라서 부러질 듯한 애들이 하루 종일 서비스 하는 것 보면…… 중노동일 텐데……."

"그러게요. 진산도 많을 텐데. 아니요. 진상요, 호호."

"비누 씨가 그런 말 하니까 우습네, 진상."

"애들이 가르쳐 줬어요. 우리 애들은 미국에 가 있어도 한국에서 유행하는 온갖 말은 다 알아요. 애들하고 문자하면서 제가 많이 배워요. 애들 아빠도요. 우리 가족 대화는 개그 수준이에요."

"어머나, 개그는 내가 진짜 좋아하는데……."

"어쩜, 저두요, 저두요. 개그 방송 프로그램을 일주일 내내 기다린다니까요. 결방되면 힘이 빠져요."

"하하하, 반가워라. 나도 그래."

유난은 정말로 반가웠다. 나이도 많은 여자가 개그 프로 보면서 낄낄댄다고 핀잔을 듣기가 일쑤인데, 닮은 사람을 만나니 위안이 되었다. 세월이 흐르고 만남이 쌓이고 서로를 열어 가면서 정이 쌓이는 게다. 유난은 비누가 정겨워졌다. 비누는 잠깐 안경을 벗어서 후후거리고 냅킨으로 닦은 뒤에 다시 썼다.

"언니, 저도 조금만 더 예뻤으면 팔자가 달라졌을 거예요……."

"무슨 소리야? 지금 팔자가 어때서? 아줌마들 인물이 별나 봤자 거기서 거기지, 뭐."

유난은 뜨끔했다. 비누의 외모가 한심하다는 생각을 언제나 하고 있었고 조금 전까지도 비누를 바라보며 그런 생각을 했기 때문이다.

어쩌면 비누는 일본에서 오래 살아서인지도 모른다. 다른 문화권에서는 여자들의 외모에 대한 센스도 좀 다르지 않을까? 비누의 얼굴에 빈티가 흐르고 못생겼다고 하는 것은, 성형과 메이크업이 너무나 잘 발달되고 보편화된 이곳에서의 센스를 적용하기 때문인지도 모르겠다. 어쨌든 비누를 볼 때마다 보기 드물게 못생긴 얼굴이라는 느낌을 늘 받았다.

"내가 예뻤다면 사람들이 쌍꺼풀 수술을 하라고 했겠어요? 신경 쓰고 싶지 않은데도 켈로이드가 인생의 장애물 같아요. 남편이 괜한 짓을 했다고 맨날 말해요. 병원에서 재수술을 권하기는 하는데, 장담은 못 한다니까 이러고 사는 거죠. 나 같은 경우가 드물게 있다고 하네요."

유난은 비누의 말을 들으며 처음으로 미안한 생각이 들었다. 안타까운 사연에 대하여 진심으로 헤아려서 생각해 준 적이 없었다. 언제나 화가로 성공했고 거부이면 무슨 소용이랴 싶었다. 저렇게 못생긴 여자의 성공과 부는 세상의 공평함을 증명할 뿐이라고 생각했다. 그리고 비누가 스스로를 모른 채 착각하며 산다는 생각에 속으로 비웃고 한심스러워하기까지 했었다. 미안한 생각이 들었다.

유난 부부는 비누의 전시회에 몇 번 갔었다. 유난의 남편은 비누의 작품에 매료되었고 전시회 때마다 한 점씩 구입도 하였다. 비누는 지인이라고 대폭 할인을 해주면서 가격으로 가치를 매기지 말아달라고 신신당부를 했었다. 30호 사이즈의 성산일출봉이 담긴 그림은 남편의 서재에 꽤 오랫동안 걸려 있다. 유난은 제법 많은 그림을 컬렉션하고 있는 중이다. 유난의 집이 큰 편이기는 하지만 그림들로 모든 벽을 도배할 수는 없었다. 유난은 임자가 정해지지 않은 방 하나에 그림을 차곡차곡 세워서 보관하고 있다. 계절이 바뀔 때마다 분위기에 맞게 바꿔서 걸어 보는 재미가 있었다. 그중에 비누의 그림이 몇 점 있다. 같은 작가의 그림을 몇 점씩 구입한 것은 비누의 작품밖에 없다.

유난과 남편은 그림을 감상하는 취향이 일치했다. 초기 인상주의의 명화를 좋아했고 풍경화와 인물화의 사실적인 표현과 잔잔한 느낌을 좋아했다. 현대 미술에서도 주로 풍경이나 부드러우면서도 깊이가 있는 추상 작품에 관심이 있었다. 형태보다는 색감이 주는 느낌에 더 치중했다. 과도하게 개념을 강조하거나 스케일이 큰 작품을 좋아하지 않았다. 마치 엔지니어링을 연상케 하는 설치 작품에는 아예 관심을 두지 않는 편이었다. 자본과 마케팅으로 이루어진 거대 작품은 관객을 압도하고 흡수하기 위한 목적이 최우선되고 있는 것 같아서였다. 예술 공장에서 작가가 디렉트해 생산해내는 작품들에는 감동이나 정서의 이입이 잘 안 되었다. 대형 작품을 보게 되면 그저 생산자의 에너지에는 놀라움을 금치 못했다. 유난 부부는 미술 영역에 대해 혼란스러워지는 것이 싫었다. 그냥 그림만이 미술인 것으로 간주했다.

유난 부부는 비누의 그림같이 소박하고 개인의 삶이 진솔하게 반영된 작품을 차분한 장소에서 오롯이 느끼며 감상하는 것을 즐겼다. 유난은 차분하고 조용한 미술관에서 혼자 작품을 감상하노라면 작가의 삶과 내면마저도 읽을 수 있는 것 같았다. 작품을 감상하는 것은 어쩌면 타인의 삶에 대한 관음증과 비슷한 것인지도 몰랐다. 유난은 작품에 몰입하여 자신의 정서를 대입해 보면 작가와 자신의 삶의 무게에 대한 동질감도 느껴졌다. 잔잔한 감동은 삶의 위안이 되었다. 미술의 기능이란 것이 이렇게 개인의 취향에 따라 다르게 작용했다.

유난의 남편은 비누의 전시회장에서 작품의 매력에 빠져들며 감상을 하다가 작가인 비누를 직접 보고 충격을 받기도 했다. 저렇게 멋진 작품을 작업한 여자의 모습이라고는 상상도 못 할 외모라는 것이었다. 눈은 또 왜 저러냐고 하며, 차라리 그냥 살지 흉한 수술 자국이 있는 저 꼴은 너무 심하다며 혀를 찼다. 유난의 남편은 원래 타인에 대한 평가를 거의 하지 않는 사람이었으나 충격이 너무 컸던 탓에 며칠을 두고 몇 번씩이나 비누에 대해 말했다. 유난 역시 비누의 멋진 작품과 작가인 비누의 외모에서 느끼는 이질감을 아직도 완전히 벗어나지 못하고 있다. 요즘도 가끔 비누가 흥부의 아내 같다는 느낌이 들었다.

그러나 비누의 외모를 낮게 평가하는 유난도 결코 예쁘거나 멋진 외모를 가진 축은 아니다. 매력적이라는 말은 아주 가끔 들었지만. 잘 생각해 보라. 매력이란 것은 참 복합적인 뜻이 있다. 모든 것에 앞서 우선 '예쁘지는 않지만'이란 전제가 떠오른다. 예쁘다고 말할 수는 없지만 끌리고 관심이 간다는 의미가 강하다. 하기야 예쁘기는 한데 분위기가 없고 맹탕이라는 것보다는 나을지도 모른다. 세상의 모든 여자는 예쁘고 싶다. 그리고 매력적이고 싶다. 세상의 모든 여자들은 예쁘면서도 매력적이고 싶다. 남자들도 다를 바 없이 잘생기고 매력적이고 싶겠지만 그들은 드러내 놓고 그것을 추구하면 가치가 추락할 위험성이 있기에 자제해야 한다. 어쨌든 비누는 불운하여 예쁘지도 못하고 매력도 없는 안타까운 외모를 지녔다.

"그래도 한 번 시도를 해보는 것도 괜찮지 않을까? 한 번 해본 수술인데 한 번 더 해보는 건 처음보다 수월할 텐데. 요즘 성형기술이 그렇게 좋다고 하는데…….”

유난은 진심으로 안타까워졌고 비누를 돕고 싶다는 생각이 들었다. 머릿속으로 주변의 알고 있는 의사들을 열심히 떠올렸다. 남편의 친구들, 친구의 남편들, 내과와 피부과 의사인 두 동생과 주변의 지인들, 시동생, 시누이 남편, 사촌들……. 의사는 참으로 수없이 많구나 싶었다. 그중에서도 비누에게 도움이 될 만한 사람으로 범위를 좁혀 보며 커피 잔을 들려는데 풍선이 들어서는 모습이 보였다.

풍선의 출현은 비누와 그녀가 동시에 손목시계를 들여다보게 했다. 11시 5분이다. 약속 시간보다 35분이나 지난 것이다. 풍선은 쇼핑백을 양손 가득 들고 고유의 화려한 패션을 하고 느리게 걸었다. 또각또각 천천히 걷는 풍선의 트위드 재킷 속 오렌지색 원피스에 늘어뜨린 체인 끝의 커다란 팬던트가 눈에 확 띄었다. 라운지의 모든 풍경을 한눈에 쓸어 담듯 휘익 둘러보며 비누와 유난을 보고 활짝 웃었다. 거부할 수 없는 귀여운 모습이다.

풍선은 빠르고 수다스러운 말투에 비해 몸 동작은 매우 느리다. 유난은 언제나 그 점이 불가사의했다. 풍선의 뇌구조가 특이해서 언어와 동작이 서로 다른 시스템으로 작동하는 것 같았다. 보통 말투가 빠른 사람은 행동도 급한 편이다. 따라서 말투가 느린 사람은 행동도 굼뜬 게 보편적이지 않은가. 우리가 기억하는 보통 사람들의 특성들은 그런 조합이 대부분이다. 거의 그렇게 맞아떨어진다. 풍선은 그렇지 않았다. 말투의 속도와 몸 동작의 속도가 매우 다르면서 묘하게 어우러져 풍선만의 매력이 되고 있는 듯했다.

풍선의 바로 뒤에 로즈도 나타났다. 마치 같이 온 사람들인 양 짧은 간격으로 라운지에 들어섰다. 아! 로즈는 역시 남다르다. 어디에 서건 눈에 번쩍 띌 만큼 특별하다. 로즈 같은 여자를 보고 예쁘고도 매력적이라고 하는 것이다. 작지 않은 키에 높은 힐까지 신었으니 앞선 풍선이 내려다보일 것이다. 풍선은 사실 좀 뚱뚱한 편이고 키도 작다. 훤칠하고 세련된 로즈와 풍선이 묘한 대비를 이루면서 걸어와 자리에 앉았다. 풍선이 유난 옆에 앉았고 로즈가 비누의 옆자리에 앉았다. 새로 들어와서 앉는 두 여자의 뒤로 서비스를 하는 젊은 여자가 바짝 따라붙었다.

"언니야, 아이스 아메리카노 투 샷으로 부탁해."

"음, 난 망고 주스로 줘요."

로즈는 약간의 허기를 느꼈다. 그래서 망고 주스라도 마시며 혈당을 올릴 셈이다.

"자기는 또 다이어트 했어? 왜 그렇게 지쳐 보이니?"

풍선은 콤팩트 파운데이션을 꺼내 열심히 자기 얼굴을 살피며 로즈에게 말했다. 새빨간 루즈도 꺼내어 다시 발랐다. 마치 지금 마시게 될 컵에 자신의 흔적을 확실히 남기기라도 해야 하는 것처럼. 하여튼 풍선은 남다르다. 커피 잔에 자신의 입술 자국을 남기지 않기 위해 주의를 기울이는 사람들을 비웃고 있는 것은 아닌지 모르겠다. 건너편의 로즈는 아예 입술이 누드 상태다.

로즈는 피곤했다. 그녀는 아침 일찍 다른 곳에 들렀다가 왔다. 여기 같이 앉아 있는 세 여자는 상상도 하지 못할 그런 곳에서 엄청난 일을 하고 왔다. 세 여자의 인사치레와 이어지는 수다를 관망하듯 바라보며 주스를 마셨다. 로즈는 전화기를 물끄러미 바라보았다. 그리고 백에서 시계와 반지를 꺼내더니 팔목과 손가락에 착용을 했다. 세 여자는 로즈가 아침에 늦잠을 잤거나 매우 바빴다고 짐작했다. 로즈는 자신의 전화기가 떨리자 재빨리 들어서 확인했다.

—나도 나왔어. 밥부터 먹고 놀아. 건강 조심. 자꾸 살 빠지면 늙어. 그러면 나도 도망갈 테야. 꼭 밥부터 챙겨먹기로 약속~ 사랑해. 많이.

—알았어. 자기나 잘해~ 나두 많이 ㅅ ㄹ ㅎ~ 연락할게.

로즈의 입가에 살짝 그리고 짧게 미소가 번졌다. 느슨하고 나른한 표정으로 전화기를 백 속에 넣고 건너편의 유난과 풍선을 바라보았다. 로즈는 말을 많이 하지 않는다. 자신에게 관심의 화살이 쏠릴 때조차도 의연하고 꿋꿋하게 눈도 꿈쩍 않고 간결하게, 아주 짧게 단어를 아껴 가며 대답을 한다. 로즈는 같이 앉아 있어도 누군가에게 쉽게 동화되거나 무리들의 수다에 몰입하지 않는다. 마치 외계인과 수신 중인 미녀 스파이 같은 느낌이랄까. 로즈는 전화기도 수시로 자주 체크하는 점이 딱 스파이의 분위기이다. 다른 여자들처럼 핸드백 속에 전화기를 넣어 두고 수다나 쇼핑에 몰두하여 종종 통화 두절 상태가 되는 일 같은 것은 일어나지 않을 것이다. 수많은 아줌마들의 실수이며 부부 싸움의 불씨가 되기도 하는 통화 두절 사고 같은 것은 우아한 로즈와는 어울리지 않고 상상도 할 수가 없다.

유난은 로즈의 신비롭고 세련된 분위기가 참 좋았다. 로즈는 어둡고 차분한 색상에 단순한 디자인의 옷을 즐겨 입는다. 화장도 별로 하지 않는 것 같다. 머리끝부터 발끝까지 명품이 아닌 것이 없다. 로즈는 마치 태어날 때부터 귀족이었고 세상의 복잡함과는 거리가 아주 먼 명품인생 같아 보였다. 특히 로즈의 말수가 적은 것이 매력적이었다.

라운지의 모든 여자들은 대체로 시끄럽다. 남들이 알고 싶어 하는 정보보다도 훨씬 더 넘치는 양의 얘기를 한계선 없이 풀어놓는 사람들이 많다. 직업이 없고 자신만의 이렇다 할 고유한 업적이 없을수록 설명이 길어질 수밖에 없다. 뭔가 부족하다고 느낄수록, 인정받고 싶을수록 떠들썩해진다. 풍선은 자신의 패션을 열심히 설명하지만, 로즈는 그런 것에 대하여 단 한마디도 않은 채 언제나 초연하지 않은가. 비교우위에 있는 사람들은 언제나 여유가 있다.

사람을 만나 보면, 자신의 얘기보다 친척이나 주변의 잘나가는 사람들 얘기를 주로 하는 사람이 많다. 그렇게 잘난 사람들과 자신을 동일시하고 싶은 것이다. 어떻게든 타인에게 인정받고 싶으나 자기 자신만으로는 역량이 부족하니 초조하여 많은 말로 길게 설명할 수밖에 없다. 자기가 직업이 있는 사람은 간단한 한마디로 자신의 소개가 끝난다. 자녀들의 소개도 마찬가지다. 분명하고 간단하게 전공을 말할 수 있는 부모들은 여유가 있다. 뭔가 부연 설명이 길어지는 경우는 좀 마땅찮은 경우다. 무엇을 전공했으나 또 무엇을 더 했고 유학을 갔고, 어학연수를 다녀왔는데 하는 식으로 끝없이 설명이 이어진다.

유난은 가끔 로즈에게 자신이 빨려 들어가는 듯한 기분이었다. 그런 자신에게 정신을 차리자고 다짐을 한 적도 있었다. 오늘도 로즈의 눈부신 얼굴과 멋진 차림과 고급스러움이 넘쳐나는 분위기에 자기도 모르게 압도되고 있는 중인 것 같았다. 풍선의 소란스러움과는 비교도 되지 않는 흡인력의 여자, 로즈는 비밀이 많았다.

우선, 로즈의 과거를 정확히 알 수가 없었다. 춘천에서 여자고등학교를 나왔고, 서울에서 재수를 하다가 미국으로 건너가 대학에서 철학을 전공했다고 한다. 한국에서는 대학원에서 동양철학을 공부하다가 몸이 아파서 학위 없이 수료로 끝났다고 한다. 풍선은 믿어주는 척하지만 확인할 바 없으니 석연찮다고 뒷담화를 해대었다. 구린 데가 있어서 말도 많이 안 하고 의뭉하게 있는 것이 틀림없다는 것이었다.

풍선과 로즈는 모든 면에서 코드가 맞지 않았다. 풍선, 로즈, 유난, 비누가 골프 라운딩을 하는 날엔 모든 차이점이 더욱 극명하게 드러났다. 유난과 비누는 골프 스윙이나 실력과 매너가 무난했다. 비누의 패션이 필드에서도 변함 없이 테러 수준이라 좀 민망하기는 했다. 같이 다니는 사람이 너무 처져 보이면 본인보다 옆의 사람이 더 신경 쓰이는 그런 경우였다. 비누 자신은 정작 자신의 패션에 대하여 너무나도 당당했다. 오히려 신경 써서 차려입은 필드 패션에 대하여 자부심마저 있는 듯해 보였다. 로즈의 빼어난 자태와 세련된 패션이 촌스럽고 답답한 비누의 패션을 더욱 부각시킬 때가 많았다.

너무 다른 네 명의 여자들로 이루어진 팀을 사람들이 본다면 어색해할 것이다. 유유상종이라는데, 특히 평일에 골프 라운딩을 하러 나오는 사람들은 비슷한 부류의 사람들끼리 뭉치는 것이 일반적이다. 네 명의 여자는 무슨 특별한 사연이라도 있어서 어쩔 수 없이 뭉칠 수밖에 없는 관계처럼 그렇게 부조화였다.

풍선의 화려한 원색의 패션은 정신이 다 혼란스러울 지경이었다. 그녀의 캐디백 속의 클럽들도 요란한 주인장의 취향대로 온갖 울긋

불긋한 커버에 싸여 있다. 반짝이는 큐빅 장식들이 햇빛에 반사되면 산만함의 극치를 이루었다. 풍선은 팔다리가 짧고 몸통이 굵다 보니 멋진 스윙은 무리였다. 게다가 입으로 골프를 친다고 해도 과언이 아닐 정도로 시끄럽다. 골프 게임이 안 풀릴 땐 더욱 심하니 귀마개라도 해야 할 지경이다.

풍선에 비해 로즈는 부드럽고도 시원한 스윙을 가졌고 핸디도 낮다. 로즈는 평소 취향대로 필드 패션도 단순하고 절제되어 있으며 말이 없다.

"자기는 필드에서도 어두운 색을 즐기네? 남자나 여자나 야외에서는 밝은 색상이 멋지더라. 즐거움을 배가시키는 칼라의 힘! 호호호……."

옆에서 듣고 있는 비누와 유난은 마음이 편치 않다. 혹시라도 사소한 다툼이라도 생기게 될까 봐 염려스럽기만 했다. 그럴 땐 유난이 간식을 꺼내어 재빨리 수습을 시도했다. 어눌한 비누도 유난을 거들며 너스레를 떤다.

"풍선 씨는 요즘 레슨발이 잘 받네요. 스윙이 간결해졌어요. 아주 좋은데요."

그러나 언제나 다행히도 비누와 유난의 염려에 그쳤다. 풍선이 자극을 하고 시비 수준으로 말을 건네도 로즈는 담담했다. 누가 보아도 위기일 것 같은 순간에도 흔들림 없이 순탄하게 넘어갔다. 로즈 본인보다도 오히려 비누와 유난이 언제나 진땀을 빼야 하는 지경이었다. 어울리지 않고 위태로워 보여도 그들은 굳건한 동맹이었다. 주기적으로 골프 라운딩을 하는 사이에 미운정과 고운정이 쌓여 갔다.

사람들의 비밀

풍선의 남편은 건설업을 하고 있고 수도권에 골프장을 두 개 운영하고 있다. 로즈의 남편과 풍선의 남편은 고교 동창이며 사업상 이해관계가 좀 있었다. 두 여자가 너무나 다른 코드임에도 관계를 유지하고 있는 것도 그런 연유였다. 유난의 남편도 회계사인지라 비누를 포함한 그들 모두와 관련이 있었고 친밀하게 지냈다. 풍선의 남편은 크지 않은 키에 딱 벌어진 체격을 가졌다. 한눈에 보아도 배포가 두둑해 보이는 인상이고 호탕한 성격일 듯해 보였다. 목소리가 크고 말수가 많은 것이 풍선과 똑같았다. 부부는 닮는다는데 어느 쪽이 원조 수다였는지는 알 수가 없지만 두 사람은 언제나 떠들썩했다.

로즈의 남편은 한의사다. 대를 이어 한의원을 하고 있다. 할아버지 대에는 한약방이었고 아버지 대에 와서 한의원이 되었다. 로즈의 남편은 자신의 진로에 대한 고민을 해본 적이 없었다. 당연히 한

의원을 물려받아야 하는 것으로 생각했다. 로즈의 남편은 사업에 대한 감각도 있어서 한의원의 운영을 아주 잘했다. 서울의 주요 지역마다 한방종합병원을 냈고 성공적이었다. 지방에도 두 개의 지점이 있다. 요즘엔 해외에 지점을 내기 위해 골몰 중이다. 대학의 후배들에게 고용을 창출하여 훌륭한 선배로 칭송을 받는 데다 성품까지 좋아서 언제나 주변에 사람이 많았다. 로즈의 남편도 로즈처럼 세련된 외모와 감각을 가졌고 말수가 적었다. 풍선 부부가 서로 닮았듯이 로즈 부부도 서로 너무나 비슷한 분위기였다.

로즈의 남편은 해외지점을 내기 위해 일 년 전부터 거의 뉴욕에서 지낸다. 자녀라고는 오직 아들 하나인데 얼마 전까지 뉴욕에 있었으나 공부를 마치고 한국으로 돌아와 군 입대를 했다. 로즈의 집엔 언제나 냉기가 흘렀다. 가족들이 북적대지 않는 집에서는 음식 냄새라든가 사람의 소리, 온기 같은 것이 없었다.

로즈의 집에 오는 가사도우미는 모델하우스 같은 로즈의 집이 마냥 좋지만은 않았다. 일은 몹시 간편했지만 자신의 몫을 다하지 못하고 품삯을 받는 것만 같았다. 일주일 전에 왔을 때나 별다름 없이 정돈된 집에서 일하는 것은 도리어 더 조심스러웠다. 차라리 어수선한 집에서 적당히 얼렁뚱땅 해치우는 일이 훨씬 인정받기 쉽다는 것은 불문율이다.

로즈는 말수도 극도로 아끼니 웬만한 질문을 해도 대답을 듣기가 어려웠다. 로즈는 작은방 하나에 없애버릴 옷과 장신구를 비롯한 여러 가지를 태산같이 쌓아 놓았다. 도우미에게 필요한 것은 가져가라고 했다. 도우미는 아무리 뒤져 보아도 쓸 만한 것이 없어서 한

숨이 절로 났다. 부잣집에다 인물도 좋은 사모님의 취향이 참 안타까웠다. 하나같이 칙칙하고 어두운 색에다가 디자인도 밋밋해서 볼품이 없어 보였다. 게다가 길쭉하고 좁은 통의 옷들을 입을 수 있는 사람이 몇이나 되랴 싶었다.

가끔 스포츠 모자를 가지고 가면 딸이 너무 좋아했다. 딸에게서 백이나 스카프도 좀 가져오라는 주문을 받았다. 딸은 듣기만 하던 명품을 실물로 보고는 좋아서 입이 벌어졌다. 앞으로는 옷도 가지고 오면 자기가 중고시장에 내다 팔 것이라고 했다. 딸은 갈수록 수입이 쏠쏠해져서 신이 났다. 한 달에 두어 가지만 갖다 팔아도 꽤 돈이 되었다. 도우미는 로즈가 버렸고 자신에게도 쓸모라고는 없어 보이는 것들이 돈이 된다니 놀라웠다. 세상은 참 신기하게 돌아가는구나 싶었다. 로즈의 집안일을 돕는 것이 마음은 불편했지만 딸의 수입원이 되기도 하니 그냥 버티었다.

몇 년 전쯤의 어느 늦가을이었다. 도우미는 로즈의 집 벨을 눌렀으나 인기척이 없어 현관문의 비밀번호를 누르고 들어갔다. 사모님하고 큰 소리로 불러도 대답이 없었다. 외출을 할 거면 미리 말이라도 할 것이지 일언반구도 없었다는 것이 못내 불만스러워 투덜거리며 일을 시작했다. 안방 청소 차례가 되어 문을 열었을 때에야 도우미는 어떻게 된 사정인지를 알고는 어이가 다 없었다. 로즈가 백설공주인 양 침대에 잠들어 있는 것이었다. 어떻게 해야 할지 머뭇거리다 청소를 포기하고 문을 닫았다.

일을 다 마치고 나서 인사를 하러 들어갔을 때까지도 로즈는 자고 있었다. 로즈가 일어나서 식사도 해야 할 것이고 안방 청소도 남겨 두고 가려니 뭔가 찜찜한 기분이 들었다. 그런 생각에 도우미는 가까이 다가갔다. 로즈의 얼굴은 새하얀 종잇장 같았고 마치 죽은 듯이 잠들어 있었다. 사모님하고 제법 큰 소리로 불렀다. 대답이 없었다. 다시 좀 더 큰 소리로 불렀다. 미동도 없었다. 이상했다. 왈칵 무서운 생각이 들었다. 마구 쿵덕거리는 가슴만큼이나 떨리는 손으로 로즈의 목 밑에 손을 대어 보았다. 처음엔 아무런 움직임도 느껴지지 않았다. 죽었구나, 라고 생각하면서도 다시 힘을 주어 눌러 보니 맥이 뛰고 있었다. 도우미는 안도감과 함께 로즈를 마구 흔들었다. 로즈의 몸은 흔들어대는 대로 흔들리기만 할 뿐 좀처럼 깨어나지 않았다.

도우미는 로즈 말고는 이 집의 어떤 사람도 알지 못했다. 비상 연락을 취할 만한 어떤 곳도 알지 못했다. 막막했다. 가사도우미가 할 수 있는 일은 오로지 119에 전화를 거는 일 말고는 없었다. 잠시 후 구급차가 왔고 도우미는 보호자가 되었다. 침대 옆의 약병들을 일단 자신의 가방에 쓸어 담았다. 병원에 가면 필요할 것 같아서였다. 그 와중에도 로즈의 지갑과 로즈의 긴 머리를 묶어 줄 예쁜 방울이 달린 고무줄을 화장대에서 챙기고 현관문이 잠기는 것을 확인했다.

구급대원들은 텔레비전에서 보던 것처럼 사명감이 투철하거나 신속해 보이지는 않았다. 도우미가 보기에 구급대원들은 짜증나고 귀찮은 일을 처리하러 온 듯해 보이는 표정들이었고 도무지 서두르는 기색이라고는 없었다. 부잣집의 현관문이 열리자 인테리어를 구경하느라 여기저기 기웃대기까지 하였다. 한 사람은 마실 물까지 부탁하는 것이었다.

윙윙대며 달리는 구급차 안에서 도우미는 혼란스런 마음으로 로즈의 보호자와 연락이 될 만한 방법을 계속 궁리했다. 아! 관리실에 연락하면 모든 것이 해결될 것이다. 마음이 놓였다. 병원에 도착하자마자 로즈는 잠에서 깨어났다. 창백한 모습이 백설 공주처럼 예뻤다. 급히 달려온 남편은 집에서 편안하게 좀 더 자게 놔두지 웬 소란을 만들었냐는 듯이 도우미를 대했다. 약은 병원에서 특별히 처방받은 약이었고 로즈에게는 깊이 잠드는 부작용이 있었다. 로즈는 일반 수면유도제보다는 이 약의 효능을 더 좋아했기에 어렵게 처방받아 두고 복용을 하곤 했다. 세상과 단절되는 몇 시간 동안에 로즈는 외계에 다녀오는 것인지도 모른다.

로즈 남편의 외모를 보는 순간, 도우미는 로즈의 인생에 대한 모든 것을 알게 된 것 같은 기분이었다. 남자가 저렇게 인물이 반반하게 잘생긴 데다가 돈까지 많으니 뻔할 것이라고 생각했다. 오죽하면 마누라가 약을 먹었겠나 싶었다. 저런 남정네들은 결국엔 지옥행일 것이라고 생각했다. 가슴을 졸이며 푸닥거린 뒤라 맥이 풀리고 피곤해졌다.

로즈의 남편은 도우미에게 택시비를 건네었다. 도우미도 자신의 백에 넣었던 약병들을 로즈의 남편에게 돌려주었다. 택시비는 자신의 일당보다 많았다. 지하철을 탈 것이니 택시비는 그대로 남아서 수입이 될 것이다. 오늘은 재물운이 있는 날인가 보다. 단지 재물운만 있는 날일 게다. 너무 놀란 가슴은 수명을 단축시켰을 것 같았다. 로즈에게 연민이 생겼다. 그후로 변함없이 로즈의 집에 다닌 지가 올해로 13년째다.

그동안 로즈는 변함이 없었다. 가사도우미도 변함이 없기는 마찬가지였다. 13년 동안에 두 여자의 만남의 회수를 계산해 보자면, 일주일에 한 번씩 만났으니 대략 676번 내외일 것이다. 혈연이나 친구가 아닌 사람들이 만나서 이 정도의 세월을 쌓기는 쉬운 일이 아니다. 두 사람은 감정의 교류가 거의 없는 기계적인 관계를 유지했고 인간이기에 겪을 만한 감정의 부침 같은 것이 거의 없었다.

가사도우미가 그 긴 세월 동안 로즈의 신상에 대해 아는 것은 딱 한 가지였다. 자신과 나이가 같다는 사실만은 정확히 알고 있다. 구급차를 타고 병원으로 갔던 날, 로즈의 지갑 속에서 신분증을 꺼내야 했기 때문이다. 당연히 너무나 젊어 보이는 로즈의 나이에 깜짝 놀랐던 기억이 있다. 로즈의 나이 말고는 다른 무엇도 알지 못한다. 로즈는 묘한 사람이었다. 진짜로 외계에서 온 미녀 스파이일지도 몰랐다. 짙은 향기로 유혹을 하지만 뾰족하고 치명적인 가시를 감추고 있는 장미일지도 모른다.

가사도우미의 추측과는 달리 로즈의 남편은 로즈를 몹시 아꼈다. 30년이 다 되어 가는 결혼생활인데도 변함없는 애정으로 로즈를 돌보았다. 남편은 언제나 출근을 늦게 했다. 특별한 진료예약이 없는 한 느지막이 집을 나섰다. 늦잠을 자고 겨우 일어나는 로즈의 아침을 위해 간단한 식사를 준비하는 것은 그의 행복한 일상이었다. 그는 그 일에 대하여 항상 'my pleasure'라고 했다. 식탁에 맥을 놓고 앉아 있는 로즈에게 직접 떠먹여 주기까지 했다. 심지어 흘러내린 머리칼을 정리해서 집게핀으로 틀어 올려 주기까지 했다. 그것은 마치 선남선녀가 영화 촬영을 하는 듯한 풍경이었다. 새로 케어를 받은 네일이 예쁘다는 칭찬을 하자 로즈는 아침부터 정신이 없으니 좀 조용히 해달라고까지 했다.

로즈의 남편이 쩔쩔매며 사는 데에는 무슨 사연이라도 있지 않을까? 죽을죄라도 지은 것은 아닐까? 30년 가까이 살고도 저런 애정 행각을 한다는 것이 맨 정신에 가능한 일일까 싶다. 로즈의 남편은 아직도 로즈를 다 알지 못한다. 로즈가 많이 보여 주며 사는 사람이었다면 아무리 미인이라 할지라도 일반적인 화학반응의 유효기간에 아주 조금의 연장만이 가능했을지도 모른다.

그리고 그는 로즈에게 죄를 짓지 않았다. 친구들과 술집에서 객기가 발동해서 2차로 호텔에 잠깐씩 갔던 것을 로즈는 알지 못할 테니 죄는 아닐 것이다. 보통의 남자라면 대부분 이런 짓은 하고 산다. 그래야 남자들 사이에서 정상인 놈으로 분류가 된다. 가끔 바보 같고 덜 떨어진 남자들은 마누라에게 들켜서 죄가 되기도 한다. 저는 가지 않았다고 강조하며 친구들을 고발하는 진짜 죄를 짓는 남자도 있다. 물론 절대로 그런 짓을 하지 못하는 남자들도 어딘가에 있기는 있을 것이다.

세상에는 많이 보여 주며 사는 사람과 많이 감추며 사는 사람이 있다. 감춘다는 표현보다는 보여 주지 않는다고 해야 할 것 같다. 특별한 의도로 보여 주지 않는 것도 아니니 그냥 사는 사람이란 말이 맞을지도 모르겠다. 로즈는 그냥 살았다. 자신을 적극적으로 표현하지도 않았고 타인에 대하여 구태여 알고 싶어 하지도 않았다. 로즈는 남다른 미인일 뿐이었고 그냥 살았다. 그래서 주변 사람들을 안달 나게 하는 것이다. 로즈는 어디에서나 관심의 초점이 되었지만, 정작 본인은 무심했다. 외계에서 온 미녀 스파이처럼 다른 세상과 접촉을 하고 있는 듯한 묘한 분위기였다. 그 묘함은 여자들에게는 재수 없는 인간이 되었고, 남자들에게는 '내 인생에 단 한 번만이라도'였다. 남편은 로즈가 그냥 변함없이 사랑스러웠다. 좀 심한 비유일지 모르겠지만, 아주 예쁜 애완견을 아끼는 마음과 비슷할지도 모른다. 개는 말을 하지 않으니 속내를 알 수가 없다. 그래서 돌볼 때는 노심초사하며 더욱 정성을 쏟게 되는 것과도 같은 그런 마음인지도 모른다.

풍선은 로즈 부부가 매우 음숭하게 보인다고 했다. 부부의 속사정은 아무도 모르는 것이라며 의심과 상상의 나래를 폈다. 떠들썩하게 사는 풍선이 로즈 부부를 이해 못 하는 것은 당연한 일이다. 코드가 맞지 않은 사람들은 어쩔 수가 없다. 풍선은 로즈가 샘나서 밉고 신경 쓰여서 안달이지만, 로즈는 아무렇지도, 정말이지 아무렇지도 않고 어떤 자극도 못 느끼는 것만 같다. 풍선이 로즈 부부의 실상을 알게 된다면 화병으로 쓰러질지도 모를 일이다.

풍선 부부는 타인들의 눈에 참 재미있게 사는 듯 보였다. 모임에서 재치 있게 주고받는 농담은 좌중을 즐겁게 했고 유쾌한 부부라는 인상을 심어 주었다. 저런 분위기의 가정은 모든 일이 잘 풀릴 것이라고 대부분의 사람들은 짐작했다. 부부가 협력하여 대인관계를 잘해낸 결과로 풍선 남편의 사업은 잘 풀리는 듯해 보였다. 건설업의 성패는 돈줄이다. 돈줄이 막히지 않도록 돈을 많이 가진 사람들과의 관계를 돈독히 잘하는 것이 매우 중요했다.

풍선은 원래 취향도 사치스러웠지만 타인에게 그렇게 보여야만 하는 이유도 있었다. 돈이 많아서 여유롭게 잘 돌아간다는 것을 주변에 인식시켜 주는 것이 풍선의 삶의 최우선 과제였다. 그러나 모든 사람들이 바보인 것은 아니다. 지능이 높고 예리한 사람들이 도처에 있다는 사실도 풍선 부부는 알 필요가 있었다.

풍선은 젊은 시절 남자를 고르는 두 가지 기준이 있었다. 돈과 외모는 절대로 포기할 수 없는 조건이었다. '돈'은 인격과 집안과 권력이 모두 포함되어 있는 집합체이며 결혼의 가장 확실한 보증수표라고 생각했다. 풍선 남편은 누구에게나 인정받을 만한 미남은 못되지만 풍선을 만족시킬 만한 매력을 갖추었고, 장안에서 알아주는 준 재벌급 집안의 자손이었다.

돈이 인격과 비례할 것이라는 생각은 젊은 시절의 어리석은 착각이었다. 결혼을 하자마자 남편의 본색이 드러나기 시작했다. 남편은 신체적인 폭력만 가하지 않았을 뿐이지 정말 무자비했다. 욕설이 섞인 거친 언어는 기본이었고 온갖 비열하고 횡포한 행동을 했다. 사업이 잘 풀리지 않고 뜻대로 되지 않을수록 점점 심해졌다. 남편의 인격 파탄에 가까운 행동과 풍선의 물질만능의 가치관을 세 자녀가 그대로 보고 배웠다. 공부가 힘겹고 대인관계가 원만하지 못한 아이들 땜에 고민하던 풍선이 애들을 미국으로 보냈다. 물론 사람들에게는 최고의 능력 있는 아이들로 세탁이 되었다. 풍선은 끊임없이 과하게 세 아이들의 자랑을 하고 다녔다. 가장 가까운 유난마저도 처음엔 풍선의 말을 그대로 믿었지만, 시간이 갈수록 알아챌 수밖에 없었다.

세 아이는 돈이 없이는 움직일 수 없는 로봇인 양 그렇게 살았다.

주변의 또래들이 하나둘씩 독립을 하는 나이가 되기 시작했다. 풍선의 자녀들이 할 수 있는 것은 오로지 아버지의 사업을 이어 받는 것밖에 없었다. 맏이인 아들은 군대에 가기가 싫어서 온갖 떼거리를 썼다. 미국 여자와 결혼을 하는 것이 그 아이의 소원이 되었다. 장남 아래로 두 딸은 인생의 목적이 오직 즐기는 것이었다.

어릴 때 건너간 미국에서 부모의 간섭 없이 되는 대로 사는 것이 몸에 밴 아이들의 정신은 병들어 있었다. 상식적인 사고가 불가능했다. 그리고 세상에서 살 만한 곳은 미국밖에 없다고 했다. 풍선이 열심히 포장해 온 모든 것들이 언제 벗겨질지 몰랐다. 이미 벗겨지기 시작하고 있었지만 풍선은 깨닫지 못했다. 눈치를 챈 사람들은 비웃었다. 외화 낭비를 해가며 의미 없는 유학에 편승하는 이들이 너무나 많은 세태이니 특별히 풍선이네 아이들의 유학 사실을 흉볼 일은 아니었다. 단지 풍선의 허세와 거짓말이 탄로 나고 있는 게 문제였다. 이 동네는 미국이 제2의 고향이 돼버린 아이들이 너무나 많다 보니 풍선이네 아이들의 소식도 점점 퍼져 나가고 있었다.

풍선의 남편은 자신의 아이들이 다른 집의 아이들보다 못 한 게 속상했다. 모든 것이 아내의 탓이었다. 풍선과 결혼을 한 것이 잘못이라고 생각했다. 풍선 부부는 한집에 살고 있어도 같은 방을 쓰지 않는다. 풍선 남편은 풍선에게 생활비도 끊었다. 풍선은 친정에서 받은 자기 몫의 재산이 많으니 생활비가 끊겼다고 아쉬울 것은 없다. 게다가 이제 남편과 한방에서 자는 것이 그다지 의미 있는 일도 아니었다. 섭섭할 것도 없었다. 그러나 아침과 저녁, 마주칠 때마다 퍼부어대는 폭언을 견뎌내는 것이 지옥 같았다. 나이가 들면 나아지리라 기대를 했지만 더욱 심해졌다. 풍선은 맞대응을 해보려고 마음을 먹었다.

"이래 가지고는 못 살아! 내가 왜 너한테 이런 욕을 먹고 살아야 해? 사기꾼 같은 놈아, 너 땜에 내가 평생 지랄하고 살았어. 그냥 약 먹고 죽어 줄까?"

"야, 이년아! 약은 아무나 처먹냐? 미친년이 입이 찢어진 대로 지껄여? 거지 같은 년이 자식새끼들 키운 꼴하고는. 뭐 잘났다고 악다구니야?"

"미친년? 그래 미쳤다. 네놈하고 살면서 안 미치는 게 이상하지. 어디 더러운 놈이 나보고 거지 같대?"

"어지간해야지. 꼴 보기 싫고 말 섞기 싫으니 눈앞에서 꺼져. 쌍년아."

쌍년이라니……. 이런 욕을 아무렇지 않게 쓰는 남편과 쌍년이란 욕을 들으며 긴 세월을 살아온 아내……. 그들은 상식의 범주를 벗어난 사람들이었다. 결혼 후 친정 언니는 이혼을 하라고 했다. 부모님은 절대 안 된다고 했다. 손찌검은 하지 않으니 살 수 있다고 했다. 풍선은 지금 부모를 원망하고 있다. 그러나 좀 더 생각해 보면 자신의 선택을 후회해야 한다.

"풍선아, 부모가 부자라고 한평생 부자로 살 수 있는 건 아니다. 저래 건설업을 하면 한순간에 망할 수도 있으니 좀 더 생각을 해보자. 워낙 큰 돈이 오가는 사업이라서 아무리 큰 재산도 장담 못 한다."

"전 찌질한 월급쟁이는 진짜 싫어요. 그리고 전문직이라고 꼰데 같이 못생긴 남자도 싫구요. 저 사람 정도 되는 사람이 없잖아요."

"술을 너무 급하게 많이 마시더라. 눈을 똑바로 안 쳐다보는 것도 찜찜하고……."

"상견례를 하면서 어째 눈을 마주치겠어요? 어려워서 숨 쉬기도 힘들었을 텐데."

"그 집에, 시아부지 될 사람이 여자가 많다고 소문이 있다. 정식으로 살림 차린 여자가 있는 것은 아니고. 하기야 돈 좀 있는 집치고 여자 몇 안 거느린 집이 없더라마는."

"아버지, 제 인생이니 제가 책임질 게요. 그냥 결혼시켜 주세요. 놓치면 후회할 것 같아요."

후회는 풍선 자신의 몫이다. 다행히 풍선은 자신의 답답한 처지를 잘 달래며 버티고 있다. 단순함과 속물 근성은 풍선에겐 삶을 견디는 비장의 무기였다. 막장 같은 가정에서 살아가려면 그것보다 더 좋은 것이 없었다. 사람들 앞에서 남편의 자랑까지 해대었으니 풍선의 진실은 허공 중에 사라져 버렸다. 인간관계마저도 계산으로만 이루어진 풍선의 삶에는 오직 산술만이 남았다.

상처가 이루어내는 소중한 용기

"일본에서 재미있었나 보네. 얼굴이 환하네 그려."

유난은 아침에 풍선이 보내온 메시지 내용을 떠올리며 물었다.

"자기야, 무엇보다 이번엔 날씨가 넘넘 좋았어. 그리고 자기야, 일본은 음식이 좋으니까. 밤마다 사케 마시는 즐거움은 또 어쩌고. 종류별로 밤마다 마셔 보았지. 향기가 죽이더라. 그래서 자기들 주려고 요렇게 사 왔잖아. 카레도 다섯 개씩. 별거 아니라도 재미있잖아. 자기들, 오늘 저녁엔 카레나 만들어 드셔용."

술을 즐기는 비누가 반색을 하며 어떤 사케냐고 물었다.

"자기야. 자기는 술도 이름 외워 가며 마시니? 그냥 사-케-야. 두 병만 살 수 있으니까 동반자들한테 부탁해서 샀지. 그래야 자기들 두 병씩 줄 수 있잖아. 들고 온다고 팔에 근육 생겼어. 호호."

그래서 쇼핑백을 세 개나 들고 온 것이었다. 풍선이 자신의 선물에 대해 공치사하고 있는데, 때맞춰 로즈가 하품 같기도 한 소리를 내며 몸을 곧추세웠다. 로즈는 좀 피곤해 보였다.

"자기는 늦잠 자고 온 것 같더니, 아직 잠이 안 깨니? 밤새 영화 봤어? 얼굴 보니 술 마신 것 같지는 않네. 자기두 참 팔자 좋으신 사모님이셔. 남편도 출장 가 있고 할 일이 뭐 있어?"

풍선의 말을 들은 듯 만 듯 로즈는 남은 망고 주스를 마시면서 말했다.

"자기는 아들 한국 안 나와? 군대 가야지? 우리 아들은 신병훈련 끝나고 자대 배치 받았어. 춘천."

"자기야, 춘천이면 잘됐네. 자기는 춘천 잘 알잖아. 자기도 보면 참 춘천 출신이 아닌 것 같아 보여. 자기도 미스코리아에나 출전했으면 춘천에서 용 났을지도. 호호."

"옛날에는 군인을 보면 사람 같지 않고 싫고 막 그랬거든. 근데 요즘은 모든 군인이 내 아들 같더라."

어쩐 일인지 로즈가 말문이 트인 듯 이어서 말을 하고 있다. 앞사람과 소통이 되는 대화는 아니었다.

"자기야, 그러게…… 한 살이라도 어릴 때 빨리 갔다 와야 하는데 말이야. 있잖아, 지네 아버지 사업도 간단하게 물려받을 수 있는 건 아니야. 아직 공부를 더해야 하니 덜컥 한국에 들어오는 게 쉽지가 않아. 자기야, 우리 아들이 또 대충 공부하는 스타일이 아니잖아."

풍선은 예의 허세를 또 떨면서 말을 한다. 이제 웬만한 사람들은 풍선네 아이들 사정을 다 알고 있다. 그들 부부의 사정까지는 알지 못하겠지만.

"참 군대가 문제예요. 우리 집엔 아들이 네 명이에요. 제 앞에서는 말씀들 마세요. 아유…….”

“어머, 그렇네, 자기야. 자기는 마음이 더 복잡하겠어. 자기네 애들은 서로 사이좋게 지내는 거지?”

“그럼요. 지금 제주에 집합해 있어요.”

“어머, 자기야, 웬일이야? 네 명 모두?”

“네, 그저께 총 집합했지요. 지금 신났을 거예요. 우리 집은 나중에 며느리까지 다 보면 어떤 모습이 될지 모르겠어요.”

비누의 얼굴에 또 잔잔한 행복이 흘렀다. 유난은 비누를 보며 아무리 못생긴 얼굴이라 할지라도 저렇게 평온한 표정을 짓는 사람을 흉볼 수는 없다고 생각했다. 풍선은 속으로 복잡한 가족사를 가진 비누네 집이 제대로 굴러가는 게 참으로 신기하다고 생각했고 좀 의심스럽기도 했다.

비누는 전 남편과의 사이에서 두 아들이 있었다. 작은아들은 아버지의 얼굴도 알지 못하는 유복자다. 재혼한 남편의 두 아들 중에서 큰아들은 그의 누나의 아들이다. 하나밖에 없던 누나였으나 부부가 교통사고를 당했고 혼자 남은 여덟 살 된 조카를 초등학교에 입학시키면서 남편이 입양을 했다. 남편의 작은아들에게는 좀 더 슬픈 사연이 있다.

비누의 남편은 화가이자 미술평론가이다. 직접 작품 활동을 하면서 타인의 작품을 해석하는 일은 흔하지 않다. 그러나 자신이 작품 활동을 해보지 않은 사람이 타인의 작품을 해부해 보는 것이 가능할까 싶기도 하다. 미술평론이 지식이나 감각적인 글쓰기만으로 이루어질 수는 없다. 어찌 보면 창작의 고통을 함께 느끼는 경지가 되어야 하는 것이 아닐까. 비누의 남편은 작가의 삶까지 읽어내는 진정한 평론가였다. 세태에 편승하기보다는 작품의 진정한 깊이를 추구하는 사람이었다.

그는 학창시절에 오랜 시간 사귀던 여자 친구가 있었다. 누가 보아도 어여쁜 한 쌍이었다. 두 사람은 닮았다는 소리를 많이 들었다. 당연히 두 사람이 곧 결혼을 할 것이라고 주변의 사람들은 생각했지만, 결혼을 서두를 수 없었던 것은 두 사람 모두 너무 가난했기 때문이다. 경제적 기반을 쌓기 위한 시간이 필요했다. 그는 서울에서 교사를 했고 여자 친구는 전주에서 교사를 했다. 전주의 사립 고등학교 이사장과 교장은 서울에서 새로 온 미술 선생에게 많은 일을 시켰다. 학교의 온갖 궂은일이 주어지는 것은 미술 선생들에겐 업보와도 같았다. 그는 주말에 전주에 내려가서 여자 친구의 학교 일을 도우며 데이트를 겸했다.

그러는 사이에 여자 친구가 임신을 하였고 두 사람은 준비가 덜 된 채로 결혼을 하였다. 신혼이라고 하여도 결혼 전과 다를 바 없이 서울과 전주를 오가게 되었다. 그가 전주로 이직을 결심했다. 쉽지는 않았지만 사방팔방으로 노력을 해보았다. 그러는 사이에 아기가 태어났고 아기의 엄마는 우울증을 극심하게 앓았다. 그는 불안한 마음에 아내를 퇴직시켰다. 누나의 집 근처에 집을 얻었고 아들이 조카와 함께 누나의 보호를 받을 수 있게 하였다. 그의 아내도 시누이 옆에서 안정을 찾아갔다.

공교롭게라는 말이 있다. 세상의 사건들은 예측할 수 있는 사건의 배후들과 항상 일치하여 일어나지는 않는다. '하필 그랬다'는 것은 뼈아픈 실수에 대한 통회가 담겨 있다. 봄비가 오전 내내 오락가락 보슬거리며 내렸던 날, 오후가 되어 비가 그치자 그의 누나는 작은아이를 포대기로 업고 큰애는 걸려가며 좀 먼 거리의 마트에 갔다. 하루 종일 집에만 있던 아이들이 보채기도 했고 생필품도 필요한 것이 많았다. 누나의 올케, 그의 아내는 비가 또 올지도 모르니 아이들은 집에 두고 혼자 다녀오라고 했다. 그의 누나는 아이들이 갑갑해서 보채니 바람이라도 쐴 겸 다녀오겠노라고, 빨리 돌아오겠노라고 했다. 외출을 하자 하루 종일 갇혀 있던 큰애는 좋아라고 뛰었고, 등에 업힌 작은아이도 기쁜 듯 소리를 질러댔다. 쉽사리 집으로 들어올 수가 없었다. 동네를 몇 바퀴나 돌고 꽤 많은 시간이 지나서야 집에 혼자 있는 올케가 걱정되었다. 마음이 급해져서 무거운 짐의 무게도 잊은 채 큰아이의 팔을 끌며 급히 돌아왔다.

불안한 생각이 들기 시작한 그의 누나는 애는 업고 있는 데다 짐은 무겁고 큰애의 손까지 잡은 채 발길이 꼬여서 그만 넘어지고 말았다. 큰 비닐봉지 속의 물건들이 쏟아지고 포대기에 업힌 아이는 놀라서 울어댔다. 같이 넘어진 큰아이는 재빨리 울음을 멈추고 수습을 하기 시작했다. 다섯 살밖에 안 된 아이가 그토록 침착할 수가 없었다. 아이는 물건을 비닐봉지에 넣고 동생을 달랬다. 엄마를 부축하는 아이는 마치 어른 같아 보였다. 넘어졌던 몸을 추스르고 일어나서 큰아이의 대견함에 흐뭇해하며 다시 걸음을 재촉했다.

아파트 입구에 들어섰다. 그때 누나의 눈에 커다랗고 하얀 것이 저쪽 화단으로 떨어져내리는 것이 보였다. 쿵하는 소리도 너무나 또렷하게 들렸다. 아이를 잡고 있던 손을 자기도 모르게 놓았다. 비닐봉지도 바닥에 떨어뜨렸다. 걸었다. 화단을 향해 반사적으로 걸었다. 아무 생각도 떠오르지 않았다. 머릿속에는 불길한 예감만이 가득했다. 예감은 빗나가지 않았다. 거기에서 넘어지지 않고 집에 들어갔더라면, 애들을 데리고 나오지 않았더라면, 그날 비가 오지 않았더라면, 조금만 일찍 서둘렀더라면.

우울증에 대해 가족들은 무지했었다. 환자가 어떤 것도 할 수 없을 만큼 무기력 상태에 있을 때보다 활기를 회복하는 순간이 더 위험하며 자살률이 높다는 것을 알지 못했다. 아내의 죽음 후에 그와 그의 누나는 불면증에 시달렸다. 살아남은 자의 고통은 거의 지옥이었다. 그는 아내의 장례를 치른 후 직장에 계속 다녔다. 퇴근을 하고 집에 오는 순간은 닫아 두었던 지옥의 문을 여는 순간이었다. 그의 자형은 두 남매의 고통을 보다 못해 결단을 내렸다. 두 남매와 아이들을 자신의 고향인 제주도로 보내기로 했다.

넓은 당근 농장이 있고 검은 돌담이 끝없이 이어진 길을 따라 나가면 바다가 있었다. 근거리에 말을 사육하는 농장도 있다고 했다. 자형은 처남의 작업실도 마련하여 집을 리모델링했다. 당근 농장에는 작업을 위한 인부들이 많이 들락거렸다. 모두 따뜻하고 순박한 사람들이었다. 집의 주방과 식당이 매우 컸고 다 같이 점심식사를 했다. 아이들은 망아지처럼 뛰어다니며 자랐고 그는 그림을 그렸다. 제주의 모든 것은 그에게 많은 영감을 주었다. 제주에는 이미 많은 화가들이 자리를 잡고 있었다. 그들과의 교류가 이어지면서 그는 바빠졌다. 누나와 함께 하던 농장일과 인부들의 점심 준비를 다른 사람에게 넘겼다. 자형과 누나는 그의 안착에 안심이 되었다. 자형은 서울이 직장이라 한 달에 두어 번 내려왔다. 아직 퇴직을 하기까지는 긴 세월이 남았으니 직장을 포기할 수가 없었고 아이들이 자라서 다시 서울로 가게 될 경우를 염두에 두고 있었다.

자형이 내려오는 날은 집안의 구심점이 되는 사람이 오는 날이라서 그런지 집안의 분위기가 자연스레 질서정연해졌다. 집안 정리와 함께 아이들도 의젓하게 행동하는 듯했다. 색다른 가족 형태였지만 가족들은 상처를 딛고 잘 지냈다. 큰아이는 외숙모의 죽음에 대한 기억이 있었기에 작은아이를 언제나 알뜰히 챙겼다. 형이 유치원 버스에서 내리는 순간이 두 아이의 하루 중 가장 행복한 순간이었다. 그도 자형이 오는 날엔 언제나 공항에 마중을 나갔다. 그리고 마치 아버지를 보는 듯 마음의 위안이 되었다. 그날은 두 사람이 함께 술을 마시는 날이기도 했다.

불행은 언제나 공교롭게도 생기는 작은 변화를 절대 놓치지 않는다. 그가 누나에게 자형의 마중을 맡기고 시내에 볼일을 보러 나갔던 날, 그가 미팅을 하는 장소와 멀지 않은 병원에서 연락이 왔다. 병원으로 달려간 그는 차마 믿을 수가 없었다. 다가서지도 못한 채로 입구에 서서 파란색 천에 덮인 누나 부부의 주검을 넋을 잃고 바라보았다. 누나 부부의 사망을 확인하는 순간에도 그는 울지조차 못했다. 끝없이 부인하고만 싶었다. 모든 것을 되돌리고 싶었다. 단 하루만, 아니 몇 시간만이라도 되돌릴 수 있다면.

이별의 인사를 할 새도 없이 그렇게 느닷없이 영영 떠나가 버리는 사람들이 너무 원망스러웠다. 다시는 보지 못할 곳으로 가버리면서 한마디 이별의 말도 할 수 없다니. 누나 부부를 묻고 오던 날,

그는 제주의 바닷가에서 오래도록 울부짖었다. 부서지는 파도와 한 많은 그의 오열이 섞이고 또 섞였다. 그의 온몸에서는 마치 피와도 같은 슬픔이 끝없이 배어 나왔다. 파도는 배어나는 그의 피를 핥고 또 핥았다. 바다는 아픔이었다.

시간은 더디게 흘렀다. 살아남은 자, 사랑하는 이를 보낸 자들의 시간은 앞으로 잘 나아가지도 않았다. 틈만 나면 뒤를 향하여 내달았다. 같이하던 시절의 그리움 속으로 뒷걸음질을 쳤다. 다시 만나기 위해서 하루하루를 빨리 줄여 가고 싶었지만 시간은 허락하지 않았다. 깊은 늪 같은 슬픔이 발목을 잡으며 전진을 방해했다. 살아남은 자들의 시간은 나아가는 시간이 아니라 견디는 시간이었다.

제주도의 바다 풍경이 보이는 창가에서 한 여자를 만나던 날, 그는 어떤 운명에 대한 기운을 감지했다. 참으로 볼품없는 외모의 여자였는데, 그의 옆에 있는 아이를 쳐다보는 여자의 눈길은 말로는 표현이 어려운 감정이 서려 있었다. 대부분의 사람들은 그가 아이와 같이 다니는 것에 대한 질문을 했고 아이에게도 과도한 관심을 주는 바람에 도리어 아이를 힘겹게 했다. 여자는 질문을 하지 않았다. 운명적인 순간은 언어로 된 설명을 동반하지 않는다. 언제나 운명적인 순간은 침묵 가운데 어떤 느낌으로 그렇게 온다. 그들은 그렇게 맺어졌고, 무언의 약속을 했다.

비누네 가족들은 모두 가슴에 상처를 담고 있다. 살아남은 자들의 그리움과 회한은 어떤 것으로도 치유되지 않았다. 그냥 가슴에 담은 채로 살며 아픈 날은 아픈 대로 앓을 수밖에 없었다. 아프지 않기를 바라는 것이 죄를 짓는 것이라고까지 생각되었다. 시간이 지나면서 비누네 가족들은 각자의 아픔을 견디는 법을 터득했다. 가족들은 서로가 혼자만의 시간이 필요할 때를 잘 알아챘고 고요하게 머물 수 있도록 배려를 했다. 자기가 아파 본 사람은 타인의 아픔에 대한 배려를 어떻게 해야 하는지를 잘 안다. 비누의 재혼은 성공이었다. 그것은 상처가 이루어낸 소중한 용기였다.

"자기는 어제 왔겠네? 남편은 제주에 계셔? 울 남편도 오늘 아침 일찍 제주 갔어. 참, 자기야. 안경…… 자기는 안경이 더 낫다. 훨얼 낫네."

"아, 네 감사. 풍선 씨도 오렌지색이 눈에 확 띄네요. 원래 멋쟁이시니까."

"자기가 역시 나를 기분 업시켜 주네. 자기야, 이 트위드 재킷도 새 거야. 이건 다른 사람들 거하고는 색상이 좀 달라. 자기가 보기에 색 배합이 좀 더 미묘하지 않아? 자기는 그림을 그리니까 색상에 민감하잖아. 근데, 근데 말이야. 자기야, 옷은 그림하고는 또 좀 다르지? 그치? 맞아! 그런 거 같아. 호호호."

풍선은 분위기를 띄우는 데 없어서는 안 되는 인물이다. 마구 내뱉는 말이 처음에는 힘겹게 느껴져도 적응이 되고 나면 소중함마저 느껴진다. 빈자리가 아주 크게 느껴질 만큼 인상적이다. 로즈는 시각적으로 멋지기는 하지만 자리에 없다고 하여도 그리 영향을 미치지는 않을 것이다. 생각해 보면 풍선은 그냥 말수만 많은 게 아니고 함부로 날리는 예측불허의 표현들이 더 강렬한 이미지로 각인이 되는 것이다. 풍선은 마치 말하기 대회에 출전한 선수같이 언제나 대기 모드 상태였다. 그리고 터질 듯 팽팽하게 불어 놓은 고무풍선 같았다.

“자기야, 남자애들이 제주에서 뭘 하고 놀지? 며칠 있으면 지겹겠다. 네 명이니까 골프하나? 어머, 자기야, 제주엔 호텔 카지노도 많네. 호호호. 설마 어부들처럼 낚시하는 건 아니겠지? 어쩜 좋아. 낚시하는 것 상상하니까 우습다. 호호.”

“어떻게 아셨어요? 아침에 도시락 싸서 낚시 갈 거래요. 바닷가에서 손수 회도 만들어 먹고 라면도 끓여 먹는대요. 애들 아빠도 오랜만에 애들이랑 신났어요. 며칠 있다간 주변의 화가 분들이랑 큰 배 빌려서 원양어업도 할 계획이 있던데요, 큭.”

“자기야. 완전 자연인들이네. 방송에 출연해도 되겠어. 제주도의 다섯 남자라고 하면 되겠네. 자기야, 근데 왜 이렇게 웃기지?”

“낚시하는 거 직접 보신 적 없으세요?”

“자기야. 몰라몰라. 나 서울이 고향이잖아. 나는 배도 크루즈 말고는 타 본 적 없지. 생선회도 냄새 안 나는 거 있잖아. 자기야. 난 일식집 사시미나 스시 같은 것만 먹어. 자기는 일본에서도 바닷가에서 살았어?”

“…….”

한동안 침묵이 흘렀다. 비누도 마땅한 대답이 없어서 머뭇거리는 것이다. 세상 사람들이 모두 풍선처럼 말하기 대회에 출전하는 것은 아니다. 그리고 침묵도 대화이며 리듬을 타는 것이라 생각하기에 기다릴 줄을 안다. 풍선은 다르다. 풍선에게 침묵은 곧 침몰과도 같다. 유난은 풍선의 넘쳐나는 에너지의 근원이 궁금했다. 다른 사람들도 풍선이 신기했다.

"자기들아, 오늘 점심은 무엇으로 할래? 좀 매운 거 없을까? 자기들아, 화끈하게 매운맛 나는 거 먹고 싶지 않니?"

세 여자는 동의했다. 다들 건강을 생각하느라 저염식에 저자극성의 음식들을 먹고 사는지라 귀가 번쩍 뜨였다. 입안에서 침샘까지 자극을 받는 듯했다. 풍선의 말에 유난도 갑자기 배가 고파졌다. 유난이 제안을 했다.

"백화점 건너편에 낡은 상가들 있잖아. 거기에 오래된 아귀찜 집이 있어. 깔끔하고 맛도 괜찮아. 거기로 가자. 이동도 간편하고. 다시 백화점 와서 풍선이 카드로 아래층 최상위 라운지에 가서 차 마시자. 어때?"

"자기는 역시 교통정리를 잘해. 자기가 S대 출신인 건 확실해. 호호호."

"얼어 죽을, 맨날 그놈의 S대…… 지겹다. 좀 그만하시지?"

네 명의 여자는 풍선에게서 받은 각자의 쇼핑백을 들고 일어섰다. 라운지 입구에서 풍선이 쇼핑백들을 발레 구역에 있는 차에 실어 놓아 달라고 요청을 했다. 직원은 최상위 라운지가 아니라서 그 서비스는 불가하니 양해해 달라고 거듭 고개를 숙이며 미안해했다. 풍선은 자신이 최상위란 것을 알려야 했다.

"어머, 자기야. 될 수 없는 일을 부탁했겠니? 나 말이야. 최상위야. 카드 보여 줄까? 아래층 라운지까지 다시 가기가 번거로우니 여기서 부탁하는 거야. 잔말 말고 차번호나 받아."

"회원님, 저희 내규가 엄격해서요. 정말 죄송합니다."

"그래, 자기야. 그냥 발레 구역에 가서 짐 실어 달라고 하자."

유난이 풍선의 다음 반응이 불안해서 서둘러 말했다.

"자기야, 자기는 가만히 있어. 여기 매니저 나오라고 해. 내규를 따지지 말고 고객을 먼저 생각하란 말이야. 백화점에 갖다 주는 돈이 얼만데 이따위로 서비스를 해? 바쁘니까 매니저 빨리 나오라고 하든지, 아니면 아래층 팀들을 부르든가 해."

여자 직원은 안절부절못했다. 제대로 진상이 나타났으니 오전부터 재수가 꽝인 날이다. 조리실에서 매니저가 나왔다. 죄송하다고 허리를 거듭 숙이며 세 분의 차량번호를 달라고 했다. 어느 조직이든 가장 서러운 것은 말단이다. 쥐꼬리만큼이라도 권한이 있어야 어떻게라도 대처를 할 수가 있는 것이다. 말단이 할 수 있는 것이라고는 사이에 끼여 완충대의 역할만 할 수가 있다. 앵무새가 될 수밖에 없고 샌드백처럼 두들겨 맞을 수밖에 없는 것이다. 떠들썩하게 쇼핑백을 처리한 네 여자는 엘리베이터 쪽으로 갔다. 처음부터 최상위 라운지에서 만났으면 좋았을 것을 그랬다. 풍선이 지각할 게 뻔했기에 위층이 약속 장소가 되었던 것이다.

로즈는 백화점을 선호하지 않는다. 청담동의 명품 숍에서 혼자 조용히 다니는 것을 좋아한다. 로즈는 그 가게들에서 연예인으로 오해 받은 적도 많다. 이름을 기억할 수는 없는 좀 덜 유명한 연예인쯤으로 보였다. 오늘 백화점의 이런 상황들이 로즈는 번거롭고 어색하고 못마땅했다.

엘리베이터 문이 열리자 마침 점심시간대가 다가오고 있어선지 많은 사람들이 타고 있었다. 사람들은 눈에 띄는 로즈를 보고 연예인인가 싶어 열심히 훑어보았다. 풍선은 짜증이 났다. VIP가 아닌 사람들과 함께 비좁은 엘리베이터를 사용해야 하다니 불만이 끓어올랐다. 엘리베이터 속의 그 누구도 풍선이 최상위 고객인 것을 모른다. 세상에서 신분의 구분이 없는 장소가 풍선에겐 제일 불쾌한 장소다.

"전용 엘리베이터 만드는 게 참 어려운가 봐. 이렇게 버팅기면 발길을 끊던가 해야지. 짜증나."

엘리베이터 속 사람들의 눈길이 풍선에게 쏠렸다. 인간의 오욕칠정은 다르지 않다. 지금 어느 누구도 비좁은 엘리베이터 속의 상황이 유쾌하지 않다. 그저 좀 더 빠른 속도로 문이 여닫히고 원하는 층에 빨리 당도하였으면 할 뿐이다. 최대한 숨도 죽여 가며 불편한 상황을 버티고 있었다. 유난도 로즈도 비누도 다른 모든 사람들도 모두 조용히 있다. 오직 풍선만 소리 내어 말을 했다. 역시 풍선은 남달랐다. 백화점 정문을 나와서 신호등을 건널 때도 마찬가지였다. 남다른 풍선을 위한 왕국이 세워져야 평화가 올 것이다. 유난은 마음이 불안해졌다. 지금 가게 될 식당에서 풍선이 보일 반응이 염려되기 시작했다. 괜히 자신이 나선 것 같다는 후회가 슬며시 들었다. 제발 식당에 사람이 많지 않고 대기 줄이 없기를 바랐다.

누가 사랑을 아름답다 했을까

식당에는 다행히 그들이 앉을 수 있는 테이블 하나가 비어 있었다. 유난은 풍선의 불평을 듣지 않게 된 것이 다행스러워 주인아줌마에게 과하게 인사까지 했다. 도심의 비싼 땅이기는 해도 낡고 오래된 상가이다 보니 인테리어가 허름했다. 네 명의 여자는 식당의 매운 음식 냄새에 식욕이 자극을 받았다. 로즈마저도 설레어 보였다. 네 명의 부잣집 마나님들은 고급스런 치장을 하고 앉아서 아귀찜을 기다렸다. 여고시절 하굣길 분식집에서 떡볶이를 기다리는 소녀들처럼 기대에 찬 눈으로 앉아 있었다.

"자기야. 여기 앞치마 좀 줘요."

"풍선 씨는 매운 음식 잘 드시나요? 로즈 씨는 왠지 잘 못 드실 것 같고…… 유난 언니는 무엇이나 잘 드신다고 그러셨죠?"

"한국 사람들은 대체로 매운 맛에 대한 본성이랄까 뭐 그런 거 있지 않나? 김치 문화. 풍선도 전에 보니까 매운 해물찜 잘 먹던데? 유난도 잘 먹고. 비누 씨가 걱정이네."

로즈가 앞치마를 하며 말했다. 로즈가 오늘은 좀 따뜻한 보통 여자같이 말을 했다. 로즈의 가슴속에서 따뜻한 무엇이 밖으로 스미어 나오고 있었던 것이다. 그러고 보니 표정도 평소보다 온화하다. 좋아 보인다는 생각이 드는 것은 로즈가 높은 곳에서 내려오는 듯해 보여 편하다는 것이리라. 유난은 의외의 행동을 하는 로즈를 바라보며 '정말 넌 빼어난 미인이구나'라고 생각하고 있는데 아귀찜이 나왔다. 아주 커다란 접시에 수북이 담겨져 나온 빨간 아귀찜을 보며 동시에 '어머나'라고 했다. 탑같이 쌓여진 콩나물 사이사이에 박힌 아귀와 해산물들을 보며 모두들 좋아했다. 정말이지 유난은 안심이 되었다. 내내 여인들의 반응이 어떨지 마음을 졸이고 있던 터였다.

"자기야, 자기가 아이디어를 정말 잘 냈다. 어쩜 좋아. 자기는 정말 좋아."

"허얼, 매운 거 먹자는 것은 자기 아이디어였지."

"누구 아이디어면 어때? 내가 살 테니까 맛나게들 먹어요."

오늘 로즈는 분명 뭔가 다르다. 말수가 많아진 것도 그렇지만 스스로 밥값을 내겠다는 너스레를 먼저 떨다니. 로즈가 돈을 아끼는 깍쟁이는 전혀 아니었지만 모임에서 적극적으로 계산을 먼저 한다든가 친구들에게 맛나게 먹으라는 인사말을 하는 축은 아니었다. 이 새로운 느낌은 유난만 느끼고 있는 건가?

모두들 열심히 먹었다. 비누도 한국살이가 이십 년도 넘었으니 매운 음식이 문제되지 않는다. 다만 아귀찜을 먹는 동안 비누 눈의 켈로이드는 더욱 붉어져 보였다. 맞은편의 유난은 비누의 그 모습이 안쓰러웠다.

"제주는 갈수록 땅값이 오르데? 중국 사람들이 좋은 요지를 많이 확보했다고 하더라구. 비누 씨도 좋은 땅은 다 가지고 있잖아. 팔 생각은 없어?"

"아유, 풍선 씨, 생각해 보셔요. 우리 집에 아들이 네 명이에요. 애들 몫으로 다 나눠 줘야죠. 지금 섣불리 못 움직여요."

"자기는 요즘 작품 값도 만만찮던데? 자기가 잡지에도 많이 나오데? 자기는 남편이 뒤를 워낙 잘 봐 주니까 좋겠어. 나도 그림이나 전공할 걸 그랬어."

풍선에게 세상에서 어려운 일이 뭐 있겠나. 단지 마음 내어 하지 않을 뿐이리라.

"네, 작품이 그럭저럭 팔려서 애들 유학비 대고 있죠. 한 녀석당 일 년에 웬만한 월급쟁이 연봉을 날리니까요. 네 명이라 정말 정신 없어요."

"자식이 재산인데, 뭐. 자기야, 우리 애들 셋도 거의 재벌 자녀 수준으로 써댄다니까, 글쎄. 우리 남편이 애들 뒷바라지하는 보람으로 살잖아. 자기야, 보낼 수 있는 돈도 한계가 있으니 온갖 머리를 써야 되지. 주변 사람들 끌어들이는 것도 이제 지친다니까. 자기야, 그래도 자식은 인생의 보람이야."

풍선이네 보람들은 지금도 미국에서 부모의 돈을 아낌없이 쓰고 있다.

"우리 애들은 그냥 최소한의 돈만 부쳐요. 애들 아빠는 애들이 여기서 학부 마치고 갔기 땜에 언제라도 힘들면 들어올 수 있는 여지가 있다고 해요. 지네들이 간절히 원해서 갔으니 잘해내리라고 믿어야지요."

"자기야, 늦게 간 애들이라 적응한다고 힘들 거야. 우리 애들이야 어릴 때 갔으니 거의 미국 놈들 다 되었지만. 자기야, 미국이 좋은 건 어쩔 수 없잖아. 한국에 정말 오기 싫을 것 같아. 여기 나와 봤자 복닥대고 살아야 하니까."

"미국에 남아 있을 수 있다 해도 특별한 경우 아니면 인종차별에다 취업도 쉽지 않으니 공부 마치고 돌아와야죠. 우리 애들은 제주를 너무 좋아해서요."

풍선은 속을 감추고 허세를 부리는 데는 타고난 재주가 있었다. 다른 사람은 몰라도 유난은 풍선의 속내를 어느 정도 눈치채고 있기에 풍선이 측은해 보였다. 첫째 단추 구멍이 잘못되어 줄줄이 어긋날 수밖에 없는 셔츠의 단추를 바라보는 것 같았다. 풀고 다시 채우면 될 것 같지만, 본인은 아예 그 사실을 인식 못 하는 듯 보인다. 그렇게 어긋나는 것이 유행이라고 억측을 부리는 것 같기도 하다.

로즈는 어느새 밥공기의 밥이 많이 줄었다. 로즈는 평소 같지 않게 남은 밥도 다 먹어버릴 듯해 보인다. 언제나 비누와 유난이 먹는 양이 많았다. 풍선은 식욕억제제를 먹으며 조절을 하고 있었다. 로즈는 태어날 때부터 적은 양으로 살아갈 수 있게 만들어진 인간 같았다. 유난은 식욕을 이기기 위해 고통을 받을 정도인데 로즈가 너무나 부러웠다. 자기가 식욕을 절제 못 하는 것이 스트레스 때문이라고 인식하고 있다. 밥질 때문에 받은 스트레스를 밥 먹는 것으로 푸는 꼴이었다. 폭식을 하고 나서 때늦은 후회가 밀려오면 트레드밀을 지칠 때까지 탔다. 비누는 벌써 밥을 거의 다 먹었다. 유난은 최대한 속도를 조절해 가며 식탁 위의 푸성귀를 집중적으로 먹어서 포만감을 느끼게 하려고 노력 중이었다.

풍선은 밥을 먹다 남편의 메시지를 받았다.

—어디. 비누 만났어. 그 새끼 연락이 안 돼. 돌아 버리겠네.

—같이 밥 먹는 중. 미련한 것들 쉽게 안 팔 듯. 아휴 꼴 뵈기 싫은 촌년. 고집이 세니까.

—처돌아댕기는 것만 하지 말고. 그년들하고 노닥거리는 것만 하지 말고. 잘해.

—너나 잘하쇼.

—회계사집 년도 나왔냐.

—그래. 왜.

—그놈 며칠 있다 만날 거야. 별일이 있나 하고.

—무슨 별일, 또 욕. 제발 년 좀.

—년을 놈이라 해. 내일 서울 간다. 잘해.

풍선은 남편이 유난에게도 '년'이라고 하는 게 마음이 쓰였다. 남편의 일상어가 욕설이긴 하지만 왠지 편치 않게 걸리는 때가 있다. 유난은 풍선의 많은 것을 그대로 다 받아 주는 가장 오래된 친구다. 가장 가깝다는 의미이기도 하다. 이십 년 전 학부모회의에서 만났고, 골프를 같이하며 다져온 우정이라서 누구보다도 돈독했다. 유난은 보기보다 어수룩한 구석이 있어서 풍선이 얄궂게 굴어도 잘 넘어가 주었다. 여자 형제가 많은 집의 맏이라서 그런지 풍선에게 너그러웠다. 그러나 유난도 다른 사람들에게는 평판이 그리 좋은 편은 아니었다. 왜냐면 인상이 까칠했고 무엇보다도 국립 S대 출신이라는 핸디캡 아닌 핸디캡이 있어서였다.

사람들은 만만하고 편안한 구석이 있는 사람을 좋은 사람이라 평한다. 부담스러운 사람에게는 그가 비록 선량한 사람일지라도 선뜻 칭찬하지 않고 경계한다. 세상의 인심이란 것이 그렇다. 무리를 지으며 평화롭게 살려면 평균치는 매우 소중한 의미가 있다. 사실은 모두들 평균치보다 잘나고 싶어서 안달들을 하면서도 말이다. 인간의 본성이 그러니 어쩌겠는가.

풍선처럼 오버를 하며 살거나, 로즈처럼 초월하거나, 비누처럼 눈치 없이 살거나, 유난처럼 부인하거나 어떻게 살아도 모두의 가슴에는 서글프고도 차가운 바람이 일렁인다. 그래서 서로 뭉쳐서 따뜻한 말로 위로하고 덕담을 하고 다독이며 산다. 좀 손해 보고 당하는 느낌이면 어떠랴. 어차피 태어났으니 잘 살고 떠나 가야 한다. 각자의 모습대로.

사람들은 마음 붙일 곳이 있어서 살아간다. 대상이 무엇이든 마음을 붙이는 곳이 삶의 지지대가 된다. 우리는 지금 어디에, 무엇에 지지하여 살고 있는가. 연약하여 쓸모가 없어 보일지라도, 무가치하고 황폐한 것일지라도 그 시간을 버텨 줄 수 있는 힘이 된다면, 그것은 삶을 지지하는 의미가 있다. 그래서 우리는 누구라도 타인의 힘겨운 삶을 섣불리 평가할 수는 없을 것이다.

한 여자가 있었다. 여자의 증조할아버지는 강원도를 호령할 만한 사대부 가문에다 만석꾼이었다. 대를 이어 할아버지 대에도 곳간은 차고 넘쳤고 자손들도 번창했지만 할아버지 대에서 아버지 대로 이어지는 시기는 세상이 혼란했다. 아버지는 우국지사까지는 아니어도 애국심을 가진 청년이었다. 여자가 돌을 갓 지났을 때 아버지가 사라졌다. 아버지의 사라짐과 동시에 집안의 모든 것이 함께 사라져 갔다. 집이 없어지고 가재도구가 없어지고 사람들도 사라져 갔다.

여자의 어머니는 딸을 데리고 삶을 이어 가야 했다. 그것은 정말 빈 들의 마른풀과도 같은 모습이었다. 딸은 엄마의 삶의 모든 것을, 구석구석을 빈틈없이 모두 보며 자랐다. 어린 가슴은 언제나 두려웠다. 영문을 알지 못하면 두려움은 몇 배로 더 커진다. 삶을 알지 못했기에 딸은 공포로 얼룩지고 눈물이 마를 날 없는 어린 시절을 보냈다. 엄마는 언제나 남의 것을 뺏는 사람이었고 사람들은 여자의 집을 부수고 엄마를 때렸다. 어쩌면 엄마를 뺏은 것이 그 사람들의 남편이고 아버지였는지도 모른다. 그러나 언제나 엄마만 죄인이 되었다. 여자도 사람들의 손가락질을 견뎌내며 학창시절을 보냈다.

강원도의 겨울 강은 다시는 봄을 맞지 못할 듯 두껍게 얼어붙었다. 칼바람이 날을 세우고 온몸에 생채기를 내며 불어대던 날, 여자는 교도소에 있는 엄마를 위해 솜옷을 가지고 면회를 갔다. 눈물을 흘리며 울 수가 없었다. 눈물은 흐르는 순간 얼어붙을지도 몰랐다. 아니, 여자는 너무 추워서 눈을 제대로 뜰 수조차 없었다.

모진 계절이 지나고 초여름이 되었을 때 엄마가 돌아왔다. 엄마는 미인이었다. 10개월이나 고생을 하고 나왔어도 여전히 고왔다. 모녀는 서울로 이사를 했다. 제발 다시는 보지 않았으면 했던 아저씨가 끝내 서울까지 와서 모든 것을 도와주었다. 아저씨는 평소에 운전기사가 딸린 차를 타고 다녔지만 서울까지 손수 운전을 했다. 모녀는 깨끗하고 제법 큰 아파트에서 살게 되었다. 동네도 조용했다. 엄마는 동네 가까운 곳에서 옷가게를 하게 되었고 여자는 한방병원에 취직을 했다.

한방병원의 원무과에 미스코리아가 나타났다고 소문이 떠돌았다. 실습 중인 한의대의 남학생들은 모두 그 여자, 로즈를 알았다. 로즈는 삶의 굴곡을 겪었고, 자신의 혈통에 대하여 인식조차 못하고 살았지만 로즈의 모든 것에서는 묘한 기품이 있었다. 삶의 고난을 어릴 때부터 겪은지라 인생의 덧없음을 이미 알고 있는, 말이 없는 미인 로즈는 신비로운 매력이 있었다.

로즈는 세상에 대해 할 말이 없었다. 말을 하고 싶지도 않았고 세상사에 대해 관심을 가지고 싶지도 않았다. 로즈는 생각이 떠오르면 생각이 가지를 쳐서 자라게 될까 두려웠다. 그래서 로즈는 매번 치열하게 생각을 죽여야 했다. 생각이 자라지 못하고 뿌리내리지 못하게 하기 위해서는 말을 하지 않아야 했다. 말은 뱉어져 나오는 순간 생명력을 가지고 책임이 되었고 더 많은 생각과 번민을 수반했다. 로즈는 어떤 고통도 더 받기 싫었다. 로즈는 지상의 어떤 사람과도 진정한 소통을 할 수가 없었고 외계와 수신을 하는 스파이처럼 보이게 되었다.

로즈의 엄마와 아저씨는 헤어지지 못했다. 아저씨는 자신이 한평생 쌓아온 많은 것들을 버리고, 나누고, 정리를 한 다음 엄마와 결혼을 했다. 아저씨는 로즈 모녀에게 헌신적이었다. 로즈의 처지에선 어울리지 않는 집안의 남자와 맺어 주기 위해 아저씨는 엄청난 정성을 쏟았다. 그리고 한의사 사위를 자랑스러워했다. 엄마가 폐암으로 병상에서 눈을 감을 때까지 곁을 지킨 것도 아저씨였다. 엄마가 돌아가시고 로즈는 아저씨를 모시겠다고 했다. 아저씨는 거부했다. 자신의 멍에를 지고 원래의 가족들에게 돌아갔다. 로즈는 아저씨를 빌린 기간 동안의 보상을 금전으로라도 대신하고 싶었다. 떠나던 날, 아저씨는 로즈의 손을 꼭 잡고 당부를 했다.

"로즈야, 여자의 삶은 참 애닯고 한이 많은 것이다. 돈을 아껴어라. 나는 먹고살 걱정이 없으니 염려 말아라. 목숨줄같이 돈을 쥐고 있어야 한다. 인생을 슬프다고 생각 말고 즐겁게 누리도록 해라. 너는 그렇게 살아도 된다."

아저씨의 말은 남자의 말이 아닌, 아버지의 말도 아닌, 친정엄마의 말 그것이었다. 로즈는 아저씨의 손을 잡은 채 결국 둑을 넘쳐서 흐르고 마는 홍수처럼 울었다.

"로즈야, 엄마가 네가 결혼을 참 잘했다고 행복해했다. 아침마다 너한테 전화부터 하고 하루를 시작하는 거 보면 나도 참 좋았다. 살다가 너무 힘들면 참지 말거라. 인생은 짧다. 네 행복을 우선으로 하거라. 그래서 죽을 때까지 돈줄은 절대 놓으면 안 된다. 명심하거라. 아저씨 부탁은 이것뿐이다."

아저씨는 이듬해에 돌아가셨지만 엄마와는 만날 수도 없는 먼 곳에 모셔졌다. 지상에서 원 없이 사랑했으니 저승에선 그리움으로 지내야 하는 것인가 보다. 이승에서 이루지 못하고 그리움으로 살던 사람들은 저승에서 사랑을 이루게 될지도 모른다. 사랑은 아픔과 슬픔을 동반하는 것인데 왜 아름답다고 할까.

사랑이 뭘까? 로즈는 자기가 남편을 사랑하는 것인지 알 수가 없었다. 사랑이 무엇인지를 아예 모르겠다는 편이 맞을 것이다. 남편은 여전히 로즈를 보석같이 대하고 있었다. 로즈는 영화를 보는 것과 재즈를 듣고 술을 마시는 것과 골프 라운딩, 피트니스에서 몸매 관리를 위한 트레이닝, 마사지와 여러 가지 뷰티 케어, 고급 쇼핑 룸에서 대접을 받으며 쇼핑을 하는 것이 일상이었다. 그리고 일 년에 서너 번의 해외여행을 했다. 나름대로 빈틈없이 시간을 배분해야 할 필요가 있었다. 안락하고 럭셔리한 삶의 표본 같았다. 화려해 보이는 여느 유명한 연예인도 이처럼 살 수는 없다. 그들은 촬영이라는 노동을 해야 하니까. 로즈의 삶에는 그 어떤 노동도 없었다. 생각을 하는 것조차 로즈에게는 노동이었다.

모든 것이 갖춰진 귀족 같은 삶을 향유했다. 귀족이면서 외계에서 온 것 같은 미녀 로즈는 사랑의 실체가 무엇인지 궁금했다. 죽을 때까지 가슴 뛰는 사랑이란 모를 것 같았다. 아프고 고독했던 젊은 시절의 추억 속에는 단 한 사람의 스쳐 가는 기억조차도 없었다. 이성이란 존재는 로즈에게 금기였다. 자신의 처지로는 손가락질의 대상이 될지도 몰랐다. 언제나 많은 남자들로부터 관심의 대상이 되었지만, 로즈는 이성을 생각하는 것조차 두려워하며 살았다. 로즈에게 운명의 남자들은 늦게 찾아왔다. 남편이 아닌 타인들로 찾아왔기에 애달프기만 했다.

창밖에 눈이 엄청 내리던 날, 가사도우미가 집안에 일이 생겨 좀 일찍 퇴근을 하겠다고 했다. 주방에 있는 식료품들이 무엇인지 몰라서 잘 챙기지 못했다며 사모님이 다음 주에 가르쳐 달라고 했다.

가사도우미가 가고 나서 로즈는 주방으로 갔다. 며칠 전 유난이 여행을 다녀오면서 로즈에게 간편식이니 여행 갔을 때나 혼자 있을 때 간단하게 해먹으라고 준 것들이다. 로즈는 돋보기를 찾아서 쓰고 영양성분표를 비롯한 식품의 설명서를 눈으로 더듬었다. 해독할 수 없는 글자들을 내내 그렇게 더듬었다. 로즈의 가슴속에 좌절과 함께 파문이 일었다. 로즈는 열심히 공부를 하지 못했다. 로즈의 지식은 거의 중학생 수준에 머물러 있었다. 여행지에서 쓰일 수 있는 간단한 영어 회화를 열심히 외우기도 했지만 기초가 잘되어 있지 못하니 모든 것이 힘겨웠다. 게다가 실전에서는 입도 벙긋할 수가 없었다. 가사도우미나 로즈나 이 식품들 앞에서 답답할 수밖에 없기는 마찬가지였다.

로즈는 생각이란 노동을 해보기로 했다. 부끄러움을 이기는 방법은 그 부끄러움 위에 또 다른 부끄러움을 더해서 낯을 두껍게 할 수밖에 없다는 결론을 얻게 되었다. 로즈로서는 대단한 결심이었다. 당장 실행에 옮기기 위해 거위 털이 들어간 두터운 패딩 코트를 걸치고 운동화를 신었다. 백 속에 돋보기를 챙겨 넣고 필기구도 넣었다. 눈이 내렸으니 노란색이 들어간 렌즈의 선글라스를 썼다.

고급 주거지의 지하주차장엔 세상의 온갖 고급차들이 즐비했다. 눈이 내려서 외출을 많이 하지 않아서인지 평소보다 차도 많았고 눈에 띄는 특이한 차들도 보였다. 학원이 가까운 거리지만 걸어서 갈 생각은 없었다. 로즈가 자신의 차로 걸어가는데 낯익은 얼굴이 웃으며 인사를 했다.

같은 층의 마주 보는 집 남자다. 그는 심리학자이자 교수이며 저

널리스트다. 수십 권의 저서가 있고 텔레비전 방송에도 자주 나오는 유명 인사였다. 말을 워낙 재밌게 잘해서 사람을 끄는 흡인력이 있었다. 못생긴 축이지만 신경 써서 멋을 많이 부리니까 지성미와 세련미가 있었다. 로즈도 텔레비전과 현관 앞에서 그 남자를 종종 보았다. 그 남자는 로즈를 만날 때마다 인사를 했다. 그는 미녀들에게는 인사를 놓치는 법이 없었다. 미인이 아닌 여자들에게는 오히려 인사를 먼저 받을 때가 대부분이었다. 지금 반갑게 인사를 하는 그 남자도 노란색 렌즈의 선글라스를 쓰고 있었다.

"안녕하세요? 눈이 많이 내렸어요. 운전하시기 힘드실 텐데요."

"네, 안녕하세요? 가까운 곳에 가려구요."

"지금 상황이 거리가 문제가 아니에요. 차를 움직이는 게 장난이 아니거든요."

"네, 그냥 나가 보죠, 뭐."

"힘드실 텐데…… 웬만하면 택시 타세요."

"택시 타기도 어중간해요. 건너편 상가에 갈 거라서요."

그 남자는 로즈가 바보가 확실하다고 생각했다. 건너편 상가에 가면서 이런 상황에 차를 가지고 가다니 정신이 이상하거나 바보공주라고 생각되었다. 평소에도 외모가 너무 멋진 여자라고 생각했고, 저런 여자가 똑똑하지는 않을 거라고 혼자 짐작하고 있었다. 조물주가 그렇게 편파적으로 심한 실수는 하지 않았을 것이니까. 그는 오늘 따라 시간의 여유도 많은 데다 미인을 마주할 기회가 생겨 은근히 들뜨는 기분을 느꼈다. 아내는 언제나 자신에게 기회를 주는 천사답게 해외여행 중이다.

"저도 방금 쩔쩔매면서 들어왔어요. 저렇게 깨끗하고 좋은 차가 눈길에 더렵혀지면 안 되죠. 그리고 미인께서 고생하시면 안 돼요. 어차피 더러워진 제 차로 모셔다 드릴게요."

"아, 아니에요. 괜, 괜찮습니다……."

로즈는 목소리가 너무 떨려 나오는 것을 감당할 수가 없었다. 무슨 연유인지 온몸이 통째로 흔들리는 듯했다. 커피가 너무 진했나? 어느새 조수석 문을 열고 그가 로즈를 바라보고 있었다. 같은 노란색 렌즈 속의 두 사람 눈이 마주쳤다. 로즈는 몸이 더 심하게 흔들리고 힘이 빠져 나가는 것 같았다.

"아, 아니에요. 저는 그냥 집에 가야겠어요."

그 남자는 기가 찼다. 젊지도 않은 여자가 아무리 멋져 봤자지. 참 나, 튕기는 건가. 그는 멋쩍어졌다. 자기가 혼자 흥분해서 오버하였나 보다. 근데 자기가 호의를 베풀면 통상 보통 여자들은 과분해서 쩔쩔맨다. 혹시 저 여자가 떨고 있나? 목소리에 미세한 떨림이 있었던 것 같기도 하다. 그래, 기가 막힌 찬스인데 허무하게 날릴 수는 없다. 저런 미인들이 의외로 쑥맥이 많으니까.

"저는 오늘 따라 한가하네요. 그냥 타시죠. 금방 한 바퀴하고 오죠, 뭐. 괜찮으니 어려워 말고 타세요. 저 비싼 남자니까 기회 될 때 활용하세요. 하하하."

작업의 달인이라고 할 수밖에. 이 남자는 자신의 명성을 업고 자신 만만하고 능숙하게 사람을 다룬다. 프로이드의 이론을 좋아하는 이 남자는 세상의 모든 것은 결국 섹스에 기원이 있다고 믿는다. 그리고 운이 좋게도 인기와 부와 명성을 얻게 되면서 쾌락주의자가 되었다. 지금 보기 드문 미인이 눈앞에 있고 모든 상황이 제대로 맞아떨어진 상태다. 절대로, 절대로 놓칠 수 없는 기회다.

"볼일 보러 나오셨는데 해결하고 들어가세요. 자, 출발합니다. 빨리 타셔요."

'이런 미친놈' 스스로에게 말했다. 치유불능의 병을 앓은 지 많은 세월이 흘렀다. 도대체 어떻게 생겨먹은 병이 시도 때도 없이 증세 발현을 한다. 건너편 상가까지 몇 분 걸리지도 않을 텐데 어떻게 상황을 풀어 가면 좋을까 재빠르게 고민을 했다. 로즈는 무엇에 홀린 듯 그의 옆 좌석에 앉았다. 차도 멋을 잔뜩 부린 티가 났다. 멋진 차에 어울리는 방향제가 고급스런 향을 차 안에 온통 풀어 놓았고 카오디오도 심상찮게 비싸 보인다. 짙은 갈색 가죽 시트 위에 옅은 갈색이 도는 양털이 멋졌다. 그의 차는 펄이 있는 밝은 파란색의 귀한 색상이었다. 사람만큼 자동차도 튀는 색이었다.

차 안은 아직도 온기가 있었다. 로즈는 어느샌가 마음이 편해졌다. 옆자리에 앉아서 그를 살짝 훑어보니 패션이 만만찮다. 얼굴은 역시 별로다. 로즈는 핸들에 얹힌 그의 손과 팔목을 보는 순간 뭔가 정신이 아득했다. 스웨터 밖으로 조금 나온 셔츠의 끝단과 닿아 있는 남자의 팔목과 손……. 긴 털이 있는 손과 핏줄이 울퉁불퉁 지나는 남성스러운 그 팔목과 손이 너무 멋있었다. 멋있다는 표현보다는 매력적이었고 한 번도 느껴 보지 못했던 야릇한 자극이 있었다. 지성미와 야성미의 오묘한 조화였다. 남자의 팔목과 손이 주는 감동에 놀라고 있는데 그가 출발을 알렸다.

"이런, 귀한 이웃을 모시고, 너무 멋진 사모님을 모시고 겨우 건너편 상가네요. 눈도 내리는데 분위기도 없이……. 저 같은 낭만파는 오늘 하루 종일 우울했어요. 견디다 못해 잠깐 한강변에 가서 경치 보고 오는 길이었어요. 오늘 어떠셨어요?"

"아, 네……."

로즈는 지하주차장에서 이 남자 김정윤을 만나기 전까지 생각이라는 노동을 했노라고 말할 수가 없었다. 지지리도 무식해서 영어 학원에 과외상담을 가노라고 말할 수도 없었다. 집에 출장과외선생을 부를 수도 있지만, 그냥 비밀리에 학원에서 혼자 고액과외를 해 볼 심산이었다. 결심을 하자 변심을 하게 될까 마음이 급해져서 당장 일을 벌이려고 했던 것이다. 이 모든 일들이 평소의 로즈답지 않게 일어난 것은 그 남자 김정윤를 만나기 위한 운명이었다.

사랑이란 스테이크 같은 것

네 여자들 앞의 접시에 탑같이 쌓여 있던 콩나물 더미가 형체를 잃고 쓰러졌다.

"손님, 밥을 볶아 드릴까요?"

이미 평소의 양보다 많이 먹게 된 여자들에게 식당 종업원이 물었다. 대부분의 사람들이 그렇게 하니 식당 종업원은 상황 파악 따위는 하지 않는다. 손님들의 식탁을 살피다가 접시가 비어 가면 기계적으로 묻는다.

"아니, 이것 봐요. 도대체 정신이 있는 거야? 밥을 왜 또 볶아 먹어?"

풍선의 목소리 톤이 높아서 식당 안의 사람들이 쳐다봤다. 식당의 분위기와는 걸맞아 보이지도 않는 여인네들이 파티복 차림으로 앉아 있는 것도 마땅찮아하며 눈길을 주었다. 한 여자는 무슨 연예인이기라도 한 듯 훤칠하고 옆의 여자는 못생기고 꾀죄죄하니 좀 그랬다. 또 한 여자는 마치 높은 지위에라도 있는 양 도도해 보이고 까칠해 보인다. 방금 소리를 높인 여자는 전형적인 복부인 같다. 뚱뚱한 몸에 사치는 엄청나게 했는데 교양은 없을 듯하다. 가장 많이 먹을 듯해 보이는 여자가 예민하게 반응을 하는 것이 이상하면서도 별꼴이라고 식당 종업원은 생각했다. 쳐다보는 대부분의 사람들은 상가에 부동산 중개사무실이 많으니 떼로 몰려온 복부인들이라고 짐작했다.

로즈가 급히 일어섰다. 계산을 하더니 좀 이따가 최상위 라운지에서 만나자고 하며 먼저 나갔다. 남은 세 여자도 정리를 하고 일어섰다. 식당 밖을 나오니 저쪽 끝에서 로즈가 전화를 하고 있었다. 세 여자는 먼저 신호등을 건넜다. 험한 속세를 벗어나 신선의 처소를 향하는 여정과도 같이 그렇게 세 여인은 신호등을 건너서 젖과 꿀이 흐르는 풍요의 최상위 라운지로 향했다.

로즈는 거듭되는 남자의 문자 메시지에 못 이겨 남자와 통화를 했다.

"어디? 밥 먹었어? 오늘은 일손이 안 잡혀. 오후엔 환자도 많은데……."

"왜 그래? 난 친구들이랑 방금 점심."

"난 굶었지. 보고 싶으니 식욕도 떨어지네. 점심 맛있었어?"

"아이, 그러지 마라. 매운 것 먹었는데 기분 전환이 되네. 자기도 맵고 자극적인 것으로 한 번 시도해 봐."

로즈보다 여섯 살이나 어린 이 남자, 이연구는 로즈를 마치 여동생을 챙기듯 한다. 연구는 순수하다. 능구렁이 정윤보다 경험이 부족해서일지도 모른다. 그러나 더 따뜻하고 배려를 잘하는 연구를 보노라면 로즈는 안쓰럽기도 했다.

"저녁에 한 번 더 보자. 나 너무 힘드니까 거절하지 마."

"늦게 들어가도 돼?"

"그런 건 묻지 않아도 돼."

"어디서?"

"아침에 거기. 똑같은 방."

"언제?"

"그냥 먼저 가 있어."

"그래."

"로즈, 사랑해. 많이."

"나도."

아침에 로즈는 연구와 같이 있었다. 밤을 같이 지낸 것은 아니다. 이른 아침에 그들은 저녁에 다시 보게 될 그 방에서 만났었다. 로즈는 혼자 지내니까 싱글 라이프나 다름이 없다. 연구는 가족과 같이 산다. 성실하고 훌륭한 남편으로 살아온 연구에게 외박은 어울리는 행동이 아니다. 그러나 외박이라는 것은 드러나게 되는 현상일 뿐이다. 실상은 영혼과 육신의 많은 부분이 아내가 아닌 다른 여자에게 이동해 있는 연구를 누가 상상이나 할 수 있으랴. 언제나 중요한 것은 잘 간수하고 감추기에 타인들은 알 수가 없다.

그런데 정말 중요한 것은 어느 것일까. 어느 쪽이 더 중요하기 때문에 감추어야 하는 것인지 연구와 로즈도 알지 못한다. 시간이 좀 더 지나면 소중함의 비중을 알게 될까? 세월이 알려준다면 그것은 언제일까?

많은 학자들이 남자와 여자가 만나서 일어나는 화학반응의 유효 기간을 연구했다. 대체적으로 첫아이를 잉태하고 출산하는 기간을 포함하여 18개월이라고 보는 견해가 많다. 혹자는 6개월이라고도 한다. 3년이라 하는 사람도 있다. 어떤 것이 맞는 것인지는 아무도 모른다. 누가 알 수 있으랴. 많은 변수가 도사리고 있는 남녀관계를 호르몬으로 풀어 보고자 노력했던 학자들은 자신들이 무모했다고 연구가 끝난 뒤에 후회했을지도 모를 일이다.

그냥 인생은 살다 보면 지겹고 지친다. 그 위에 힘겨운 의무와 약속들까지 더해지면 도망가고 싶은 유혹도 생기지만 질서정연한 삶의 궤도를 이탈하지 않으려 노력하며 산다. 운명처럼 찾아오는 사랑 따위는 기혼자들에게는 일종의 가혹한 형벌이 될지도 모른다. 성경에는 남의 아내를 탐하지 말라고 하며 마음으로도 간음하지 말라고 한다. 생각조차도 하지 말라고 했다. 그래서 세상에는 사랑 타령을 하는 유행가가 그리도 많은지도 모른다. 임자가 있는데 어쩔 수가 없어서 서럽고 아프다고 처량하게 읊어대는 것 같다.

그들은 이미 온 동네에 허다하게 있는 어느 모텔에서 같이 잠을 잤고, 수많은 카페에서 차를 마셨고, 영화관에서 손을 잡고 영화를 보았으며, 식당에서 서로의 숟갈에 사랑을 담으며 같이 밥을 먹었을 것이다. 그들은 그때는 진실로 사랑했을 것이다. 활활 타오르는 화학반응에 몸과 마음을 맡겼을 것이다. 그리고 개인 차이의 시차를 느끼며 화학반응에서 깨어났을 것이다. 덧없는 사랑을 마무리하면서 아무 일도 없었던 듯 질서정연한 삶의 궤도로 돌아갔을 것이다. 이루지 못한 사랑이 그립고 애달파서 유행가를 들으며 모든 것이 자신의 얘기와 딱 맞아떨어진다고 한숨짓고 울기도 할 것이다. 그러나 그들은 어쩔 수 없으리라.

로즈와 연구는 알게 된 지가 이 년째이며 서너 달 전부터 같이 잤다. 연구를 만나기 전에 로즈는 정윤과 너무도 많이 잤다. 정윤은 마치 머릿속에 섹스라는 괴물을 키우는 것 같았다. 로즈는 정윤이 힘에 겨웠지만 남편이 아닌 또 한 명의 남자가 자신을 격정적으로 좋아한다는 것이 마냥 좋았다. 로즈는 자신의 삶에서 처음 느껴보는 감정에 깊이 빠졌다. 젊음이 끝나고 늙어 가는 여자를 이렇게 아껴줄 사람은 지상에 남편과 정윤밖에 없다고 생각했다. 정윤은 오래된 남편과는 달랐다. 남편보다 정윤이 더 좋아졌다. 너무 즉흥적인 정윤 때문에 당혹스럽기도 했지만 차츰 길들어져 가고 있었다. 솔직히 말하면 남편과 이별도 할 수 있을 것 같았다. 정윤과의 몇 달 동안 로즈는 행복과 사랑이라는 것의 실체를 알 수 있을 것 같았다. 그때는 그랬다.

정윤은 자신의 경험으로 멍청한 여자는 섹스도 멍청하게 한다고 생각했다. 예상대로 로즈도 그랬다. 로즈의 향수가 싫었다. 장미향이 몹시 거슬렸다. 자신의 취향이 아닌 장미 향수와 로즈의 멍청한 몸의 반응 때문에 로즈에게 몰입할 수가 없었다. 그러나 힘겹게 잡은 기회라 최대한 기간을 끌며 만났지만 정성을 다할 가치는 없었다. 로즈는 정윤에게 바라는 것이 아무것도 없었다. 멍청한 여자들은 원래 거래를 할 줄 모르는 특성이 있다. 그리고 언제든 관계의 단절이 용이하다. 그것은 유부녀들의 최대 장점이다. 이것은 매우 중요한 사실이다. 특히 아쉬울 것 없이 많이 누리고 사는 여자일수록 더욱 쉬웠다.

정윤이 볼 때 로즈만 한 미인은 매우 드물었기에 자신의 예민한 후각을 달래 가며 진절머리가 날 때까지 만났던 것이다. 정윤이 추구하는 멋진 인생에는 수많은 여자도 포함되어 있었고 의도대로 할 수 있는 자신의 능력을 과신했다. 로즈에 대한 흥미가 완전히 사라졌을 때 정윤은 매몰차게 이별을 선포했다. 변화무쌍하고 창의적인 정윤에게 로즈의 유효기간은 매우 짧았다. 로즈는 정윤의 모든 여자들의 유효기간 평균치에 훨씬 못 미쳤다. 로즈가 남자를 조금이라도 알았더라면 정윤 같은 인간 유형을 금방 알아보았을 것이다. 정윤은 로즈에게 상처로 남았다. 불면의 밤이 이어졌고 고통스러운 시간을 견뎌내면서 로즈는 더욱 외계와의 수신을 돈독히 하게 되었다.

슬픈 분위기의 여자를 좋아하는 남자들이 간혹 있다. 연구가 그랬다. 정윤과 헤어진 후 로즈의 모든 것에는 슬픔이 깃들었다. 실의에 빠져 힘겨운 나날을 보내는 로즈에게 연구가 다가왔다. 연구는 남편의 후배였고 한방병원의 새로운 부원장으로 왔다. 연구는 부임축하 모임에서 로즈와 처음 만나 인사를 하던 날, 끝없이 와인을 마시고 있는 로즈에게로 걷잡을 수 없이 향하는 마음을 어쩔 수가 없었다. 절대로 있을 수 없는 일이니 생각 말자고 다짐을 했다. 경험해 본 사람은 안다. 관심은 부인하면 할수록 커진다. 무심하자고 하면 할수록 더욱 더 가슴에 깊이깊이 새겨진다. 관심이란 화살의 치명적인 독성을 이기는 데는 아주 많은 시간과 에너지가 소모된다. 무관심해지라는 말은 그것이 거의 불가능하기에 생긴 말이다. 관심이 끊어진다거나 없어진다는 것은 사람의 일이 아니며, 사람이 아니라서 그럴 수 있는 것이다.

연구는 로즈를 만날 수 있는 기회를 간절히 기대했지만 아무런 구실도 명분도 없으니 암담했다. 그냥 한 번 볼 수만 있었으면 했다. 연구는 좀 우스꽝스러운 짓을 하기로 했다. 로즈와 함께 사는 선배의 집 전화번호를 자연스럽게 입수하였다. 절박하였기에 부끄러움도 없이 마치 초등학생 같은 유치한 행동을 하게 되었다. 코를 손으로 눌러 목소리를 변형시키고 로즈의 집에 전화를 했다. 로즈가 받으면 목소리만 듣고도 좋을 것 같아서였다. 태어나서 처음으로 해보는 기괴한 짓이었다. 오십 살의 나이에 할 짓은 아니었다.

"여보세요?"

로즈의 목소리가 분명한 것 같았다. 오전 10시가 훨씬 지났는데 잠에 취한 목소리였다. 그의 눈앞에 잠옷을 입고 침대에서 눈을 겨우 뜨면서 전화를 받는 로즈의 모습이 떠올랐다. 연구는 숨이 멎는 것 같았다. 코를 누르고 있어서가 아니었다. 목소리를 변조해 적당히 얼버무리면서 끊으려고 했던 계획을 잊어버렸다. 연구는 자신도 모르게 코에서 손을 떼고 인사를 했다.

"안녕하세요? 사모님, 저 부원장입니다."

"네? 누구시죠?"

로즈는 잠에서 아직 깨어나지 못한 것이 분명했다.

"네, 저는 부원장입니다. 저번에 모임에서 뵈었죠."

"아, 네. 안녕하세요?"

"갑자기 전화 드려 놀라셨죠?"

"아, 네. 아뇨. 병원에 무슨 일이라도 있나요?"

"아, 아닙니다. 사모님께서 와인을 좋아하시는 것 같아서 제가 입수한 것이 있어서요. 취향에 맞으실지 모르겠습니다만, 전해 드리고 싶어서요. 그냥 택배로 부칠까 했습니다만 예의가 아닌 것 같고 해서요."

"아, 아뇨. 말씀만 들어도 고마워요. 병원 분들과 나눠 드세요. 저는 받은 것으로 할게요. 감사합니다."

"좀 귀한 것이라고 하네요. 여성 취향이라고 하는데요. 내일쯤 퀵서비스로 보내 드려도 될까요? 선배님이 출장 중이시라 못 전해 드리니까……."

"내일은 골프가 있어요. 집에 사람도 없구요. 밤 8시 이후나 돼야 되는데……."

"아, 잘 알겠습니다. 내일 즐거운 라운딩되셔요. 8시 이후에 보내겠습니다."

로즈는 정신이 멍했다. 자다가 난데없이 전화를 받았고 뜬금없이 와인은 왜 보낸다고 하는지 모르겠다. 침대에서 일어날 수가 없었다. 다시 눈을 감으려는데 벨이 또 울렸다.

"사모님, 죄송하지만 휴대폰 번호를 좀 알려 주시면 안 될까요? 퀵서비스 부탁할 때 필요하다네요."

로즈는 힘겨웠다. 빨리 다시 눈을 감고 자고 싶은데 오늘 아침에 이 남자는 왜 이렇게 귀찮게 구는 것일까? 느리고 가라앉은 목소리로 그에게 번호를 불러 주었다. 약을 먹은 것은 아니지만, 새벽을 지나 이른 아침에야 잠들었으니 아직 깨어날 시간이 아니었다. 초인적으로 통화를 마쳤다. 로즈는 졸려서 전화기의 버튼도 제대로 끄지 못한 채 손에 전화기를 든 채로 잠들어 버렸다. 연구는 전화의 종료음을 듣지 못했다. 로즈가 전화를 끊지 않은 것이다. 연구는 여보세요를 몇 번 반복했다. 반응이 없었다. 연구는 전화기를 귀에 든 채, 그대로 석고상같이 자신이 굳어 버리는 것을 느꼈다. 전화기 속에서 여자가 나올지도 몰랐다. 알라딘의 램프처럼 문지르면 지니가 나오기라도 할 것만 같아서 전화기를 내내 그렇게 들고 있었다. 연구는 그 다음날 저녁까지 전화를 할 때의 그 느낌에 잠겨서 헤어나오지를 못했다. 온통 그 상황에 대한 되새김으로 시간을 보냈다.

언제부터인가 골프를 갈 때마다 남편이 운전기사를 보내 주었다. 정윤과 헤어지고 로즈는 체중이 줄고 매사에 힘겨워했다. 나이가 있으니 체중이 체력이었다. 체력이 떨어진 로즈를 위한 남편의 배려였다. 정윤과의 사연을 알게 된다면 남편은 어떻게 할까. 끔직한 치정살인이라도 일어나 신문의 뉴스거리가 될지도 모른다. 남편은 어디에서나 거의 매일 전화를 했다. 그 모든 것은 로즈에게 당연했다. 풍선이었다면 이런 일들이 감동거리이고 입으로 떠들며 자랑거리가 될 것이 분명하겠지만. 어떤 이에겐 고맙고 소중한 것이 어떤 이에겐 아무런 느낌도 없이 당연한 일상이다. 남편의 애정 어린 행동들이 로즈는 현실이라서 말할 필요도 내색할 필요도 없지만 풍선에겐 간절한 희망이기에 사소하게 고마운 일이라도 생긴다면 떠벌리느라 시끄러워질 것이 분명하다.

생각해 보면 네 명의 여자들이 골프를 계속하는 것은 풍선의 역할이 크다. 부킹도 도맡아서 했고 활기찬 분위기를 만드는 것도 풍선이었다. 로즈도 덕분에 시간 가는 줄 모르고 라운딩을 할 수 있었다. 오늘도 떠들썩하니 골프를 마치고 저녁식사를 생략한 채 기사가 운전하는 차를 탔다. 자기 때문에 퇴근이 늦어지는 기사를 배려해서다. 라운딩 후에 식사를 하게 되면 밤이 되어 버릴 것이다. 남편이 아침에 전화로 일찍 들어가서 쉬면서 피로를 풀라고 간절히 말하기도 했었다. 뉴욕에서도 남편은 로즈의 걱정을 끊임없이 했다.

늦가을 해질녘 고속도로의 풍경은 황량하고 쓸쓸했다. 운동을 하던 낮 시간의 활기는 어디론가 사라지고 로즈는 스산한 마음을 이기기가 힘겨웠다. 정윤 생각이 너무나 많이 났다. 나쁜 남자들은 헤어지고 난 여자는 두 번 다시 거들떠보지 않는다. 왜냐하면 그들에겐 새로 개척해야 할 무한한 필드가 기다리기에 앞만 보고 달려도 바쁘다. 정윤은 언제나 바빴다. 여러 가지 직업을 가졌으니 열정적으로 모든 일을 해야 했고 자신의 삶의 활력소인 여자들과의 엔조이도 틈틈이 해야 했다. 정윤의 인생은 처음부터 끝까지 비즈니스와도 같았다. 정윤에게 진실을 들이대며 심각한 사랑을 말한다면 멍청한 바보라고 비웃음을 당할 뿐일 것이다. 그런 것까지 생각하고 살기엔 정윤에게 세상은 너무 험난했고 골치 아팠다.

정윤은 로즈와 결별 후에 엘리베이터 앞에서 로즈를 마주칠 때도 아무렇지도, 정말 아무렇지도 않게 대했다. 마치 너는 일정 기간 동안 나의 섹스 파트너였을 뿐 아무것도 아니었으니 주제넘게 가까이 오지 말라고 무언의 압력을 보내는 듯한 태도였다. 로즈는 그러는 편이 오히려 낫다고 생각하면서도 괘씸했다. 그리고 정윤의 모든 것을 기억하고 있는 자신의 몸을 어딘가에 가서 새로 세팅을 하고 삶을 지경이었다. 정윤은 로즈의 장미 향수를 싫어했지만, 로즈는 정윤에게서 나는 모든 냄새가 좋았다. 난생 처음으로 들뜨고 설레며 만났던 남자의 모든 것, 사소한 것들까지도 각인이 되었다. 잊을 수 없는 모든 것들이 로즈를 점점 야위게 하고 있었다.

뒷좌석에 앉아서 창밖을 내다보다가 로즈는 울 수밖에 없었다. 마음 한쪽의 구멍이 뚫린 자리에서 찬바람이 새어나왔다. 로즈는 한기를 느꼈다. 슬픔의 온도는 언제나 낮았다. 로즈가 울고 싶을 때는 언제나 찬바람이 불었고 너무나 추웠다.

집에 도착하자 기사가 캐디백과 보스턴백을 현관까지 들어다 주었다. 무거우니 집 안까지 넣어다 주겠다고 했다. 로즈는 현관을 열어 놓은 채 그러라고 했다. 기사가 엘리베이터를 타고 내려가자 로즈는 현관으로 몸을 돌렸다. 그 순간 대각선 맞은편 집 현관이 열리며 정윤이 나왔다. 그는 집 안에서 로즈를 관찰하고 있다가 나왔다. 와락 로즈의 팔을 잡아끌며 안았다. 모든 것이 살아서 깨어났다. 그의 냄새, 어깨의 근육, 손길, 입술…… 사랑은 감각이 아닐까. 이성이 배제된 감각이 합치되는 순간만을 순수한 사랑이라 하는 것이 아닐까. 로즈는 아득해졌다.

휴대폰이 울렸다. 그는 로즈에게 전화를 받지 말라고 했다. 정윤은 로즈를 안고 있는 팔의 힘을 풀지 않았다. 로즈는 전화를 받아야 한다고 했다. 그는 로즈를 놓아주고 고개를 까딱하며 전화를 받으라고 했다. 프로이트 신봉자이며 섹스 열광주의자인 정윤은 벽에 몸을 기대고 로즈를 바라보고 있었다. 저 여자는 정말 비율이 좋고 세련된 멋쟁이다. 로즈의 몸에 대한 모든 기억이 되살아났다. 다시 시작하는 것은 절대 안 되지만, 오늘 밤만은 꼭 안아야겠다는 생각을 했다.

“여보세요. 사모님, 저예요. 퀵서비스도 못미덥고 해서 직접 찾아뵐까 해서요. 전해 드리기만 하면 되니까요.”

로즈는 어제 부원장의 전화가 왔었다는 것과 와인 얘기가 얼핏 떠올랐지만 정확하게 기억해낼 수는 없었다.

“아, 네 제가 깜박 잊었어요. 어제 자다가 전화를 받다 보니…….”

“네, 8시 이후에 집에 계신다고 하셨죠. 참, 오늘 라운딩은 즐겁게 하셨어요?”

로즈는 벽에 기대어 자신을 열심히 보고 있는 저 남자와 곧 있게 될 일을 위해 연구에게 거절의 말을 해야 했다. 정윤은 지금 당장이라는 눈빛으로 그녀를 다그치고 있었다. 로즈는 연구에게 거절을 하게 되니 미안한 마음이라 뭔가 보상을 해야 될 것 같았다.

“대단히 죄송한데요. 제가 오늘은 사정이 좀 있어서요. 내일 병원에 물리치료를 좀 하러 갈게요. 그때 부원장님 뵙죠.”

“아, 네, 그러시다면, 내일 뵙겠습니다.”

연구는 자연스런 상황이 만들어지면 더 좋다는 생각이 들었다. 연구는 오늘 오후에 와인 숍에서 좋은 선택을 하느라 많은 시간을 보냈고, 포장전문 가게에서 또 제법 시간을 보냈다. 어제 자신이 냈던 용기와 내일의 예정된 만남은 행운이 따라 주어서라고 생각했다. 연구는 자기가 복이 많다는 생각을 하며 기분이 들떴다.

전화가 끝나는 것을 보고 정윤은 로즈의 손에 있는 전화기를 잡아채고는 꺼짐 버튼까지 확실하게 눌렀다.

"로즈, 자기 집으로 들어가자."

정윤의 목소리는 그가 최고로 흥분했을 때와 거의 비슷했다. 선택의 여지가 없었다. 두 사람은 로즈의 집 현관 안으로 밀리듯 들어갔다. 현관문은 자동으로 잠겼다. 두 사람도 자동으로 안방의 침대로 향했다.

정윤은 대머리의 징조를 보이기 시작한 자신의 헝클어진 앞 머리칼을 손으로 쓸어 올리며 말했다.

"이게 우리가 다시 시작한다는 의미는 아닌 거 알지?"

정윤의 말투는 귀공자가 배가 너무 고파 편의점에서 허겁지겁 허기를 채우고 난 뒤에 어쩔 수 없었노라고 말하는 것 같았다. 로즈는 환멸이 느껴졌다. 현관에서 그가 자기를 안았을 때, 그리고 침대로 향하는 그때까지 설레었고 좋았다. 그때까지가 로즈의 행복한 순간이었다. 지금 정윤은 레스토랑에서 정찬을 먹어야 하는 신분이 편의점에서 싸구려 음식을 먹었다는 듯 거드름을 피운다.

로즈는 오늘 차에서 그가 그리워서 울었던 자신을 후회했다. 지난 시간들의 모든 기억들이 허무하게 추락하며 파편들이 되어 누워 있는 자신의 위로 떨어졌다. 그것들은 추했고 냄새마저 역겹게 자신을 덮치고 있었다. 지금 몸속에 들어와 있는 이 비열한 인간의 더러운 오물을 빨리 씻어내고만 싶었다. 할 수만 있다면 침대도 없애버리고 싶었다. 주변에 머무는 공기마저도 바꾸고 싶었다. 어리석었던 자신을 깨닫는 순간 머릿속에 서늘하고도 짧은 생각이 지나갔다. 로즈는 감정의 동요를 억누르며 차분히 일어나 앉았다. 외계에서 온 미녀답게 짧고 냉정하게 말했다.

"빨리 옷 입고 꺼져. 너는 내 취향이 아니야."

정윤은 분명히 충격을 크게 받았을 것이다. 난생 처음 당하는 봉변이었을 수도 있다. 정윤이 가고 나서 로즈는 벽시계를 보았다. 아직 8시가 채 안 되었다. 겨우 5분짜리였구나. 얼결에 호텔이 아닌 로즈의 집이 그들에게 마지막 장소가 되었다. 방에 남아 있는 정윤의 흔적을 날려 보내려 창문을 열었다. 밤거리의 풍경을 내려다보니 눈물이 났다. 울면서 침대 시트를 걷어서 세탁물통에 던졌다. 세탁물통을 바라보다가 다시 시트를 꺼내고는 쓰레기봉투에 힘겹게, 온 힘을 다해 발로 밟으며 쑤셔 넣었다.

"나쁜 자식, 쓰레기 같은 놈, 정말 개 같은 자식, 내가 미쳤어, 벌받아야 마땅하지. 아니야. 정말 아무것도 아니야. 잊어버리면 돼. 나는 이제부터 자유야. 너는 더 이상 내 속에 남아 있지 않아."

로즈는 자신감이 생겼다. 누구와도 관계에 얽매이지 않는 자유로운 영혼이 되는 것 같았다. 서러웠고 억울했고 불행했던 과거는 물론 정윤과 몇 달 동안 탈선했던 죄책감을 모두 씻어 버리고 새로워질 수 있었다.

사랑은 어디에서 구할 수 있는 것이 아니었다. 자신에게 깊이 빠지는 일이 부끄러워 상대방에게 의미를 부여하는 착각이었다. 농담처럼 한순간 그렇게 웃어넘기고 다시 자신을 사랑하자고 다짐했다. 로즈는 가볍게 화장을 하고 외출복을 꺼내 입고 지하의 레스토랑으로 갔다.

배가 고팠다. 로즈는 장미답게 우아하게 앉아서 스테이크와 와인을 시켰다. 오늘은 로즈가 새로 태어나는 자축의 시간이다. 그 누구의 축하도 방해가 될 뿐이다. 로즈는 로즈답게 살 것이다. 이 순간에 눈물은 필요 없는데도 자꾸 넘실댔다. 로즈는 이길 수 있었다. 눈물은 이제 없을 것이다.

레스토랑의 조명과 촛불이 어우러진 테이블 위의 안심 스테이크는 훌륭해 보였다. 미디엄 웰 던으로 익힌 180그램의 고깃덩이는 먹음직스러웠다. 레스토랑의 하우스 와인으로는 자축을 하고 싶지 않았다. 특별히 주문한 1999년 빈티지의 보르도가 자축의 분위기를 돋우었다. 울컥 눈물이 올라오려 했지만 외계에서 온 미녀답게, 가시를 돋우는 장미처럼 참아냈다. 이길 수 있다. 눈물은 이제 없다.

나이프와 포크를 들고 스테이크를 썰었다. 표면이 알맞게 잘 구워진 고기를 썰자 피가 밴 속살이 나왔다. 칼끝으로 살살 요령껏 달래 가며 고기를 조각내고 입에 넣었다. 오래오래 천천히 씹었다. 접시 위에 번져 있는 피를 보며 생각했다.

'사랑이란 스테이크 같은 것이었구나.'

졸혼은 개뿔, 차라리 이혼을 해라

"오랜만에 카레라이스 정말 맛있네. 고마워, 잘 먹었어."

유난의 남편은 한 팔에는 강아지를 안고 한손에는 물 잔을 들고 소파로 와서 앉았다.

"아이구, 집이 역시 최고다. 우리 쫑쫑이도 요롷게 예쁘공. 그자. 쫑쫑아. 오늘 엄마가 맛있는 거 줬쪄?"

애들 말투에다 귀여운 표정까지 지으며 난리다. 남편은 유난에게서 자기 밥 얻어먹는 것도 모자라서 강아지 간식까지 챙기고 있다. 유난은 영원한 먹거리 담당으로 이 세상에 태어난 게 분명하다. 유난은 언젠가부터 집에서는 거의 말을 하지 않았다. 아마도 행복하지 않은 것이리라. 젊을 때는 말수가 많다고 남편의 핀잔을 많이 들었다. 지금은 남편이 시끄러울 정도로 말을 많이 한다. 유난에게는 주로 잔소리와 간섭을 늘어놓고, 강아지와는 사랑의 대화를 한다. 잠자리에 드는 순간까지 시끄럽다. 옛날, 먼 옛날에 유난이 그랬듯이.

남편은 유난에게 질문이 매우 많다. 예를 들자면, '요즘 강아지 유치원이 있다는데 우리 동네는 어디에 있어? 그런 데 가면 강아지들이 행복할까?' '일본의 어느 학자가 채소와 과일을 온수에다 씻으면 더 싱싱하게 오래 보관한대. 딸기 같은 것도 될까? 물 온도가 50도나 된대. 50도가 얼마큼 뜨겁지? 우리가 마시는 커피는 몇 도야?' '저 화분이 계속 살아서 내년에 다시 꽃을 피운대? 그냥 저렇게 물만 주면 되는 거 맞아? 영양제를 좀 사야 될 거 같은데.' 질문은 대체로 대답이 애매하고 생각하기 귀찮은 것들이고 유난은 관심도 없는 것들이다. 아이들이 어렸을 때 쉴 새 없이 해대던 질문 공세와 다를 바가 없었다. 나이가 들어갈수록 유난은 혼자서 조용히 있고 싶었다. 젊은 날 충분히 부대끼며 살았으니 고요함을 즐기고도 싶었다. 옆에서 열심히 훼방을 하는 남자가 부담스러웠다.

"저놈은 뭐하는 놈이 저렇게 웃기냐? 변태같이 옷을 입고 생긴 것도 귀신같네? 다른 데 돌려."

아니나 다를까, 그러면 그렇지, 예외가 없다. 남편은 갑답게 을에게 당당히 채널을 돌리라고 한다. 유난과 남편이 같이 볼 수 있는 프로그램은 유일하게 골프 방송이다. 그것마저도 유난은 실황중계만 좋아하고, 남편은 경기 명장면 모음이나 레슨 보는 것을 좋아하니 일치하기가 쉽지는 않다. 결과를 다 알고 있는 뻔한 것을 무슨 재미로 보는지 유난은 이해를 못 한다. 골프 레슨을 하는 사람들의 애매한 설명과 레슨하는 당사자만이 느낄 수 있는 감각을 추상적으로 표현해대는 것도 안타깝고 웃기기만 했다. 그래서 유난은 서재로 가서 책을 보거나 음악을 듣는다. 어차피 텔레비전 보는 것을 좋아하지도 않는다.

안방에도 텔레비전은 있지만 유난과 남편이 말다툼을 하고 누군가가 안방을 먼저 차지했을 때만 켜졌다. 이유는 알 수 없지만 언제나 그랬다. 안방의 텔레비전은 영역 확보를 선점하고 상대를 무시하겠다는 사인을 할 때 쓰이는 도구였다. 그나마 요즘은 잘 싸우지도 않으니 안방의 텔레비전은 그냥 벽에 붙어 있기만 했다. 그렇다고 거실의 텔레비전이 딱히 가족의 화합을 위한 도구로 쓰이는 것도 아니다. 유난은 각방을 쓰는 것을 간절히 바랐지만, 남편과 의견의 일치를 보지 못했다. 남편에게 안방이란 것은 결혼이 유지되고 있다는 상징의 장소로서 의미가 있었다.

"우리가 부부 맞아? 맨날 따로 놀고, 정말 이러기야? 집에 오면 쫑쫑이밖에 없는 거 같잖아."

유난의 뒤꼭지에 대고 마치 여느 아내들의 바가지처럼 말했다. 남편의 투정에 짜증이 왈칵 났다. 이런 배은망덕이 있나. 부부가 맞느냐고? 이른 아침에 출근 시중을 들었고 저녁밥도 해주었고 텔레비전 리모컨까지 주고 하루를 마무리하겠다는데 뭔 불만인가? 그리고 쫑쫑이밖에 없다는 듯 행동하는 것도 남편 스스로였지 않은가 말이다.

"같이 얘기도 좀 하고 그러자. 와서 앉아."

참 이해 못 할 사람이로세. 옆에 있어 봤자 유난에게는 관심도 없이 텔레비전을 혼자 재미있게 볼 것이고, 가끔 강아지와 대화를 해가며 킥킥댈 것이다. 너무 사랑스러워서 품에 꼭 안고도 모자라 강아지하고 연신 입까지 맞춘다. 유난의 역할은 없다. 왜 옆에 있으라는 거야? 그에게 그녀는 사람이 아닌 것 같다. 그냥 집의 한 자리를 차지하는 가재도구와도 같아서 제자리를 지켜주어야 남편의 맘이 편해지는 것이다. 그래서 자기 옆에 앉아 있으라는 것이다. 모든 것이 제자리에 있다는 평온함을 느끼기 위해서.

'정말이지 더는 못 해 먹겠다. 돈만 벌어다 주면 다냐? 갑질도 정도껏 해야지. 내가 무슨 네 부속품이냐?'라고 속으로 소리치고 또 소리쳤다. 남편은 절대로 못 들을 것이지만 그녀는 힘껏 분노를 담아 허공에다 그 말들을 홱 뿌렸다. 낙하하는 말들을 다시 받아서 또 뿌리고 뿌리기를 거듭했다. 언젠가부터 유난은 소리 내어 말하지 않을 수 있게 되었다. 언쟁을 하는 것은 정말 머리 아픈 일이라서 차라리 이렇게 허공과 겨루는 것이 백번 낫다.

"일루 와서 앉아. 우리 쫑쫑이 맘마도 좀 갖고 오세용."

유난은 못 들은 척했다. 요즘 새로운 진리를 발견했다. 상대방의 질문이나 요구에 응대를 꼭 해야만 하는 이유는 없다. 착한 아이, 성실한 학생으로 살아온 삶의 자세를 바꾸어도 별 문제 없다는 진리를 깨달았다. 지난 세월은 어쩔 수 없으니 잊어버리고 이제부터라도 자신의 마음이 내키는 대로 하면서 살 것이다.

서재로 들어갔다. 책을 폈다. 지금부터 자신만의 평화로운 시간을 가질 것이다. 오디오 시스템 앞에서 선곡을 하느라 시간을 꽤 끌었다. 유난은 가요를 좋아한다. 흘러간 옛 노래에는 혼자 술을 마시던 아버지를 기억나게 하는 추억이 있었고, 7080세대의 가요에는 유난의 청춘이 있었다. 2000년 이후의 가요들에는 드라마나 영화의 오리지널 사운드 트랙이 많았다. 유난은 청춘시절이 그리워질 노래를 선택하고 작은 소리로 맞췄다. 소리가 커서 조금이라도 새어 나가면 남편의 망할 잔소리를 듣게 될 것이니 기분 상하지 않으려면 알아서 잘해야 한다. 무슨 권력을 타고 났기에 남편은 저다지도 제왕과 같이 구는 걸까? 유난은 '망할 놈의 남자, 지겹다 지겨워. 따로 살자!'라는 말을 허공에 또 홱 뿌렸다. 말들이 낙하하기가 무섭게 재빨리 받아쳐서 다시 올렸다.

책상 옆의 안락의자에 앉았다. 재미있는 책들이 너무 많지만, 돋보기를 쓴 채로 몇 시간씩 버티는 건 힘들었다. 옛날 친정 부모님들이 생각났다. 그들이 책을 보다가 돋보기 너머로 눈의 각도를 달리하고 사물을 바라보던 모습이 눈에 선했다. 유난은 제발 안경을 벗고 쳐다보라고 부모님에게 잔소리를 꼭 해대었다. 지금 유난은 그때의 부모님들과 똑같이 독서를 즐기고 안경 너머로 사물을 본다. 좀 더 코 아래쪽으로 걸치는 것이 조금 다르다. 자식들은 사소한 것들까지 부모를 닮는 것이 정말 신기하다. 유난의 자식들도 그러할 것이다. 앞으로 점점 더 닮아갈 것이다. 걱정이다. 아들이 남편을 닮을까 봐 정말 걱정이 된다. 유난은 딸보다 아들을 더 아낀다. 절대로 그렇지 않다고, 자기는 딸이 더 편하고 좋다는 거짓말을 수도 없이 해왔다. 자신의 양심에게 물어보면 솔직히 아들이 언제나 우선이었고 더 사랑스러웠다. 그 마음을 혹시라도 들킬까 봐 딸이 더 좋다는 거짓말로 은폐를 해온 것이다. 애들이 나란히 등교하는 것을 배웅할 때면 언제나 딱 벌어진 어깨에 가방을 멘 아름다운 아들의 뒷모습을 더 많이 오랫동안 바라보았다. 믿음직하고 가슴이 벅차오르는 감동마저 느꼈다. 딸은 그냥 예뻤고 때론 예민하여 성가시기도 했다.

그렇게도 어여쁜 아들이 남편을 닮는다고 생각하니 암담하기까지 하다. 남편을 닮은 채로 결혼을 하면 이혼을 하게 될지도 모른다. 요즘 젊은 여자가 전제군주를 모시고 사는 것은 상상도 할 수 없다. 아들이 제발 남편을 닮지 않아야 한다. 머리가 좋으니까 잘 가르치면 될 것 같아 유난은 노력 중이지만 남편이 참 문제다. 그는 아들을 대할 땐 말마디마다 '사내자식이!'라는 단서를 달고 산다. 이래저래 훼방꾼 같은 남편이 참 싫다. 유난은 자신의 아들이 행복하지 않게 될까 봐 노심초사했다.

유난의 사랑스러운 아들은 아예 대학연구소 옆의 기숙사에서 산다. 공부를 빼어나게 잘했지만 앞으로 돈을 많이 벌 것 같지는 않다. 부모처럼 국립 S대를 나왔고 석사와 박사도 국내에서 한 젊은 국내파 물리학 박사다. 아들은 앞으로 학자로서의 명예는 얻을지 몰라도 아무리 노력해도 남편만큼의 부를 축적하기는 힘들 것이다.

아들은 여자들에게 인기가 없다. 유난은 그 점이 너무 속상했다. 여동생인 딸은 먼저 결혼을 했다. 맞선을 실컷 보았고 조건이 좋은 배우자를 만나 잘살고 있다. 아들은 선이 잘 안 들어왔다. 들어오더라도 너무 처진 조건의 여자들이었다. 유난은 아들이 아까워서 중매쟁이에게 유난이 해줄 수 있는 최상의 조건을 제시했다. 월 임대료가 나오는 상가를 몇 개 줄 것이고 유난이 살고 있는 지역에 대형 평수의 아파트도 이미 준비해 두었다고 했다. 덧붙여 유난 부부가 죽고 나면 아들이 물려받게 될 재산에 대해서도 언급을 했다. 그래도 잘되지가 않았다. 유난이 원하는 조건의 며느릿감들은 이 정도의 조건은 우습게 아는 것이다. 그리고 물리학자는 중매를 할 때 폼이 나지 않았다.

남편은 회계법인의 대표이다. 그는 IMF 시기를 지나면서 갑부 반열에 들었다. 유난은 그 시절에 돈 폭탄이란 것을 실감할 정도였다. 돈을 버느라 바쁜 남편과 벌어오는 돈을 투자하고 쓰고 다니느라 바쁜 유난이었다. 망하는 회사가 많으면 많을수록 회계사는 일이 많아진다. IMF 때 망했던 사람들은 경기가 회복되면서 다시 창업을 했다. 창업을 하는 회사가 많아져도 회계사는 일이 많아진다. 그렇게 IMF를 전후하여 몇 년간의 호황을 누렸다.

자산이 많아지면서 인간관계의 지형도에 변화가 생겼다. 자산으로 계급이 매겨지는 또 다른 세상을 접하면서 유난은 혼란스러웠다. 유난은 출신 계급이 자산가의 자손이 아니었기 때문에 부자들의 삶의 방식과 의식 구조를 이해하기가 힘겨웠다. 남편도 유난과 마찬가지였다. 모임에 갔다 오는 날이면 역겨운 인간관계를 해야 하는 것을 자조했다. 모임에는 풍선과 비슷한 사고체계를 가진 사람이 대부분이었다. 그들의 대화에 어설프게 끼었다가는 창피를 당하기 십상이었다. 그들은 자식들이 힘들게 머리 싸매고 공부하는 것에 대해 비웃으며, 신분 상승을 위한 헝그리 계층의 작태라고 치부했다. 특히나 국내파는 대화에 낄 수조차 없었다. 그들만의 리그였다. 유난의 아들은 머리가 좋고 갈 길이 명확하여 국내파가 되었건만 그들은 관심이 없었다.

머리가 좋다거나 인성이 좋다는 것은 등급의 조건에 없었다. 자산의 크기와 그 자산의 미래성이 가장 으뜸 조건이었고 그 다음은 키가 얼마냐는 것이었다. 안타깝게도 유난의 아들은 평균보다 살짝 작은 키였다. 그 세계에서는 치명적인 약점이었다. 유난은 그들과 인간관계를 하는 것과 중매시장의 모든 것에 염증이 났고 자존심이 상했다. 아들에게 차라리 학교 주변에서 머리 좋은 여자를 만나서 연애를 하라고 종용을 했다. 얼굴이 예쁘지 않아도 키가 좀 큰 여자를 고르라고 했다. 정말 웃기는 일이다. 유난도 며느릿감의 키를 조건에 넣고 있었다. 아들의 작은 키를 보상할 만한 며느리를 원했다.

갑자기 전화벨이 울렸다. 풍선이었다.

"자기야. 저녁 먹었지? 뭐 해?"

"응, 책 보고 있어. 이 시간에 웬 일이야?"

"자기 남편은 뭐 해? 옆에 있니?"

"왜? 우리 남편한테 할 말이라도 있냐? 영감탱이 보기 싫어서 서재에 나 혼자 있어. 밖에서 개하고 텔레비전 보고 있어."

"자기야, 음 자기야……."

"왜? 무슨 일 있어?"

"아니, 자기야…… 자기야, 나만 느낀 거야?"

"뭐? 무슨?"

"자기야, 로즈 있잖아. 로즈가 좀 변했지?"

풍선이 저렇게 뜸을 들이는 것은 확신이 없을 때 나름대로 조심을 하는 것이다. 유난은 사람의 느낌은 다 똑같구나 하고 생각했다. 낮에 그렇게 떠들고 아무 눈치도 없는 듯 행동하던 풍선이 볼 것은 다 보고 예리하게 느끼는구나 싶었다.

"좀 밝아지고 좋아 보였어. 호호. 밥값도 먼저 계산할 줄 알고. 천하의 로즈도 나이가 드는 게지."

"자기야, 먼저 나가서 전화하는 거 봤지? 라운지에서도 문자 메시지를 계속했잖아. 자기야, 걔가 누구랑 그럴까?"

"남편이거나 아들? 참 아들은 군대에 있구나. 좀 궁금하긴 하다. 평소에 안 하던 행동을 했네. 남편이었을 거야."

유난은 여자형제가 많은 집에서 자랐기에 뒷담화를 할 때는 자기방어가 매우 중요하다는 것을 잘 안다. 섣불리 자신이 먼저 의심의 기색을 보인다면 뒤집어쓸 수 있기에 성질 급한 풍선이 먼저 말을 내뱉을 때까지 기다리거나 유도를 해야 한다. 자매가 많은 집에서 자란 여자들은 대체로 암투에 능숙한 전사들이다. 가장 어리석은 자가 내몰리고 뒤집어쓰고 나서 울게 되면 전투가 종료된다. 그렇게 훈련되고 단련된 여자들은 어느 모임에서나 희생양을 빨리 발견해내는 능력이 있다. 그렇다고 유난의 인간성이 특별히 나쁘다는 것은 아니다. 그렇게 사는 것이 습관화되었다는 것이다. 생존 본능과도 같은 삶의 방식이었다.

"자기야. 지금 듣는 노래 뭐야? 뭔가 익숙한 소린데? 책은 뭐 읽고 있니?"

풍선도 유난과 이십여 년을 알고 지내다 보니 이제 눈치가 훤하다. 로즈에 대해 너무 말하고 싶지만 참아야 했다. 풍선으로서는 말을 참는 것이 괴로웠다.

"자기야, 아들은 요즘 어떠니? 선은 계속 들어오지? 딸이야 대단한 집에 시집 가서 걱정이 없을 테고……."

유난을 자극할 수 있는 건 오직 하나, 아들의 결혼 문제밖에 없다.

풍선은 유난을 살짝 건드려 보았다. 유난은 알고 있다. 샛길로 새는 듯 상관없는 얘기를 하는 척하다가 풍선은 다시 로즈 얘기로 돌아오게 될 것이다.

"우리 아들은 결혼 생각이 없으시다네요. 글쎄, 나 혼자 속만 타는 것 같아서 생각을 바꾸기로 했어. 혼자 살고 싶으면 그러든가 하라고 했어. 세상 따라 싱글로 살면서 연구에 전념하는 것도 괜찮을 것 같아."

이렇게 결연하게 말하면 상대가 할 말이 마땅찮아진다. 다른 대화거리로 돌리기가 애매하면 로즈 얘기로 돌아올 것이다.

"자기야, 낮에 최상위 라운지에서 봤던 바리톤 코코박 있잖아. 자기야, 코코박 너무 멋지지? 피부도 좋고 실물이 훨씬 낫더라. 목소리가 어쩜 그리도 멋진지. 근데 자기야, 코코박이 이혼했잖아. 소문으로는 엄청 연하하고 바람이 났대. 그래서, 자기야, 있잖아, 코코박 와이프도 헬스 트레이너랑 맞바람을 피웠대. 근데, 글쎄, 자기야, 시어머니가 자기 아들 바람은 괜찮아서 용서가 되고, 세상에나 며느리만 죽일 년 만들어서 쫓아냈대. 한 푼도 안 주고. 며느리가 원래 없는 집 애라서 평소에도 멸시를 많이 했대. 너무하지 않니?"

"자기야. 아까 라운지에서 코코박 보면서 다 했던 얘기를 복습하는 거야? 큭큭."

"어머, 자기야, 그렇네. 호호. 내가 코코박을 많이 좋아해. 호호. 자기야, 아까 로즈 이상하다 했잖아."

"이상하기는 뭐가 이상해?"

유난은 자기가 먼저 한 말은 아니라는 걸 짚고 가야 했다.

"아니, 자기야. 로즈가 자꾸 문자 메시지를 하는 게 꼭 남자하고 하는 것 같아 보이더라구."

"남편이 남자지, 여자야?"

풍선은 이쯤에서 갈등을 할 것이다. 그렇지만 참지 못할 것이다.

"자기두 참, 그렇게 센스가 없니? 남편이 아닌 다른 남자니까 개가 나가서 전화하고 표정도 묘하고 그렇지. 자기도 봤잖아?"

"글쎄, 우리 나이에 무슨 남자가 있겠어? 로즈가 아무리 예뻐도 그렇지."

"자기야, 모르는 소리 마라. 자기야, 요즘 장난이 아니야. 우리보다 나이 많은 형님들도 애인 만나고 그러더라. 자기야, 다들 늙지도 않더라구. 관리를 잘하니까."

유난은 뭔지 모르게 주눅이 드는 느낌이었다. 주변의 또래들보다 자신이 늙어 보이는 것을 알고 있어서다. 여자들이 나이가 들면 몇 가지가 평준화된다고 하더니만 그 기준도 맞는 말이 아니구나싶다. 낮에 보았던 로즈의 미모를 떠올려 보면 더욱 그런 생각이 든다. 내일은 오전 일찍 사우나를 좀 하고 오후에 피부과에나 가야겠다고 생각했다.

"자기야, 로즈가 요즘 남편이 뉴욕 가고 없잖아. 병원을 부원장한테 맡겨 두었잖아. 자기야, 로즈가 원래 한방병원에 잘 안 가잖아. 로즈가 우리한테 말은 안 해도 다른 병원에 살짝 다니고 그랬거든. 근데, 근데, 자기야, 요즘 한방병원에 자주 가서 물리치료도 받고 그런대. 부원장하고 차도 마시고."

"그래? 자기는 그걸 어떻게 알아?"

풍선은 자기가 관심이 있는 사람의 뒷조사를 하는 것에 소질이 있다. 농담 삼아 탐정을 했으면 잘했을 거라고 했었다. 머리 아파서 일부러 신경 안 쓰고 살아서 그렇지 자신의 감각은 예리하다고 말하곤 했었다. 유난은 궁금해졌다. 풍선이 좀 더 속도를 내어 주기를 바랐다.

"차를 마실 수도 있지. 남편이 없으니 병원 관리도 할 겸 가지 않았을까?"

"자기야, 자기두 참 그렇다. 로즈를 몰라? 그 공주가 그런 생각을 했겠니? 자기야, 걔가 의뭉스런 구석이 있는 건 우리가 알잖아."

"로즈가 의뭉해?"

자꾸 딴청을 피우고 동의하지 않으면 풍선은 더욱 열중하게 되리라.

"자기야, 걔가 말을 많이 안 하는 건 비밀이 많아서야. 내 느낌이 확실해. 자기야, 로즈가 은근히 남자들을 홀리는 분위기를 가졌잖아. 낮에 라운지에서 코코박도 로즈를 엄청 쳐다보는 거 봤지?"

"로즈가 눈에 띄니까 누구라도 쳐다보지. 꼭 남자여서가 아니라."

"자기야, 부원장이 로즈한테 너무너무 잘한대. 자기야. 나는 아무래도 두 사람이 수상해. 로즈의 주변에 남자라면 그이밖에 더 있겠어? 자기두 생각해 봐."

"그럴까? 확실한 물증도 없이 억울한 사람 만드는 거 아냐?"

"자기야, 난 너무 느낌이 확실해서. 글쎄 자기야, 전화 추적이라도 해서 내 짐작이 맞는지 확인해 보고 싶다니까. 글쎄."

"맞으면 어쩔 건데? 자기한테 피해를 주는 것도 아니잖아. 호호호"

“자기야, 그러면 안 되지. 안 되는 거지. 자기야, 생각을 해봐라. 큰 일이야. 어머 자기야, 어떡해…….”

유난이 보기에 풍선은 로즈가 부러운 것이다. 풍선은 애교가 지나치고 넘쳐 교태가 되어 그것이 몸에 배어 있다. 친구들과 편하게 있다가도 남자가 나타나면 목소리와 태도가 돌변한다. 누구라도 알아챌 만큼. 풍선이 로즈만큼 미모였다면 정말 많은 문제가 발생했을지도 모른다. 풍선은 아직도 여전히 남자를 좋아하고 관심이 많다. 그래서 친구 중에 누구라도 자신의 희망인 애인이 생긴다면 질투가 날 것이다. 그래서 기꺼이 탐정이 되고 말 것이다.

유난은 살짝 어처구니가 없었다. 풍선이 벌인 십여 년 전의 탈선을 알고 있기에 풍선이 로즈의 일에 흥분하는 것이 가증스럽기도 했다. 풍선은 십여 년 전에 무슨 연유에선지 유난을 만날 때마다 울었다. 이유는 말하지 않고 실컷 운 뒤에는 고맙다고만 했다. 몇 번을 그렇게 울다가 하루는 유난에게 비밀이라며 자신의 얘기를 쏟아냈다.

풍선이 대학 동기들과 부부 모임을 했는데, 한 친구의 남편과 비밀리에 만나게 되었다고 했다. 풍선은 그 남자가 자신이 좋아하는 스타일이었고 자신에게 너무 친절해서 마음을 뺏길 수밖에 없었노라고 거듭 변명을 했다. 유난이 들어온 바로는 풍선이가 좋아하는 스타일은 도저히 종잡을 수가 없었다.

어쨌든 문제는 그 남자와 돈 문제가 생겼다는 것이었다. 여자만 꽃뱀이 있는 것이 아니라는 걸 유난은 그때 확실하게 알게 되었다. 풍선에게 끝없이 돈을 요구하던 남자가 자신은 언제라도 이혼을 할 준비가 되어 있으니 풍선도 이혼시킬 수 있다고 협박을 하기 시작했다. 풍선이 가진 현금이 이미 많이 축이 났다고 했다.

고민과 불안으로 지내던 중에 그 남자가 사라졌다. 혼인빙자간음죄로 구속되었다는 소문을 한 달쯤 뒤에 들었다고 했다. 유난이 풍선에게 문제가 해결되었으니 다행인데 왜 우느냐고 했다. 풍선은 사실은 남편과 이혼을 하고 그 남자와 재혼을 해볼까도 생각했단다. 돈은 아깝지 않은데 그 남자가 다른 여자들에게도 똑같은 짓을 했다고 생각하니 너무 슬프다고 했다.

그때 유난은 솔직히 풍선을 위로하고 싶지 않았다. 풍선이 너무 바보 같아 보였기 때문이다. 아무리 자신을 몰라도 그렇지 풍선이 같은 아줌마의 외모에 반할 남자는 없다. 다른 의도가 있기에 접근을 한다는 것을 왜 몰랐을까 한심했다. 여자들은 할머니가 되어도 이성과 눈이 마주치면, 순간 본능적으로 자신이 가장 아름다운 모습일 때로 착각한다고 한다. 심리학자가 그렇게 말했다 하는데, 글쎄 그런 게 '도끼병'이라는 걸까. 남자들인들 '도끼병'이 없을까. 유난은 풍선의 어리석음에 대해 기가 막힐 따름이었다. 유난의 사고체계로서는 도저히 이해 불가였다. 그렇다고 풍선이라는 인간에 대한 비난을 하고 싶지는 않았다. 오히려 유난은 그 이후로 풍선에 대한 연민이 생겼고, 비밀을 공유하게 되어 동지애 같은 끈끈함마저 생겼다.

유난은 왠지 로즈에게는 제 2의, 제 3의 남자가 있는 것이 어울리는 것 같았다. 풍선처럼 질투의 감정은 없었지만 궁금했다. 로맨스를 말하기에는 좀 어색한 나이에 발생했을지도 모르는 신선하고도 자극적인 뉴스에 관심이 생겼다. 그리고 친구들이 알게 된다면 도와줘야 한다는 의리심까지 샘솟았다. 우선 진위부터 파악을 해야 할 것이다. 유난은 괜스레 살짝 들떴다.

서재 문이 딸깍 열렸다. 쫑쫑이를 안고 남편이 들어왔다. 마치 강아지와 남편은 한몸인 듯 느껴졌다. 행위미술 하는 어떤 여자가 고양이를 어깨에 얹고 다니는 것과 다를 바 없다. 몸에 붙이고 있는 절대시간을 계산해 보면, 남편이 더 길지도 모른다.

“뭔 전화를 그렇게 길게 해? 끊어.”

“자기야, 남편이 좀 보재. 내일 통화하자. 잘 자.”

유난은 전화기를 남편의 면상에 내던질 뻔했다. 갑질의 최고봉이다. 거의 인격 살해 수준이다. 지랄을 해도해도 너무 하는 거 아닌가? 무슨 심보로 전화 통화하는 것까지 간섭질인가? 자기하고 같이 있지는 않으면서 다른 사람과 소통을 하고 있다는 사실이 싫었던 게지.

“뭔 짓이야? 당신이 뭔데 내가 통화하는 것까지 간섭이야?”

“쓸데없이 수다 떠니까 그러지. 나와.”

유난은 치미는 울화를 삼키며 허공에다 욕들을 던졌다. 자신이 상상해낼 수 있는 지상의 온갖 쌍욕들을 마구 뿌리고 흩뜨리며 울분을 달랬다.

“좋은 말할 때 문 닫고 나가. 나 지금 엄청 화났어.”

“어쭈, 뭐가 그리 화가 나심? 쫑쫑아, 엄마가 왜 저래용?”

“미쳤어? 꼴 보기 싫으니 나가.”

“이 여자가 진짜, 보자보자 하니까. 남편보고 미쳤냐니? 당신 진짜 미친 거 아냐?”

"그래, 미쳤다. 더 미치는 꼴 보여 주기 전에 나가란 말이야."

유난은 전화기를 책상 위에 탁 소리 나게 세게 얹고 오디오의 볼륨을 올렸다.

"시끄러. 내가 소리에 예민한 거 알면서 왜 이래. 진짜 미쳤냐?"

남편의 손은 오디오의 꺼짐 버튼을 누르고 있었다. 유난은 살의마저 느껴졌다.

"내가 커피 만들어 줄게. 나와."

유난은 돌아서서 나가는 남편의 등 뒤에 온갖 흉기와 욕설을 날려 보냈다. 그것들은 허공에서 버둥대다가 떨어졌고 유난은 있는 힘껏 다시 받아쳤다. 커피는 너나 마셔라. 망할 놈의 남자. 더 이상은 같이 못 산다. 지금부터 지혜롭게 대처를 하자. 나는 너와 이제 끝이다. 유난은 일어섰다.

남편은 강아지를 한 팔에 안고 커피머신을 열심히 작동시키고 있었다.

"내 커피는 내가 만들 거야. 빨리 당신 것만 만들고 비켜."

"왜? 내가 잘할 수 있는데. 케이크 같은 거 좀 없어?"

"과일이나 먹어. 단 거 먹지 말고……."

아뿔싸, 뭘 먹든지 내가 왜 상관을 하지? 이놈의 먹거리 담당 본능을 벗어나야지. 쯧. 나는 왜 이렇게 생겨먹었을까. 로즈는 이렇게 살지 않겠지? 풍선은 그때그때 다를 것이고. 비누는? 비누는 헌신적이고 착하니까 좀 다를런가? 세상의 다른 여자들은 어떨까?

"케이크 어디 있어? 없으면 쿠키나 초콜릿이라도 좀 줘 봐."

유난은 성깔을 담아서 접시에 케이크를 담고 포크를 일부러 푹 쑤셔 박아서 식탁에 얹었다. 남편은 강아지를 안았으니 몇 번 왕복을 하며 간식거리들을 티 테이블로 하나씩 옮겼다. 웬만하면 강아지를 내려놓고 하면 될 텐데, 쳐다보노라니 답답하다. 애들 같았으면 벌써 꾸짖었을 것이다. '미련퉁이 같으니라고. 어디 쏟기만 해봐라.'라고 생각하는 순간 강아지가 버둥거려 커피를 바닥에 쏟고 말았다. 유난은 자신이 마치 주술이라도 걸었던 것처럼 일어난 상황에 놀라워서 잠시 주춤했다.

"그럴 줄 알았어. 미련 맞게. 못살아. 책임지고 깨끗이 닦아. 지겨워, 지겨워."

"이 여자가 왜 이렇게 터프해? 별일도 아닌 것을 가지고. 어디 아프냐?"

"집안일 만들지 말란 말이야. 무슨 하녀도 아니고 평생을 이러고 살다니 팔자도 더럽지. 안 저질러도 될 일까지 만들었잖아."

"오늘 왜 이래? 뭐 잘못 먹었어? 씽크대 보니까 아직 설거지도 안 했더구먼. 무슨 두 사람 살면서 집안일을 많이 한다고. 쯧, 당신 같은 팔자가 대한민국에 몇이나 될까 싶네 그려."

"뭐라고? 좋은 팔자 구경도 못 했나 보네. 더 이상 말하기 싫어. 지금부터 서로 조용히 하자."

남편은 쫑쫑이를 소파에 앉혀 놓고 티슈로 바닥과 테이블을 닦고 물을 묻혀 다시 닦았다. 유난은 그 모습을 노려보면서 식탁에서 커피를 마셨다. 강아지들은 눈치가 빠르다. 남편과 분리가 된 탓도 있지만 주인들의 목소리 톤에도 민감하다. 소파에서 안절부절못하는 것을 보고 남편이 급히 안았다.

"우리 쫑쫑이 놀랐쪄? 엄마, 미워. 쓸데없이 소리 지르고 난리야, 그지?"

"졸혼이라고 들어 봤지? 우리도 그거 하자. 아직 애 혼사도 한 번 남았으니 이혼은 좀 그러니까 우선 졸혼을 하자. 혼자 조용히 살고 싶어."

"그게 뭔데? 우리 집보다 조용한 데가 어디 있다고 그래. 대궐같이 넓은 집에 누가 간섭을 하나, 맘대로 하고 살면서 그런 소리야?"

"이혼 말고 졸혼. 잘 모르면 검색해서 찾아봐. 내가 간절히 원하니 그렇게 하자."

"쫑쫑아, 쫄혼이 무엇일까? 히히히. 엄마가 뭣이라고 하는 거야? 쫄혼, 히히히."

강아지에게 케이크를 먹이면서 유난을 비웃기라도 하듯이 킥킥거리는 남편에게 다시 또 허공에다 저주를 한 바가지 날렸다. 그리고 급히 휴대폰으로 검색을 했다.

졸혼: 결혼을 졸업한다는 뜻으로 이혼과는 다른 개념이다. 혼인 관계는 유지하지만, 부부가 서로의 삶에 간섭하지 않고 독립적으로 살아가는 개념으로 일본에서 인기를 끌고 있는 새로운 풍속이다.

남편의 휴대폰으로 검색한 내용을 보냈다. 유난은 부연하여, 〈서류상으로는 혼인 관계〉라는 제목의 글도 보냈다. 남편은 식탁 쪽을 힐끗 보더니 휴대폰의 내용을 확인했다. 남편의 반응이 예상되고도 남았다. 너하고 산 세월이 얼만데. 뻔하다. 뻔해. 이해나 하겠나,

쯧쯧.

"이게 뭐야? 다들 미쳤구먼, 이혼하고 뭐가 달라? 일본 놈들이 이상한 짓을 많이 하지. 변태들 같으니라구. 유행하겠구먼. 꼭 덜떨어진 것들이 못된 짓은 따라 한다니까. 맘 놓고 바람도 피우것네. 졸혼은 무슨 개뿔……."

"내 당신이 그럴 줄 알았어. 좀 관심가지고 어떤 장단점이 있는지 검색도 해보고 숙고를 해봐."

"관심 없어. 졸혼은 개뿔, 차라리 이혼을 해라."

유난이 남편에게 이혼을 하자고 하면 펄쩍 뛸 것이다. 저 남자는 지금 그나마 유난이 이혼하자고 하지 않아서 다행이라고 생각할 것이 분명하다. 남편에게는 원만한 가정생활도 세상에 보여지는 자신의 성취 중의 하나다. 세상의 출세께나 한 남자들의 대부분이 그럴 것이다. 자신들의 경력에 이혼은 흠이 될 테니까. 결혼은 남자와 여자 중에 누구에게 더 이득이 되는 것일까? 남자든 여자든 간에 더 간절한 사람에게 이득이 되는 것이 맞을 것이다. 유난은 이런 생각을 셀 수도 없이 했다. 이런 생각의 끝엔 언제나 학교일을 포기하면서까지 결혼을 했어야 했나 하는 의문이 들었다. 그럴 때마다 가슴속에 거친 바람이 일고, 두 눈이 뜨거워졌다. 하지만 결혼 후에 이룩한 경제적 풍요를 상기하고 사랑스런 아이들을 떠올리며 애써 묻어 두곤 했다. 분수를 뿜어대는 멋지고 넓은 아파트 정원을 지나 백화점 VIP라운지까지 걸어가며 유난은 '행복은 별거 아니다'라고 되뇌고 또 되뇌었다. 지금 누리고 사는 경제적 여유로움이 행복의 크기라고 끝없이 스스로에게 확인시켜 주었다. 그런 믿음이 행여 무너질세라 자신을 다독였지만, 어쩔 수 없는 날이 있었다. 동창들의 성공 소식에는 번번이 좌절감을 느낄 수밖에 없었다. 진심으로 축하해 주지 못하는 자신은 풍선과 다를 바가 없었다. 풍선이 자산의 크기로 사람의 가치를 매기듯이 유난도 친구의 성공을 폄하하면서 자신을 인정하고 위로하려는 도구로 경제력을 잣대로 쓰곤 했다. 자기 환멸과 자책으로 괴로운 날의 밤이면 혼자 술을 마셨다. 그렇게 술이 위안이 될 때마다 아버지가 생각났다. 그런 밤이면 유난은 기어이 울고 말았다.

네가 홀로 우는 날

제주도는 아름다운 섬이었다. 사계절의 어느 한 계절도 인상적이지 않을 때가 없었다. 바다는 섬에서 머무는 계절과 어우러져 때마다 물빛을 달리했다. 비누네는 식구가 많아서 9인승 차량을 타고 다녔다. 해안도로를 달리며 바라보는 바다 풍경은 여섯 명의 가족들 각자에게 조금씩 다른 서정으로 다가오기도 했지만 그 바다에는 모두의 상처와 아픔이 함께 묻혀 있었다. 바다 깊숙이 자리한 그것들은 어느 틈엔가 불쑥 솟아나 파도와 함께 거센 물결짓을 해대었다. 물결에 부서지고 표류하다 다시 가라앉을 수밖에 없는 것들을 그저 바라만 보았다. 누구도 이길 수는 없었다. 세월조차도 그렇게 그저 견디며 흘러갔다.

가족들은 제주의 바다와 제주의 모든 것을 어쩔 수 없이, 깊이 사랑했다. 그것은 서로를 헤아리고 아끼는 마음에 대한 고마움과 그리움이 거기에 있기 때문이었다. 바로 곁에 있어도 서로가 언제나 끝없이 그리웠다. 여섯 개의 그리움은 서로에게 언제나 고마웠다. 그래서 슬픔을 들키지 않으려 비밀스럽게 노력을 했다. 마음이 갈피를 잡지 못하는 날에는 홀로 바닷가에 나갔다. 침묵과 파도가 만나면 깊이를 알 수 없는 의미가 되었고 한의 색조는 조금씩 바래져 갔다. 그들에게 바다의 의미는 그랬다.

서울에서 이틀을 머무르고 내려온 비누는 다섯 남자에게서 최고의 인기를 누렸다. 서울의 백화점에서 사 가지고 온 여러 가지 음식들 앞에서 식구들은 환성을 터뜨렸다. 때맞춰 엄마가 서울에 다녀온 것이 헛되지 않았다고 너스레를 떨었다. 조용하던 집안이 북새통이 되었다. 두 명에서 여섯 명이 되었으니 세 배가 된 셈이다. 심지어 어떻게 여섯 명이 이 집에서 살았을까 싶을 정도로 집안이 가득 차게 느껴졌다. 비누의 남편은 밥을 하려고 쌀을 꺼내다 말했다.

"여보, 쌀 사야겠어. 곧 바닥이 보일 테니 몇 가마 사 두어야겠지? 허허."

"김치도 탈탈 털고 갈 테니까, 제주식당 아줌마한테 전화해야겠어. 우리 집에 돈이 없었으면 너네 네 형제 굶길 뻔했겠다. 엄마하고 아빠가 지난 전시기획을 잘해서 돈을 좀 벌었다. 호호. 걱정 말고 맛난 거 실컷 먹고 가라."

비누가 아이들을 둘러보며 농담을 던지자 둘째아이가 냉큼 말을 받았다.

"네 걱정 마십쇼. 통장 바닥 날 때까지 쉬지 않고 먹겠습니다. 그래야 우리 엄마가 작품을 더 열정적으로 하시지요. 하하하."

"안 돼, 우리 비행기 값하고 학비는 남겨야지."

막내까지 거들고 나서자 남편도 끼어들어 애써 짓궂은 표정으로 말했다.

"이놈들, 아껴 먹는다거나, 벌어서 갚겠다는 말은 안 하네 그려."

한바탕 웃음이 터져 나왔다.

"오늘 점심은 라면 먹어요. 살림도 좀 아끼고. 큭큭."

"맞아. 컵라면 말고 냄비에 끓여서 김치하고 먹는 거…… 아, 맛있겠다."

아이들 말에 남편이 곤란한 표정을 지으며 물었다.

"내일 배에서도 라면 먹을 텐데? 큰 배로 낚시 가기로 했잖아."

"참, 배 낚시 간다고 했었지?"

비누가 깜빡했다는 표정으로 물었다.

"응, 한 열 명쯤 모일걸? 화가들 중에서 확실히 대답을 안 한 사람도 있으니, 대략."

"배에서 또 먹지요, 뭐. 난 라면은 한 달도 계속 먹을 수 있어."

막내가 끼어들며 너스레를 떨었다.

"여보, 도시락은 어떻게 하기로 했어?"

"내가 알아서 할 테니 걱정 마."

"그래도……."

비누가 도시락 걱정을 하며 이층 계단으로 향하다가 창밖에 있는 큰아들을 보았다. 큰아들은 남편 누나의 아들이다. 베란다 난간에 기대어 바다를 바라보는 뒷모습. 체격이 균형 잡히고 인물도 좋은 그 아이는 못 하는 것이 없을 정도로 재주가 많다. 사려 깊은 성품이라 이 집의 장남 노릇을 훌륭히 하고 있다. 비누는 그 아이의 뒷

모습만 보아도 알 수 있다. 저 아이는 지금 혼자만의 시간이 필요하다. 곧 해변으로 걸어 나가겠지. 그래. 아이야, 울고 오너라. 당장 뛰어나가서 꼭 안아주고 싶지만 비누는 참아야 함을 안다. 멀리 창밖으로 보이는 바다를 바라보며 부탁했다. 바다야, 파도야, 알지?

큰아들은 가족들 누구보다 더 많이 아플 테지만 가장 유쾌한 듯 보였다. 집안의 장남답게 분위기를 조율하고 동생들을 세심하게 챙겼다. 비누는 큰아들의 모든 것을 참 좋아했다. 굳이 따지자면, 네 명의 아들 중에서 가장 자신과 성향이 같고 믿음직스러웠다. 비누에게는 누구의 자식이라는 구분은 이미 아무 의미도 없었다. 남편도 마찬가지였다. 혈연의 미더운 약속보다도 서로의 그리움을 헤아리는 연민이 더 굳건했다. 상실을 겪은 자들은 그렇게 견고한 것을 보상으로 받게 되어 살 수 있는 것인지도 몰랐다.

외숙모의 죽음을 눈앞에서 보았고, 어느 날 갑자기 부모가 함께 떠나버린 후 어린 가슴은 무엇이든 언젠가는 사라질 수밖에 없는 것이 세상의 이치라는 것을 먼저 깨달았다. 죽음이라든가 이별에 대한 개념은 한참 후에 알게 되었다. 밤마다 자신이 울었던 것도 나이가 들고 나서야 알게 되었다. 가슴이 시려서 그랬던 것이다. 이유를 알지 못하는 울음으로 어린 시절을 보내야 했던 큰아들은 자라면서, 동생들을 따뜻한 가슴으로 품는 형이 되겠다고 생각했다. 부모에게는 자신이 가장 가엾은 아이였지만, 큰아들은 늘 가족들의 슬픔을 먼저 헤아렸다. 울지 않는다기보다 울지 못하는 사람이 되어 갔다.

"엄마, 내일 엄마도 같이 가시지요? 어떤 나라에서는 여성이 어선에 타면 만선의 행운이 있다고 한대요. 특별히 하셔야 할 일 없으시면 같이 가요."

비누는 이층으로 가는 계단을 다 오를 즈음, 큰아들의 목소리에 뒤를 돌아다보았다. 당연히 바다로 나갔을 줄 알았던 큰아들이 위를 올려다보고 있었다. 비누는 이층에 올라 창밖으로 큰아들을 바라볼 참이었기에 깜짝 놀랐다.

"그래, 당신도 같이 가자."

남편이 반가워하며 끼어들었다.

"다른 사람들이 낚싯배에 여자가 탔다고 싫어할 걸? 눈치 받기 싫어. 고기 안 잡히면 몽땅 내 탓이 될 텐데."

"엄마, 낚싯배 위에서 바다를 느껴 보세요. 작품의 새로운 모티프를 발견할 수도 있어요."

"됐다, 우리 큰아들이 언제나 나의 원천이 되지. 저녁에 맥주나 한 잔 할까?"

"네, 좋아요."

"어디서 마실까?"

"문명의 향기 짙은 곳으로 가요. 세련된 곳에 가서 엄마랑 데이트하는 기분으로요. 인천공항에서 서울 들를 새도 없이 제주로 왔더니, 컨트리 보이의 선망이 기어이 발동하네요."

"미국에 있다 온 녀석이 웬 문명 타령이야?"

"엄마, 전요 미국에서 원시림에 던져진 타잔 같은 느낌이었어요……."

"아이구머니나, 타잔은 또 뭐니? 그럼 제인도 있는 거 아냐?"

“제인 얘기는 맥주와 함께요.”

“그래? 저녁에 제주호텔 바로 가자. 맥주 원 플러스 원 하더라. 라이브 뮤직도 있고. 신청곡도 몇 곡 넣을 수 있더라.”

“네, 엄마랑 둘이만 가는 거예요.”

“오케이, 얼쑤~ 신난다.”

“모자가 둘이서 뭘 그리 쑤군대?”

남편은 모든 것을 듣고 있었으면서도 모른 체하며 물었다.

“아버지는 죄송하지만, 쟤들 좀 관리하고 계셔요. 저녁에 엄마랑 잠깐 나갔다 올게요.”

“뭐야? 둘이서 어디 갈 건데?”

“비밀~ 문명 존에 잠깐 다녀온다고만 알고 계셔용. 호호호.”

남편은 가끔 누나가 못 견디게 보고픈 날에는 조카이며 큰아들인 그 아이를 차마 바라볼 수가 없다고 했다. 그 말을 들으며 비누는 울었다. 남편은 전 아내가 너무 그리울 때는 작은아이를 바라보지 않으려 했단다. 그 말에도 비누는 울었다. 남편이 비오는 날 길 잃은 새 같다고 생각했다. 비누는 그림으로 그렸다. 비오는 날 길을 잃고 처량하게 젖은 날개를 퍼덕이며 나는 새를 그렸다.

검은 현무암 위로 비가 내리고 파도가 와서 부딪히며 하늘은 이미 어두워지는데 한 마리의 새가 날고 있었다. 짙고 검은 현무암에는 뱉어내지 못하는 사연들이 속속들이 자리하고 있었다. 짙고 검은색으로 어둡게 버티던 돌들은 비가 오는 날이면 기어이 소리를 내어 울었다. 파도를 맞을 때도 스미었던 아픔을 토해내며 구슬픈 소리를 냈다. 검은 돌은 물방울들을 스스로 모두 받아들이며 그렇게 혼자 울었다. 그 작품은 판매용이 아니라는 설명과 함께 전시회 때마다 벽에 걸렸다. 사람들 마음속 슬픔의 한 부분이 꼭 그 그림에 머무르다 갔다.

기다림이란 말은 차라리 얼마나 희망적인가. 기다림의 의미가 없어져 버린 황량한 가슴은 어디로 흘러가야 하는지 모른다. 시간이 언제나 위안이 되며 약이 되는 것은 아닐지도 몰랐다. 아득하고 망망한 가슴을 안고 어떻게든 살아야 했다. 기다림이 없어지고 그리움만 남은 자는 세상의 끝 날이 희망일 수도 있었다.

"음주 운전하면 안 되니까 택시를 타고 올게. 애들 저녁 잘 챙겨 먹이고, 내일 낚시 가려면 새벽에 나가야 할 텐데 일찍 쉬도록 해요."

"출발 전에 전화해. 데리러 갈게. 신경 쓰지 말고, 배려 말고, 체면 차리지 말고 전화해. 비누야, You light up my life~ 알지?"

"알았어, 나도 마찬가지. You light up my life~ 일찍 오도록 노력할게."

호텔까지 데려다 주는 차 안에서 비누 부부는 서로를 배려했다. 큰아들과 비누는 바에 자리가 많이 비어 있는 시간에 도착했다. 큰아들이 타인의 시선을 의식하지 않고 대화를 할 수 있음직한 자리를 잡았다. 식사를 겸할 수 있는 안주로 햄버그스테이크를 시켰다. 원 플러스 원 행사는 라거 맥주였다. 비누와 큰아들의 취향은 에일 맥주였다.

"엄마, 원 플러스 원은 포기해요. 우리 에일로 해요."

"그치? 우린 역시 에일이지?"

두 사람은 좋았다. 평소에도 무엇이든 잘 맞아떨어지는 모자였다. 밀도 높은 거품을 만들며 잔이 채워졌다. 건배와 동시에 서로 경쟁하듯이 들이켰다. 아들이 이겼다. 젊으니까. 맥주는 시원하고 맛있었다. 햄버그스테이크도 맛있었다. 시원해진 입속을 철판 위의 고기가 다시 데워 주었다. 좋았다. 늦가을 저녁의 서정이 모자의 온몸과 마음에 가득 찼다.

"얘, 참 낭만적이다 그지? 오랜만에 좋다."

"엄마, 작품만 너무 치열하게 하지 말고 이런 여유를 더 많이 가지고 살면 좋겠어요. 엄마 전시 소식을 들을 때마다 좋으면서도 노고가 짐작되어서 좀 그래요. 건강도 염려되고요."

"어머, 얘는 화가는 그릴 때가 제일 행복한 거 모르니? 걱정 마. 친구들이랑 골프도 많이 즐기고 맛난 것도 먹고 살지롱. 너네들이 걱정이다. 먹는 거며 공부하는 거 모두. 영어는 어때?"

"우리는 젊잖아요. 다들 걱정 없어요. 뒷바라지 받으며 사는 것에 감사하지요. 영어는 아직 힘들지만, 처음에 막막했던 것 생각하면요, 아휴. 용 됐어요."

"그래, 다들 말만 트이면 그때부터 만사형통이라더군. 영어는 평생의 재산이니까 너희들 유학은 이미 그것만으로도 충분히 의미가 있다고 생각해."

"엄마도 참, 영어만 하려고 미국엘 가요? 누가 들으면 우리가 멍텅구리들인 줄 알겠어요. 큭큭."

"아, 미안, 설마 그런 뜻이겠니?"

"전공 영어는 요령을 터득하면 오히려 수월해져요. 고급 생활 영어가 힘든 거 같아요. 원어민들의 뉘앙스는 그 문화권에서 성장하지 않으면 파악하기가 힘들어요."

"당연히 그렇겠지. 풍선 아줌마네 아이들 만났지? 걔들은 거의 미국 사람이라던데?"

"엄마, 걔들은 소문이 좀 안 좋아요. 가까이 하면 우리들까지 이미지 망칠까 봐 막내한테도 주의를 해두었어요. 같은 뉴욕이라도 걔들은 공부하는 애들이 아니고요. 한국 애들끼리 뭉쳐서 지내니까 무슨 영어를 제대로 하겠어요? 돈을 물 쓰듯 하는 애들끼리 그룹이 있어요."

"그래? 풍선 아줌마는 자랑하던데?"

"엄마도 모른 척하세요. 알 만한 사람은 다 알아요. 걔네 아빠 사업도 망하고 있대요. 은행 빚이 많아서 오늘 내일 한다던데요? 전국 각지에 작은 마누라도 있대요. 콩가루 집안이라고 소문났어요."

"나도 모르는 소문이 미국에 떠도네? 웃긴다야. 설마 사실일까?"

"어찌 보면 그곳이 훨씬 폐쇄적이죠. 빤하니까요. 세상에 비밀이 없어요."

"걔들이 정신을 차려야 되겠구나. 풍선 아줌마네 사업은 잘되는 것 같던데."

"엄마, 원래 사업하는 사람들은요, 남들에게 궁핍한 티가 보이기 시작하면 끝장이래요. 그래서 은행 빚을 쓰면서도 허세를 부린다잖아요."

"넌 그런 것을 어떻게 알아? 엄마보다 네가 더 세상을 많이 아는 것 같아."

"나이 많은 형들이 있어요. 자기네끼리 한국 기업들이며 재벌가들 얘기하는 거 듣고 있으면 자기들만의 리그라는 생각이 들어요. 결혼도 자기들 그룹 내에서 그들끼리 하잖아요."

"그럴 수밖에. 같은 환경에서 만나면 갈등의 여지도 적지 않겠니? 우리 아들들도 군대도 가야 하고 취직도 해야 하고 결혼도 해야 하고…… 할 일이 많네."

"엄마, 저 몇 살에 결혼할 수 있을까요?"

"얘는 결혼이 뭐 정해진 때가 있니? 사랑하는 사람이 나타나고 간절히 같이 있고 싶으면 해야지, 뭐."

"그래도 경제적 기반도 있어야 하고, 상대방의 여건도 좀 살펴봐야 하고요. 결혼은 단순하게 생각할 일은 아닌 거 같아요."

"세상의 모든 일이 단순하게 생각하면 정말 단순하단다. 복잡하게 만드는 건 확신을 못 해서 자신감이 없기 때문일 경우가 많아. 장단점이 있겠지만, 나의 경우는 느낌을 매우 중요하게 생각해. 나의 느낌을 믿는 거야. 결과도 내가 책임을 지는 거지. 후회도 나의 몫이라는 생각까지 하면 두려움이나 불안이 덜해지고 선택이 쉬워져, 마음이 가는 좋은 사람을…… 잠깐, 너 혹시 애인 생겼니? 맞지? 맞구나?"

"네, 좋은 여자이긴 해요. 똑똑해서 공부도 잘하고 얼굴도 예쁘고 성격도 좋아요. 입양아예요. 부모님이 젊을 때 한국에서 십여 년 살았대요. 양아버지가 오십 살이 넘어서 걔를 입양했대요. 지금 부모님들이 연로하니까 결혼을 시키고 싶어 해요."

"그래…… 사귄 지는 얼마나 되었니?"

비누는 말로는 어떻게 표현할 수 없을 듯한 묘한 기분을 느꼈다. 마냥 좋은 기분은 아닌 것 같았다. 세상의 부모들은 이런 순간을 맞게 되는 것이구나 싶었다. 그리고 어쩔 수 없이 복잡한 생각이 떠올랐다. 말로는 멋있는 부모인 척하고 싶었지만 막상 자식의 결혼을 생각하니 현실적인 문제들이 염려가 되었고 아들의 입장만을 생각하게 되는 이기적인 자신을 보았다. 어쩔 수 없는 일이었다. 비누에겐 큰아들의 행복이 너무나 중요했다. 잠깐 생각을 정리하고 싶었다.

"우리 오늘 좀 많이 마시자. 지금 이 기분이 뭔지 모르겠어. 오묘하네."

"네, 그래요. 엄마, 저는 왜 슬픈 사람에게만 관심이 가는지 모르겠어요. 밝은 모습으로 잘사는 듯 보이는 사람에게서도 숨어 있는 슬픈 그림자를 보게 되거든요. 언제나 그래요."

"얘, 사실은 나도 그렇단다. 네가 하는 말이 뭔지 알아. 우리가 느끼는 것이 다르지 않을 거야."

"미국 가서 첫 학기 때 개를 보면서 엄마 생각이 났어요. 닮지도 않았는데 왠지 모르겠지만, 그랬어요. 개는 타인을 탐색하는 눈빛을 가지지 않았어요. 무엇이든 무한히 수용할 수 있을 듯한 그런 여유가 느껴졌어요. 조용하고 차분하면서도 대단한 에너지가 있었어요. 슬픔이 승화된 에너지 있잖아요. 바로 그것이었어요."

비누는 맥주를 더 주문했고 남은 잔을 서둘러 비웠다. 큰아들을 바라보지 않았다. 누가 신청을 했는지 멜라니 카프카의 '더 새디스트 씽'을 러시아 출신인 듯한 여자가 영어로 부르고 있었다. 비누는 라이브 바에 가면 외국인 가수들을 거의 쳐다보지 않는다. 그들을 바라보고 있자면 그들 삶의 비애가 느껴져서 싫었다. 소리만 들으려고 노력했다. '더 새디스트 씽'은 참으로 새드했다. 새 맥주가 테이블에 놓였다. 큰아들과 비누는 건배를 했다. 그렇게 해야만 새 잔을 마실 수 있다는 듯이 건배를 하고 두 사람 모두 급하게 마셨다. 햄버그스테이크는 이미 식었고 색깔도 진해졌다. 다시 새 맥주를 주문했다.

"엄마, 사람들의 진실한 정서는 뭘까요? 마냥 밝고 낙천적인 사람들은 한 치의 어두움도 의심도 없을까요? 막연한 불안감조차도 없는 듯이 사는 사람들이 궁금해요. 제가 상상할 수 없는 세상에 사는 사람들이 너무 궁금해요."

비누는 에릭 크립턴의 '오톰 리버스'로 바뀌진 노래에 귀를 기울이며 새 맥주도 마셨다. 신청곡들이 애잔한 가을 분위기를 돋우었다.

"엄마, 사랑은 또 무엇일까요? 영원한 것이 없는데도 왜 사랑이란 함정에 빠져야 할까요?"

"대부분의 사랑은 상대방을 사랑하는 것이 아니라 나 자신을 깊이 사랑하는 거라고 생각해. 나 자신을 너무 사랑하는 것을 확인하는 도구로 상대를 만들지. 그래서 사람들은 사랑이 이루어지지 못하고 이별하게 되면 아픈 거야. 나를 잃는 것은 엄청난 고통이니까. 진실로 사랑한다는 것은 나를 상대방에게 이입시키지 않기 때문에 이별을 두려워하지 않아. 냉정하고 거짓되게 보일 수도 있지만, 사랑은 자유로워야 하는 거 아닐까? 피상을 벗어난 내면을 볼 수 있는 그런 사랑 말이야."

노래는 사이먼 앤 가펑클의 '브릿지 오브 트라블드 워터'로 바뀌었다. 비누는 자신의 몸에 슬픔이 가득 차서 드디어 밖으로 넘쳐나는 것을 알아챘다. 일어서서 화장실로 갔다. 울었다. 목에서 걸리는 울음들도 힘껏 토해냈다. 모두 다 씻어내고 싶었다. 술은 정화의 기능이 있다. 눈을 깨끗이 씻었다. 바의 조명이 어두우니 좋다. 큰아들은 사랑이 무엇이냐고 한다. 네가 지금 하고 있는 것이 사랑이라고 말해 주지 못해서 미안했다.

비누는 세상의 모든 것들에게 언제나 많이 미안했다. 자신의 부모에게, 죽은 전 남편에게, 자신의 분신인 두 아들에게, 지금의 남편에게, 가여운 큰아들과 남편의 작은아들에게, 휘어진 다리와 굽은 등을 가진 가사도우미에게, 바에서 노래를 부르고 악기를 연주하는 사람들에게, 자신의 작품을 좋아해 주는 많은 사람들에게, 그리고 수없이 마주쳤을 많은 사람들 모두에게 미안했다.

큰아들보다 나이가 훨씬 많은 엄마이지만, 삶에 대해 더 아는 것이 무엇일까 싶었다. 누구라서 인생을 안다고 할 수가 있을까. 노인이나 현자들조차도 자신이 보고 겪은 것만이 삶의 전부일 테니.

'얘야, 그냥 사는 거란다. 지금 이 순간 내가 느끼고 있는 것만이 진실이란다. 피안은 알 수가 없고 넘보는 것이 불경한 것 같아.'

엄마이기 때문에, 더 많이 살았다고 어른스럽게 충고나 조언을 해야 한다는 것이 가증스럽게 느껴졌다.

예측할 수 없는 사건들이 이끄는 대로 흘러왔고 앞으로도 그러리라. 그래서 지금 내 앞에 있는 사람들에게 마음을 다하고 사는 것이다. 그럴 수밖에 없는 것이다. 삶이 그랬다.

"걔가 얼마큼 좋니? 네 생각에는 누가 더 많이 상대를 좋아하는 거 같아?"

"잘 모르겠어요. 그 아이의 슬픔을 연민하고 있는 것인지도 모르겠어요. 시간이 더 필요한 것 같아요. 그런데 걔의 미국인 부모들은 저를 마치 자신들을 이어받을 보호자로 여기는 것 같아요. 한국의 전통적인 가족윤리에 대해 많은 말을 해요."

"그 미국 사람들 땜에 우리 아들이 부담스러워지는 건 못마땅하네. 그 아이가 너에게 진심어린 고백을 할 때까지 기다려 보는 건 어떨까? 그 순간에 네 맘이 명확해질 수도 있지 않겠어?"

"엄마, 결혼을 하지 않고 사랑만 하고 살면 안 되는 거죠?"

큰아들은 비누가 대답해 줄 수도 없고, 대답하기도 싫은 질문을 했다. 비누는 결혼을 진지하게 고민해 본 적이 없었다. 결혼을 하기 전에 저런 고민의 과정을 겪는 아들과 자신의 삶이 참 다르구나 싶었다. 비누의 인생에서 결혼은 선택의 여지없이 운명처럼 이루어졌다. 아이가 생겨서 결혼을 하였고, 남편이 없어지고 나서 아이의 아빠가 되어 줄 남자와 또 결혼을 했다. 결혼을 진정한 사랑의 결실로 여기는 큰아들에게 무슨 말을 해주어야 할지 막막했다.

비누는 '결혼이란 것이 내게는 책임이었다'고 속으로 말하며 큰아들을 바라보았다. 사랑하는 큰아들에게 책임이라는 무거운 말을 차마 하고 싶지가 않았다. 비누는 큰아들이 자유롭고 행복하기를 간절히 바랐다.

"얘, 네 마음이 시키는 대로 하렴. 누구의 간섭이나 속박에도 얽매이지 마라. 세상에 꼭 해야만 되는 일이란 것은 없어. 네가 꼭 하고 싶은 일은 있을지라도……."

비누와 큰아들은 다시 또 건배를 했다. 러시아인 여가수는 '유 레이즈 미 업'을 부르고 있었다. 두 사람은 묵묵히 맥주를 마셨다. 침묵할 때 더 깊이 헤아려지는 관계가 있다.

귀착지를 보장받지 못한 우주선

로즈의 집 가사도우미는 현관을 여는 순간 등골이 서늘해졌다. 자신의 눈에 비친 건 영락없는 시체였다. 몇 년 전의 상황과는 달랐다. 거실의 카펫 위에 쓰러져 있는 로즈는 외출복 차림에 손에는 백도 쥐어져 있었다. 도저히 가까이 가서 확인을 할 엄두가 나지 않았다. 로즈는 죽은 것이 확실했다. 무서워서 현관문을 활짝 열어 두고 119에 전화를 먼저 했다. 관리실에도 연락을 했다. 로즈의 남편이 미국에 있는 것을 알기에 최대한 여러 사람에게 로즈의 죽음을 알려야 했다. 급한 대로 건너편 집의 벨도 눌렀다. 이른 오전이라 로즈의 옛 남자, 정윤이 잠옷 차림으로 문을 열었다. 정윤의 뒤에서 그의 아내가 내다보았다.

"정말 죄송합니다. 사람이 죽었어요. 아무도 없어서 좀 도와주셨으면 하고요."

정윤은 자신도 모르게 잠옷 차림으로 로즈의 집으로 들어갔다. 그의 아내는 당황해하며 어딜 가냐고 소리를 질렀다. 미처 제지할 틈도 없이 시체를 향하여 달려가는 남편이 무모해 보이고 이해할 수가 없었다.

"아주머니, 119에 연락은 하셨어요? 우리더러 어쩌라는 거예요?"

정윤의 아내는 짜증과 원망이 묻어나는 말투였다. 뒤이어서 말했다.

"아무도 없으면 경비실에 먼저 연락을 해야지요. 아침부터 웬일이래?"

정윤은 로즈를 흔들었다. 자신의 귀를 로즈의 코에 갖다 대었다. 숨소리가 들리는 것 같기도 했다. 그는 침착하게 행동하려고 노력했다. 로즈의 팔뚝에 손가락을 얹고 맥박이 뛰는 것을 확인했다. 당황해서인지 로즈의 맥박이 약해서인지 맥박이 뛰는지를 잘 알 수가 없었다. 게다가 몸의 온도가 차게 느껴졌다. 가사도우미가 손가락으로 목 밑 턱을 누르며 대어 보아야 알 수 있다고 했다. 정윤은 가사도우미가 시키는 대로 했다. 살아 있는 사람의 신호가 느껴졌다. 팔딱이는 로즈의 목에 손을 댄 채로 정윤은 안도감이 들며 잠깐 현기증이 일었다.

"살아 있어요. 확인도 안 하고 사람을 죽었다고 하면 어떡해요. 119에 취소 전화부터 해야 되는 거 아니에요?"

"아이구, 다행이네. 죄송합니다. 전에 수면제 드셨을 때하고는 완전히 달라서, 제가 너무 무서워서요. 침대에 누워 있는 것도 아니고 거실에 쓰러져 있어서요. 정말 죄송합니다. 고맙습니다."

가사도우미가 쩔쩔매는데 때마침 엘리베이터가 열리고 경비원이 내렸다. 경비원은 몹시 긴장한 표정이었다. 정윤의 아내는 못마땅해 하며 말했다.

“전에도 수면제를 먹고 이렇게 죽은 줄 알았어요? 상습적인가 보네. 아침부터 여러 사람에게 민폐네. 참 별일이야. 여보, 빨리 들어와. 출근해야지.”

“맞아요, 몇 년 전에도 이 댁 사모님이 구급차 타고 병원에 가셨죠. 인터폰으로 돌아가셨다고 해서 깜짝 놀랐어요. 괜찮으신가 보네요. 다행입니다. 심폐소생술 같은 거 했어요?”

“아뇨, 제가 잘못 보고 무서워서 실수를 했어요. 앞집 사장님하고 사모님 들어가세요. 제가 정말 잘못했습니다.”

“그럴 수도 있지요, 뭐. 깨어나면 병원에서 검진을 받는 게 좋을 것 같은데요? 그냥 구급차 취소하지 말고 태워서 병원으로 가시죠?”

정윤은 간섭을 할 수밖에 없었다. 가사도우미와 경비원이 못 미더웠다.

“여보, 당신 늦겠어. 뭐해? 그만 들어와.”

정윤 아내의 목소리는 몹시 날카로웠다. 정윤은 자신의 파트너였던 로즈를 물끄러미 바라보았다. 외출복 차림으로 카펫 위에 죽은 듯이 누워 있는 여자가 안쓰럽다는 생각이 잠깐 스쳐 갔다. 어떻게 할 수 없는 일은 언제나 일어난다. 그는 정말 어떻게 할 수가 없어서 자신의 집으로 들어갔다. 멍해져서 무엇을 해야 할지 갈피가 잡히지 않았다.

“멀쩡하게 생긴 여자가 웬 난리래? 별꼴이야. 늙은 나이에 무슨 연예인처럼 폼 잡고 다니더니. 요즘 남편은 아예 잘 보이지도 않더라구. 이혼했나? 둘 중 하나가 바람피운 게지. 분명해. 남자도 멋지게 생겼더구먼. 여자보다 오히려 더 매력적이더라. 인물값들 한다고 사고를 친 게지, 쯧쯧."

"남의 집 가정사에 웬 관심이야? 아침은 됐어. 그냥 나갈래."

"당신이야 말로 남의 집 여자한테 득달같이 달려들더라. 죽었으면 어쩔 뻔했어. 소름끼쳐. 아침부터 시체……. 평소부터 그 집 여자 훔쳐보고 있더니만, 기회 만나서 좋았겠네."

정윤은 부리나케 화장실로 향했다. 아무리 배짱이 좋다고 하여도 아내와 그런 대화를 계속할 수는 없었다. 일단 모면을 하고 볼 일이었다. 아내가 계속하게 된다면 윽박지르기 작전도 있지만, 준비를 서둘러 집을 나가는 게 상책이었다. 현관 밖의 복도가 시끄러워졌다. 구급대원이 온 것일 게다. 정윤은 계속 신경을 쓰고 있던 터라 마음이 놓였다. 정윤은 평소와 같이 완벽한 패션을 하고 집을 나섰다.

로즈는 어떻게 된 일일까? 술 냄새가 많이 나지는 않았으니 수면제를 먹은 것이 맞을 것이다. 근데 외출복을 입고 쓰러져서 자다니. 핸드백까지 들고서. 무슨 일일까. 정윤은 자기가 탐정이라도 된 듯 추리를 해보았지만 미스터리였다. 희한한 일이다. 자신에게 복수랍시고 쏘아붙이던 로즈를 생각하니 더욱 안쓰러워졌다. 정윤은 지금 로즈를 가여워하는 자신의 감정이 믿기지가 않았다. 이제 늙는 것인가 싶은 생각도 들었다. 로즈가 죽었다면 어땠을까 생각하니 뭔가 뭉클해졌다. 확실히 자신이 나이 들어가는 징조를 보이는 것 같다. 잊자. 잊어버리자.

그는 차 안에 음량이 가득하도록 볼륨을 높이고 음악을 들었다.

아침 클래식 방송의 애청자답게 진행자의 멘트에 귀를 기울였다. 정윤은 자신도 언젠가 한 번쯤 클래식 음악 프로그램의 진행을 해보고 싶었다. 얼마 전에 심리학과 철학 지식들을 문화의 변천과 짜깁기해서 출간한 책이 대박이 났다. 마케팅 회사의 실력도 좋았지만, 그의 명성과 신랄하고 걸쭉한 입담이 더해져서 책이 재미있었다. 게다가 세상의 복잡한 인관관계에 지친 사람들이 인문학 쪽 책으로 위로를 받고자 하는 분위기에 편승해서 책은 잘 팔리고 있다. 책은 큰 돈벌이는 아니었지만 자신의 가치가 더욱 높아짐을 확인할 수 있어서 좋았다. 얼마 전 정윤의 아내도 처가로부터 많은 유산을 물려받았다. 그는 이제 남은 평생을 돈으로부터 자유로울 수 있을 정도가 되었고, 명성도 쌓았으니 복잡한 삶을 벗어나고 싶었다.

즐기면서 할 수 있는, 압박감이 덜한 활동을 하며 살고 싶었다. 그러려면 우선 학교에 사표부터 써야 한다. 더 이상 직분을 유지하여 자신을 세상에 알릴 필요가 없으니 교수라는 지겨운 업에서 벗어나고 싶었다. 캠퍼스의 젊고 아름다운 청년들을 볼 수 없게 되는 것은 매우 아쉬울 것이다.

라디오 방송의 남자 진행자는 코맹맹이 목소리로 제 2의 삶을 시작한 60대 남자 애청자의 삶을 소개하고 있었다. 정윤은 그 애청자가 너무나도 사랑하던 아내의 죽음 뒤에 방황했다는 사연에 웃음이 절로 났다. 저 남자는 아내가 이미 죽었기 때문에 저런 사연을 쓸 수가 있다. 배우자가 죽으면 빈소에서 흘러나오는 웃음 때문에 촛불을 못 끈다는데 뭔 저런 소리를 하는 건가 싶었다. 어린 자식이 딸린 것도 아니고 모두가 독립적인 삶을 사는 나이에 배우자의 존재에 저렇게 큰 의미를 부여하는 것이 과연 인간의 본성일까 싶었다.

정윤은 인간의 나약하고 의존적인 모습을 보는 것을 싫어한다. 넘치는 에너지로 열심히 살아온 그는 자신만을 믿었다. 세상에 살아남으려면 스스로 강해져야만 했다. 많은 사람들이 자신의 책을 보고 감명을 받았다고 하고 인생을 깨달았다고 하는 것은 그들의 문제다. 정윤을 존경한다는 사람도 있었다. 그것도 그 사람의 취향이다. 정윤은 단지 자신의 삶을 열정적으로 살았다. 저술 활동은 정신적 중노동이었고 지금의 인기와 평판은 그런 중노동의 당연한 보상이었다. 그는 인류애가 있지도 않았고 측은지심 같은 감정도 없었다. 학문의 깊이나 업적이 인격과 비례하는 것은 아니었다.

그는 가난했던 학창시절과 유학시절에 아내의 도움을 많이 받았다. 지금까지 결혼을 유지하고 있는 것은 아내에 대한 의리를 저버리지 못하기 때문이다. 정윤은 아무리 생각해 보아도 아내에 대한 애정은 그다지 없었다. 아내에게는 미안하지만 그냥 배우자일 뿐이다. 가난했던 청춘기가 지나고 경제적 여유가 생기게 되면서 그는 세상에서 누릴 수 있는 것이 많아졌다. 아름다운 인생이 너무 짧다고 생각되었다. 자신의 뛰어난 미적 감각은 생활의 곳곳에서 발휘될 수 있었고, 또한 빛났다. 수많은 여자들이 자신에게 러브콜을 해대었다. 오랜 시간 동안 정윤은 여자들에 둘러싸여 풍요를 누렸다. 완벽히 마음에 드는 여자를 만나지는 못했지만, 인생의 전환점을 고민할 뻔한 몇 명의 여자도 있기는 했다.

로즈는 수많은 여자들 중에서 가장 미모는 빼어났지만, 마음이 가지 않는 여자였다. 장미향이 우선 싫었고 감정의 표현이 없어서 재미가 없었다. 그리고 정윤에게 중요한 섹스를 로즈는 잘 못 했다. 그것만 잘했다면 두 사람은 맞은편 집이라는 편의성까지 더해져서 오랫동안 좋았을지도 모른다. 향수는 바꿀 수도 있었을 테니까.

정윤은 아침의 사건을 잊으려고 음악 소리를 크게 하였지만 로즈의 생각이 자꾸 떠올랐다. 왜 그런 상황이 되었을까 하고 아무리 추리를 해보아도 이해를 할 수가 없었다. 정윤은 한동안 이 생각에 시달릴 것 같아서 짜증이 좀 났다. 집에 들어갔을 때 아내가 제발 그 일에 대해 다시 얘기를 하지 않아야 할 텐데 하는 염려도 되었다.

로즈는 도무지 속을 알 수가 없는 희한한 여자였다. 자기 스타일이 아니라며 꺼지라고 말하던 로즈를 생각하니 웃음이 피식 나왔다. 멍청한 여자가 제 깐에는 힘겹게 말했을 것이다. 아무리 생각해도 그날 로즈가 왜 그런 행동을 했는지 아직도 이유를 알 수가 없다. 최선을 다해 몸을 바쳤는데 그런 무례한 소리를 하다니. 멍청한 여자 같으니라구. 정말 그만 생각하고 싶다. 뇌 속의 기억체계라는 것이 참 골치 아픈 것이다. 오늘의 사건을 포함하여 로즈와의 기억 부분은 삭제가 되었으면 좋겠다.

“괜찮으니까 구급대원들은 그냥 가라고 해요.”

“어머나, 사모님 깨셨네. 난리가 났었어요.”

“알고 있어요. 왜 괜한 일을 벌였어요?”

가사도우미는 기가 막혔다. 적반하장도 유분수지. 어찌 이럴 수가 있단 말인가. 여러 사람의 아침을 쑥대밭으로 만들어 놓고는 천연

덕스럽게 말하는 저 여자는 제정신인가 싶었다. 남편이 미국으로 그냥 도망간 게 아니지. 하기야 남자가 애를 먹이면 여자가 저렇게 미칠 수도 있을 것이다. 가사도우미는 기가 막혀서 아무 말도 나오지 않았다. 구급대원들에게도 로즈가 직접 말하라는 듯이 가만히 있었다. 가사도우미는 급기야 모른 체하면서 주방 쪽으로 들어가 버렸다. 귀를 한껏 거실 쪽으로 세우고 있으려니 구급대원들이 싫은 소리를 내고 있었다.

"이런 식으로 불필요한 출동이 생기면 저희들 업무에 차질이 생깁니다. 다른 피해자가 생기게 될 수도 있어요. 처벌을 받을 수도 있는 범죄 행위란 말입니다."

"보호자가 필요한 상황은 아닌 것 같군요. 신분증 좀 주세요."

"신분증은 왜요? 아무 일 없으니 그냥 가면 되잖아요?"

"저희가 일단 출동을 했으니 상황 종료 보고는 해야죠. 신분증을 주셔야 신원 파악도 하고 기록도 하지요."

로즈는 옆에 있던 핸드백을 열었지만 지갑이 없었다. 휴대폰도 없었다. 자동차 키와 작은 약병과 돋보기는 있었다. 로즈는 정신이 다시 아득해졌고 불안해졌다. 벽시계를 보았다. 9시 40분이다. 난감했다.

"어쩌죠? 지갑도 없고 휴대폰도 없어요. 잃어버렸나 봐요. 지갑 속에 신분증이 있는데요. 저는 신원이 확실해요. 이 집에서 오랫동안 살았고요. 저 아주머니도 십 년 넘게 우리 집에 오셨어요. 경비실에서 확인을 하셔도 될 거예요."

"이런 식이시면 곤란합니다."

주방에서 엿보고 있던 가사도우미가 마지못해 나서야 했다.

"사모님이 분실한 거 같은데 제 것으로 하면 안 될까요?"

"아주머니 신분증은 당사자가 아니니 필요 없고요. 사모님은 성함과 주민등록번호, 주소, 전화번호를 불러 주세요."

한바탕 소란을 피우고 나서야 구급대원들이 돌아갔다. 그들이 사라지고 나자 로즈와 가사도우미는 서로 한마디도 하지 않았다. 도우미는 로즈가 미안하다는 인사라도 하리라 생각했다. 하지만 아니었다. 너무 어이가 없어서 이제 정말 이 집에서 일하는 것을 그만두어야 한다고 마음먹었다. 반면에 로즈는 머릿속이 너무 복잡해서 가사도우미를 염두에 둘 수조차 없었다. 심란한 마음으로 전화기를 바라보았다. 수화기를 들었다가 다시 놓기를 수차례 했다. 로즈는 옷을 갈아입고 거실로 나왔다.

"아주머니, 커피 한 잔 만들어 주세요. 그리고 놀라게 해서 정말 미안해요."

가사도우미는 그제야 서운한 마음이 스르르 녹았다. 이어서 로즈가 염려되었다.

"몸이 안 편해 보이시는데, 커피부터 마셔도 되겠어요? 꿀물을 드시지요?"

"괜찮아요. 커피를 마셔야 정신을 좀 차리겠어요. 많이 놀라셨죠? 앞집 사람이 오는 것도 다 알았어요. 갑자기 일어나지지가 않아서 나도 놀랬어요."

가사도우미는 속으로 그만두어야겠다고 생각했던 것을 취소했다. 자신의 얄팍함이 살짝 부끄러웠다. 로즈는 말이 없는 사람이라 좀 답답했지만 변덕을 부리거나 까다롭게 굴어서 피곤하게 하는 스타일은 아니었다. 가사도우미는 마치 가족에게 하듯이 정을 담아서 로즈에게 말했다.

"사모님, 제가 너무 걱정이 돼서 그런데요, 건강을 좀 챙기셔야겠어요. 잠이 안 오시면 다른 방법을 써 보면 안 될까요?"

"아, 네. 고마워요. 약한 약이라서 먹고 푹 자고 싶었어요. 어제는 내가 깜빡 잊고 두 번을 먹은 거 같아요. 큰 실수였어요."

"앞집 선생님이 감사하게도 들어와 주셨어요. 제가 가슴이 너무 뛰어서 도저히 사모님을 만질 수가 없어서요. 저는 정말로 돌아가신 줄 알았어요."

"그러게요. 아주머니 문 여시고 들어오는 것도 기억나고 앞집 사람들 소리도 다 들었어요. 근데 움직여지지가 않았어요."

로즈는 정윤의 당황스런 손길도 다 느끼고 있었다.

"혼자 계시니까 더 걱정이네요. 누가 밤에라도 집에 있으면 좋을 텐데요. 이래 집이 크니까 사람이 있어도 소식을 모를 수도 있겠어요."

"염려 마세요. 늘 이렇게 살아와서 괜찮아요. 내년에는 남편도 들어올 테고 아들도 이 년쯤 지나면 제대해요."

그때 따랄라, 따랄라 하고 전화벨이 울렸다. 로즈는 커피 잔을 들고 안방 문을 닫으며 들어갔다.

"여보세요……."

"통화해도 돼?"

"응, 내 전화기하고 지갑……."

"내가 챙겨 두었어. 정신이 없었구나. 내가 집에 올라가서 약 먹으라고 했잖아. 쓸데없이 고집을 부리더니, 실수를 했잖아. 잘 잤어? 걱정할까 봐 병원에 출근하자마자 전화했어."

로즈는 시계를 보았다. 바늘이 10시를 막 벗어나고 있었다. 연구에게 자신에게 일어난 일을 차마 말할 수가 없었다. 걱정을 끼치고 싶지가 않았다. 그러나 다시 생각해 보니 심각한 일이긴 했다. 불면이 두려워서 미리 약을 먹고 집에 들어와서는 또 약을 먹었다. 모든 걸 잊고 자고 싶다는 생각이 너무 강렬해서 약을 먹었다는 사실을 잊고 또 먹었던 것이다. 소파에서 잠깐 앉았다가 안방으로 들어가야지 했는데 바닥의 카펫 위가 따뜻해서 누웠고 잠들어 버렸던 것이다. 로즈는 덜컥 무서운 생각이 들었다. 죽고 싶지 않았다. 연구를 위해서라도 다시는 이런 일이 없도록 조심할 것이라고 다짐했다.

"저녁에 거기로 와. 같이 저녁 먹자. 오늘은 전화기 없이 집에서 벌서고 있어 봐. 허허허."

"그래, 벌서고 싶다. 그냥 푹 쉴래. 저녁에 봐."

어제 로즈는 유난, 풍선, 비누와 헤어진 후 청담동에서 쇼핑을 좀 하다가 연구와 저녁에 다시 만났다. 연구와 로즈는 하루 종일 서로를 간절하게 기다리고 있었기에 몹시도 뜨거웠고, 늦게까지 와인도 조금 마셨다. 함께 있는 동안 로즈는 좀 울적해졌다. 하루의 피곤을 이기지 못해 늙어 보이는 자신의 모습이 마음에 걸렸고, 세상에 대해 떳떳하지 못한 처지인 게 자존심이 상했다. 정윤에게 받았던 상처가 너무 컸기에 다시는 그 누구에게도 마음을 뺏기지 않으리라 결심을 했었건만, 지금 연구에게 깊이 빠져 있는 자신이 혼란스러웠다. 연구는 너무도 따뜻했다. 여섯 살이나 더 어린 남자가 마치 아버지 같았다.

연구는 자신의 삶에서 로즈를 분리할 수가 없으리라는 것을 예감했다. 로즈를 만난 후 그는 자주 울었다. 로즈를 자꾸 어둠의 구렁텅이로 몰아넣는 것 같아서 죄책감이 느껴졌다. 눈물이 많아지면서 술도 많이 마셨다. 술은 그의 아픔을 덜어 주기보다는 그리움을 더욱 심화시켰다. 연구는 로즈와 헤어져 있을 땐 그리워서 힘들었고 만나고 있을 땐 그녀에게 굴레를 씌우는 것 같아서 괴로웠다. 연구는 자신의 아픔과 눈물보다는 로즈의 아픔과 눈물이 걱정되었다. 두 사람은 야위어 갔다. 같이 술을 마셨고 같이 울었다. 같이 야위어 갔지만, 서로에게 어떤 위로의 말도 하지 못하며 시간을 버텼다. 귀착지를 보장 받지 못한 우주선처럼 막연히 흐르는 시간 속을 유영할 뿐이었다.

아버지의 여자와 아들의 여자

"비눈가 수건인가는 지금 어디에 있어?"

"서울."

"언제 가는데? 전시회 할 거래?"

"몰라."

"야. 뭘 잘못 먹었어? 쌍년아, 대답이나 똑바로 해."

"씨발놈아, 너만 욕할 줄 아냐? 내가 니 종년이냐?"

"이년이 돌았나? 간이 배 밖으로 나왔어? 씨발년아. 살은 뭐같이 쪄 가지고."

"미친놈, 염병하네. 니는 뭐가 잘생겼냐? 난쟁이 똥자루 같은 꼴에."

욕쟁이하고 살다 보니 딱히 염두에 두고 배우지 않아도 술술 욕이 되어졌다. 풍선은 자신이 이렇게 자연스럽게 많은 욕을 할 수 있다는 것에 깜짝 놀랐다. 어제 남편과 메시지를 주고받을 때 유난스레 비위가 상했고, 앞으로 욕설로 맞대응을 하고 살기로 했다.

풍선은 남편이 살이 쪘다고 말하는 것에 자극을 받았다. 요즘 다이어트를 잘해서 3킬로그램이나 감량을 했음에도 저 인간은 알지 못한다. 체중을 줄여 준다는 온갖 약들을 식사 전과 후에 챙겨 먹느라고 골치가 다 아플 지경이었다. 지난주에는 무슨 풀뿌리를 끓인 한약 같은 것도 구입했다. 일본 여행 중에 지인이 소개를 해주었다. 맛이 씁쓸하면서도 시큼하여 구역질이 나올 정도였지만 참아내고 있다. 운동보다는 편할 테니까. 살만 빼면 로즈 못지않은 미인이 될 수 있다는 희망으로 노력 중이다. 로즈보다 더 매력적이고 고급스럽게 변신하는 날까지 포기하지 않을 것이다. 풍선은 세상에 이루지 못할 것이 없었다.

"야, 살 뺀다고 개고생을 하고 있는데, 말을 그따위로 해? 니 배도 만만찮거든?"

"웃기지 마라, 누구보고 난쟁이 똥자루래? 씨발년아, 너보고 하는 소리지? 니 꼴이 딱 난쟁이 똥자루 반 토막 같다. 팔다리까지 짧아가지고 쯧쯧."

"개새끼야, 살 빼고 나면 보자."

"쌍년아, 정신 차려라. 살만 뺀다고 되는 것이 아니다. 네년은 몸매가 아예 틀려먹었어. 로즌가 루즌가 하는 그런 년들이나 뼈다귀만 남으면 멋있지."

풍선은 바람이 가득 찬 고무풍선처럼 자극을 받았다. 눈엣가시 같은 로즈와 비교를 하니 더욱 싫었다. 눈앞에 로즈가 있다면 죽일 수도 있을 것 같았다. 한편으론 저렇게 저질스러운 욕쟁이 인간과 살아온 세월을 돌이킬 수만 있다면 풍선처럼 몸이 부푼 채로 살아도 괜찮겠다는 생각마저 들었다. 도저히 벗어날 수 없는 생지옥이다. 남편과 마주치지 않는 시간에만 풍선은 사람이었다.

"대가리 속에 뭐가 들었길래 남편이 좆빠지게 일을 만들어 보려는데, 여편네는 되지도 않은 다이어트한다고 지랄이야? 씨발년 땜에 되는 일이 없어. 미친년 꼴만 안 봐도 일이 술술 풀리것네."

"뭐라고? 난 니 대가리 속이 더 궁금하다. 초등학교도 못 나온 놈같이 무식하게 욕이나 처대고 사니까 일이 안 풀리지. 모든 게 내 탓이라고? 점쟁이가 내 복 덕분에 사는 거라고 했어, 씨발놈아."

"저걸 그냥 콱, 남들 눈만 아니면 소리도 없이 죽였을 거다. 일찌감치 이혼을 했어야 했어. 더러운 년 데리고 살아 주니까 이제는 기어오르기까지 하네, 씨발년이."

기적이다. 이런 막말과 욕설이 난무하는데도 폭력이 동반하지 않는다는 것이. 뭔가가 날아가고 깨지고 비명소리와 함께 피가 낭자해야 어울림직하다. 풍선과 남편은 정신적 상처라는 것에 대해서는 아예 관심도 없었다. 눈에 보이는 물질의 파손이나 육신에 남는 상처만을 손실로 계산했다. 그래서 손실이 없다는 생각으로 눈에 보이지 않는 언어폭력을 마구 쓰는 것이다.

요즘 풍선의 정신적 맷집이 한계에 달하고 있음을 남편은 감지하지 못했다. 애들 문제를 비롯해 오랫동안 감추고 덮어 왔던 사실들이 하나씩 드러나고 있으니 풍선은 초조했다.

풍선은 주방으로 가서 냉장고를 열었다. 홧김에 무엇이라도 좀 먹어야 할 것 같았다. 냉장고 속은 지금 풍선의 머릿속처럼 어지럽고 꽉 차 있었다. 온통 백화점에서 조리된 상태로 포장된 식품들로 가득했다. 두 식구가 살면서 거의 외식을 하였고 풍선의 다이어트로 식품의 소비가 잘되지 않아서 유통기한이 지난 식품이 대부분이었다. 꽉 차서 공간이 없어지면 쓰레기통에 무더기로 버려질 것들이다. 당연히 분리수거 따위는 하지 않는다. 당장 자신에게 이득이 되는 것도 아니고 해가 되지도 않으니 편한 것이 제일이다. 로즈네는 오랜 세월 같은 가사도우미가 변함없이 있으니 혼자 살아도 모든 것이 정리되어 있었지만, 풍선네는 달랐다.

우선 풍선의 변덕이 심해서 가사도우미들이 견디지를 못했다. 대체로 가사도우미 경력자들은 방문하는 집의 현관문을 여는 순간, 그 집의 역사와 기류를 이내 감지해내는 능력이 잘 발달되어 있다. 풍선네는 정성을 쏟아서 일해 주고 싶은 집이 못 되었다. 그러다 보니 풍선은 불만이 생길 수밖에 없었고 고용자와 피고용자 간의 끝없는 악순환이 계속되었다. 풍선은 가사도우미를 바꾸어대는 일에 진력이 날 지경이었다. 안정적이라든가 고정적이란 개념은 풍선의 삶에는 없는 단어였다. 주변의 모든 것이 어수선해야 오히려 풍선의 삶다웠다. 둥둥 떠 있다 손만 놓으면 언제라도 허공으로 날아가 버릴 듯, 살짝만 건드려도 터져 버릴 고무풍선같이 아슬아슬해 보였다.

"비눈가 수건인가 하는 년이 전시회 할 때만 그림 살 수 있냐?"

냉장고를 바라보며 가사도우미를 원망하고 서 있으려니 뒤에서 남편이 묻는다.

"모른다고 했잖아! 씨발새끼야, 제발 좀 그만해!"

풍선은 도저히 참을 수가 없었다. 오늘은 세상의 끝 날이 되더라도 저 인간과 겨뤄 보리라. 풍선은 냉장고에서 포장 용기들을 꺼내 남편을 향해 마구 던졌다. 용기들이 터져서 음식물들이 새어 나오고 튀어나왔다. 남편에게 명중한 것은 오직 한 개, 메추리알 조림뿐이었다. 콩나물 무침과 연근조림, 호박나물 등 다른 것들은 무게가 부족해서 남편에게 미처 당도하지 못한 채 식탁 의자와 바닥에 떨어졌다. 메추리알은 공교롭게도 남편의 바지 지퍼 부근에까지 날아갔다. 간장국물이 쏟아지고 알들은 바닥에 방울방울 떨어졌다. 귀여운 메추리알들이 데굴데굴 굴렀다. 남편은 놀라서 자신의 급소를 움켜쥐고 펄쩍 뛰다가 메추리알들을 밟았다. 귀여운 알들이 터져서 으깨어졌다. 욕쟁이의 얼굴도 일그러졌다.

욕쟁이 헐크가 무서운 기세로 뚱녀 풍선에게 달려왔다. 두툼하고 거친 손으로 뚱녀의 목을 조였다. 뚱녀의 짧은 팔 다리가 열심히 버둥거렸다. 욕쟁이 헐크는 몹시 힘이 셌다. 처음으로 힘을 써 보는지라 자신에게 이렇게 센 힘이 있는지를 몰랐기에 조절도 어려웠다. 점점 숨쉬기가 힘들어진 풍선은 발을 들어서 남편의 급소를 차 보려 했지만 거리와 각이 맞지를 않았다. 풍선은 의자를 잡아당겨서 있는 힘을 다해 남편에게 밀었다. 발목의 복숭아 뼈를 부딪친 남편은 손아귀의 힘이 한순간 약해졌다. 그 틈에 빠져나온 풍선은 재빨리 안방으로 가서 방문을 잠갔다. 숨을 몰아쉬며 전화기와 자동차 열쇠가 든 핸드백을 챙겼다. 남편이 문 앞에 서서 자신을 노리고 있을 것을 생각하니 소름이 끼쳤다. 혹시 칼을 들고 문이 열리는 순간을 기다리고 있을지도 몰랐다. 풍선은 남편에게 눌렸던 목을 만져보았다. 살아난 게 다행이었다. 이럴 게 아니라 옷도 갈아입고 탈출을 위한 준비를 완벽히 해야겠다고 생각했다. 숨소리를 죽여 가며 발걸음도 살금살금 움직였다. 밖은 여전히 잠잠했다.

식탁 옆 바닥에 주저앉아 소리 없이 울고 있는 풍선의 남편은 약하고 여린 남자였다. 식탁 위의 냅킨 통을 아예 옆에 두고 흘러내리는 콧물과 눈물을 연신 닦았다. 식탁 주변의 자빠지고, 튀고, 부서지고, 헝클어진 반찬들, 번드르르한 양념들이 발라진 그것들과 싸구려 투명 플라스틱 통에 붙은 백화점 가격표를 바라보았다. 세상의 어느 여자도 지금 풍선의 남편보다 연약하고 슬픈 표정으로 울 수는 없을 것이다. 그는 다리도 인어공주의 자태처럼 옆으로 모아서 앉았다. 그 모습은 캐리커처로 그려진 그림처럼 우스꽝스럽게 보였다. 그는 다리를 모으고 발목의 뼈를 만졌다. 오래전에 새겨진 발목의 흉터를 보며 급기야 소리를 내어 울기 시작했다.

남편의 아버지이며 풍선의 시아버지는 여자를 사람이라고 여겨본 적이 없었다. 사랑이라고 여긴 적은 가끔 있었다. 여자를 단지 남자를 위해 존재하는 도구로만 생각했다. 자신의 앞에서 여자가 인격을 가진 것처럼 행동하는 것을 참지 못했다. 막강한 경제력을 휘두르며 여자들을 지배하고 학대했다. 셀 수도 없을 만큼 많은, 예뻤지만 가난했던 여자들은 유린당한 대가로 돈을 받았다.

시아버지는 그런 사람이었지만 조강지처만큼은 예외였다. 심지어 번듯하니 존댓말까지 하며 부부의 예를 갖추었다. 조강지처를 두고 딴 여자와 살림을 차리지 않은 것과 곁다리 자식이 없는 것을 대단한 미덕이라고 자부했다. 조강지처는 허울 좋은 계급일 뿐이었다. 일 년에 몇 번 만나지도 못하는 남편의 본처라는 것이 무슨 의미가 있겠는가. 시어머니는 세 명의 자식을 잘 키우는 것만이 삶의 의미였다.

시어머니는 남편의 여성 편력을 열심히 감추었다. 가정의 평화를 위해 자식들의 미래를 위해 자신을 희생했다. 시아버지의 여자들은 시아버지가 무서워서 차마 말하지 못한 사연들을 시어머니에게 하소연했고, 시어머니는 그렇게 골치 아픈 뒷정리를 하며 자비로운 돌부처가 되어 갔다. 시어머니는 자식들이 알게 될까 전전긍긍했다. 두 딸과 아들의 장래에 누가 될까 봐 노심초사했다. 시아버지의 곁다리 자식이 없을 수 있었던 것은 시어머니의 남모르는 노력이 있었기 때문이었다.

위로 누나가 두 명이었던 풍선의 남편은 어릴 땐 소심했고 잘 우는 아이였다. 사내답지 못하다는 핀잔을 여기저기서 들으며 자란 그는 청소년기가 되어 자아를 보호할 무기가 필요했다. 부잣집 도련님의 열등감을 보상해 줄 수 있는 것으로는 돈이 유일했다. 돈을 보고 모여드는 친구들은 질 나쁜 친구들이었다. 친구들과 어울려 다니며 학생 신분에 걸맞지 않는 행동을 수없이 되풀이했다. 학교에서 처벌의 대상이 되기도 했다. 시어머니는 남편에 이어 아들의 뒷수습까지 해야만 했다. 아들은 정말로 엄마의 마음을 아프게 하고 싶지는 않았지만, 거대한 파도를 이기지 못하는 조각배처럼 저항할 수 없는 힘에 휩쓸리고 있었다. 두 명의 누나와 엄마는 거센 풍랑이 멎기만을 기도했다.

풍선의 남편은 이미 대학생일 때 동거를 하는 여자가 있었다. 시어머니는 아들의 여자가 임신을 할 때마다 그것을 무효화해야만 했다. 시아버지의 여자들에게 그랬듯이. 남편과 아들의 다른 점은, 아들은 한 여자에게만 매달려 있다는 것이었다. 시어머니는 염려가 되었다. 아들이 결국 얼굴만 예쁜 무지랭이와 결혼하게 될 것 같아서 불안했다. 집안의 체통에 걸맞은 며느리를 맞는 것은 시어머니의 중요한 사명이었다. 풍선의 남편이 졸업을 하고 시아버지의 사업을 이어받을 때쯤에 염려하던 일이 일어났다. 시아버지가 모든 사실을 알게 되었다.

시아버지는 아들이 능력도 없으면서 자기가 일군 재산을 마구 쓰는 것을 용서할 수가 없었다. 아들의 여자를 떼어내려면 제법 많은 돈을 건네어야 하는 형편이었다. 자기가 여자들에게 뿌렸던 돈은 자신의 능력으로 번 것이었지만, 아들은 한 푼도 벌지 못하면서 자기와 닮은 짓을 하는 것이 매우 못마땅했다. 게다가 몇 년씩이나 살림을 차리고 살았다는 것에 분개했다. 아들의 여자에 대해 뒷조사를 해본 뒤에 분노는 더욱 커졌다.

어릴 때부터 유흥가에서 몸을 팔던, 근본도 알 수 없는 여자였다. 피붙이라고는 없었는데 기가 막히게도 기둥서방이라는 자가 있었다. 아들은 여자의 깡패 같은 기둥서방에게 몇 년째 매달 생활비까지 주고 있었던 것이다. 시아버지는 아들의 바보스러움에 너무 기가 막혔다. 아들의 여자를 먼저 만났다. 멍청한 아들을 홀릴 정도로 여자는 예뻤다. 여자는 죄송하다는 말만을 앵무새처럼 했다. 자기는 마음대로 할 수 있는 것이 없다고 했다.

시아버지는 결국 깡패 같은 기둥서방을 만나야만 했다. 그 남자는 결혼식을 하고 바로 이혼을 하더라도 일단 결혼을 시키라고 협박을 했다. 일단 결혼이 되면 부잣집에서 받아낼 수 있는 돈이 많아질 것이기 때문이었다. 여자가 많은 임신과 중절 수술로 몸이 많이 상해서 웬만한 돈으로는 충분한 보상이 되지 못한다고 억지를 부렸다. 시아버지는 절대로 결혼은 안 된다고 버텼다. 결국 예상의 몇 배나 되는 돈을 건네기로 겨우 협상을 했다.

시아버지는 아들을 버려 버리고 싶을 정도로 분노했다. 아들도 자기의 여자를 버리게 하는 아버지에게 분노했다. 아들은 그깟 돈보다 소중한 자신의 여자를 데리고 사라지겠다고 했다. 시아버지는 아들에게 세상을 너무 모르는 바보 같은 놈이라며 차라리 죽어버리라고 했다. 시아버지의 옥돌로 만든 재떨이가 그의 왼쪽 발목뼈를 조각내었다. 그는 수술을 하고 3개월을 병원에서 지냈고 그후에도 수술을 한 번 더 했다. 다시는 복구될 수 없는 채로 살아야만 했다.

그래서 그의 골프 스윙 자세는 우스꽝스러울 수밖에 없었다. 그는 티잉 그라운드에서 드라이브 샷을 마칠 때마다 모멸감을 느꼈다. 몇십 년을 반복하고 있지만 한 번도 거르지 않고 번번이 그랬다. 언제나 '좆같이 안 맞네.'라든가 '씨발' 같은 욕을 내뱉으며 티잉 그라운드를 내려왔다. 동반자들에게 상스럽고 매너 없는 사람이었지만 골프장 운영을 하고 있으니 무시를 하지는 못했다. 시간이 지나면서 그의 주위에는 같은 부류의 사람들만 남게 되었다. 그 사람들도 집에서 아내에게 욕설을 하는지는 알 수 없었지만, 그들의 대화는 욕지거리가 난무했다. 남편의 사업이 어려움을 겪기 시작하자 그나마 붙어 있던 사람들도 점점 멀어져 갔다.

풍선의 남편은 왼쪽 발목을 만지며 인생의 통회와도 같은 울음을 쏟아냈다. 식탁 의자가 건드린 뼈는 오른쪽이었고 통증은 금방 가라앉았다. 풍선의 남편은 심경이 복잡했다. 과거의 회한과 현재의 고단함과 미래의 암담함이 섞여서 욕으로는 도저히 표현을 할 수가 없었다. 그래서 울 수밖에 없다.

상황에 따라 알맞은 감정의 이름을 갖다 붙여야 할 때마다 의문이 들지 않는가? 제대로 잘 표현한 것인지 애매하지 않은지? 사람의 감정이란 어떤 순간에 명료하고 단순해질 수가 있는 것일까? 그래서 '~같다.'라거나 '~일지도 모른다.'라거나 '그런…… 느낌'이라고 얼버무리고 싶어진다. 풍선의 남편은 자신의 울음의 이유를 명확히 알 수가 없었지만, 풍선과 헤어지고 싶다고 느끼는 것만은 분명한 것 같을지도 모른다고 생각했다.

세상에는 형용사의 추상적인 표현들로 인해 무수한 갈등이 빚어진다. 인간사의 묘미라고 치부해 버리기엔 억울하고 기막힌 일이다. 언어를 사용하지 않고 살 수가 없을진대, 가끔은 차라리 말을 잊은 사람이 되고플 때마저 있다.

풍선이 남편의 가슴속엔 뜨거운 불덩이가 있었다. 그것이 위로 올라오며 목구멍을 통과하여 입 밖으로 나올 땐 욕으로 변신하였다. 그것은 불똥이 되어 튀어나와 사람들에게 화상을 입혔다. 어쩔 수 없었다. 가슴이 타버리지 않으려면 내뱉어야만 했다. 생존 본능의 행위였다. 풍선에게 그 불똥은 너무 많이 튀었다. 그녀가 살아남으려면 불똥의 원천인 남편을 떠나야만 했다. 남편은 살기 위해 불을 뿜고 풍선은 살기 위해 도망을 가야만 한다. 누구나 살기 위해서 할 수밖에 없는 일들이 있다.

풍선은 간편한 외출복으로 갈아입었다. 간편하다고 하여도 웬만한 여인들의 화려한 외출복이나 다름없다. 금고의 열쇠와 통장과 도장, 휴대폰 충전기, 화장품 파우치를 핸드백에 넣었다. 조금 더 큰 가방에는 속옷과 잠옷, 여벌옷들을 챙겨 넣었다. 폐물들은 챙길 필요가 없었다. 매우 놀라운 일이지만 풍선의 보석들은 유리이거나 도금 주물이 주를 이루었다. 몇 백만 원에서 몇 천만 원씩이나 하는 명품 옷들 위에서 덩달아 가치 상승이 되었던 도구들은 이제 주인에게 버림받은 채 제자리로 돌아갈 때가 되었다. 그것들은 평소에 사람들의 칭송을 받던 것들이었다. 그동안의 호사를 누리게 해준 풍선에게 감사를 하며 이제 쓰레기통으로 투신해야만 할 것이다.

문밖이 너무 조용해서 풍선의 불안은 커져 가고 있었는데 주방 쪽에서 울음소리가 들리기 시작했다. 풍선은 안방 문을 살짝 열고 나왔다. 믿기지 않는 어색한 풍경이었다. 풍선은 주방 쪽 식탁에 주저앉은 남편의 뒷모습을 남겨둔 채 가방을 들고 주차장을 향해 급히 내달았다. 집을 나왔다. 머릿속에 제일 먼저 떠오른 것은 '미국'이었다. 누구에게나 제일 급할 때 먼저 생각나는 것이 대체로 최선이다.

풍선은 신분의 구분을 위해 퍼스트 좌석을 구매했다. 계획을 짜고 예매를 하고 어쩌고 하는 짜증나는 일들은 VIP인 풍선에게는 어울리지 않는 일이다. 마음이 내키는 대로 무엇이나 획득할 수 있고 발길 가는 곳마다 최상의 서비스를 받으며 살 수 있는 인생은 쉽고 편리하였다. 전화로 비행기 표를 샀고 공항에 가서 VIP라운지에서 제공하는 간단한 저녁식사를 했다.

누구에게도 연락하지 않았다. 밤 비행기를 타러 가며 크게 숨을 쉬었다. 한국의 공기를 실컷 들이마셔 두고 싶었다. 귓가에 씨발년이라고 퍼붓는 소리가 들리는 듯해 화들짝 뒤를 돌아보았다. 씨발놈이 있을 리 없었다. 풍선은 이제 하늘로 날아간다. 둥둥 떠 갈 것이다. 지상에는 더 이상의 미련도 없었다.

풍선은 하늘로 높이

'썩을 년이 금고 열쇠는 지랄한다고 가져갔을까.'

풍선의 남편은 하필 여권을 작은 금고에 넣어 두고 있었다. 아버지 대에서부터 내려온 작은 금고였다. 비밀번호를 누르는 큰 금고에는 현금이나 부피가 큰 것들을 넣어 두었고, 열쇠가 있는 작은 금고에는 자주 쓰는 여권 등을 넣어 두었다. 오래된 집안의 상징 같기도 한, 부의 원천이 되어 줄 것만 같은 작은 금고를 없앨 수가 없어서 간직하고 있었다. 웃기는 것은 작은 금고의 열쇠를 비밀번호를 누르는 큰 금고 안에 넣어 두었다. 디지털과 아날로그의 협업이 절묘했다.

풍선은 자신의 여권을 꺼내다가 남편이 여권을 꺼내지 못하게 해야겠다고 생각했다. 그래서 열쇠를 자신의 백에 넣었다. 새 여권의 발급까지는 시간이 좀 걸릴 테니. 금고는 쉽게 열리지 않을 것이다. 세상이 아무리 발전했다 해도 옛날보다 못한 것도 있다. 시아버지의 금고는 크기는 작았지만, 엄청 무거웠을 뿐 아니라 열쇠가 없으면 해체공사를 해야만 열 수가 있다. 길고 복잡하게 생긴 열쇠였다. 두 개의 열쇠 중 하나는 시아버지가 어딘가에 숨겨 두었을 테지만 시아버지가 다시는 돌아오지 못하듯이 열쇠도 영원히 찾을 수가 없을 것 같다.

풍선의 남편은 사무실의 비서에게 연락을 했다.

"야, 새 여권을 만들려면 어떻게 하냐? 내가 여권을 잃어 버렸어. 알아 봐."

2주쯤 뒤에 독일에 가게 될지도 모른다. 독일의 함부르크에 한국 교포가 살던 집을 싸게 내놓았다고 한다. 아직 계약을 할 준비는 덜 되었지만, 일단 둘러보고 올 계획이었다. 노후에 미국보다는 독일 쪽이 좀 조용하게 살 수 있을 것 같았다. 비누네가 일단 땅을 내놓겠다고 하면, 고급 빌라형 리조트를 분양할 계획이다. 제주에서 최고급 리조트를 지어서 분양을 하는 데에는 비누네의 땅이 적합했다. 정방폭포 근처의 바다가 바라다보이는 요지에 근사한 70세대를 계획했다.

땅값은 비누네와의 관계를 이용해 선 매입 후 지불 조건으로 계약을 만들고, 은행의 융자를 넉넉하게 얻고 분양계약금을 야무지게 챙기면 노후는 걱정이 없을 터였다. 분양을 무사히 끝내는 것까지가 그의 목표였다. 독일로 잠적해 버리고 세월이 흐를 때까지 버티면 될 것이다. 난관을 극복하기 위한 유일한 방법이었다. 계획은 짜 두었지만, 비누네가 꿈쩍을 안 하니 속이 탔다.

풍선이 비누를 제대로 구워삶을 줄도 모르고 골프나 치면서 놀기만 했다고 생각하니 울화가 치밀었다. 반찬들을 던지던 풍선을 생각하니 온몸이 굳어질 정도로 힘이 불끈 솟았다. '씨발년, 헤실헤실 웃으며 결혼하고 싶다고 할 때, 모질게 싫다고 했어야 했어. 망할 년이 새끼도 셋이나 처낳아 가지고…… 좆 같은 년, 보나마나 미국 가서 돈이나 처쓰겠지. 지 애비한테 물려받은 돈을 쓰고 있니 돈줄을 끊을 방법도 없고…….' 어쨌거나 지금은 비누에게 집중해야 했다. 그길 만이 살 길이었다.

"회장님, 여권을 새로 만들려면 구청에 가야 하구요, 직접 가셔야만 한다는 데요."

"야, 제대로 알아본 거야? 거지 같은 새끼들, 공무원 놈들은 꼭 사람을 귀찮게 하고 지랄이야. 대행은 안 되냐?"

"네, 회장님. 분실신고를 본인이 반드시 하셔야 한다고 합니다."

"아, 짜증나게스리. 진짜 똥 같은 놈들, 철저히 할 걸 철저히 해야지. 병신 같은 놈들이 하는 짓하고는. 야, 끊어!"

비서는 기가 막혔다. 저 회장이란 사람은 어디서 살다 온 인간이기에 모든 것이 자기중심적일까. 욕설을 저렇게 많이 하는 사람은 처음 보았다. 영화에서 조폭들이 쓰던 욕들을 회장이 모두 재현하는 것이 신기할 정도였다. 지금의 비서는 눈치도 좀 떨어지고 멍청했다. 이전의 비서는 학벌도 괜찮았고 똑똑했다. 눈치껏 일을 잘 처리해서 회장의 욕을 최대한 피해 갔다. 그는 눈치가 빠른 만큼 회사가 기우는 것도 빨리 감지했고 일찌감치 사표를 썼다. 기우는 회사에서 마지막까지 살아남을 수 있는 직원은 의리파이거나 바보이거나 둘 중의 하나다. 지금의 비서는 바보였고 기사는 의리파였다.

"야, 주 기사, 어디냐?"

"예, 사장님, 주차장에서 대기 중입니다."

풍선의 남편이 가장 욕을 적게 하는 대상은 운전기사다. 비밀이 보장되어야 하는 일들은 모두 운전기사와 함께했다. 회장이 주기적으로 만나는 여자들이 살고 있는 작은 아파트 몇 곳, 현금과 각종 선물을 배달해야 하는 거래처들, 고급 룸살롱에서 만나는 사람들 등을 운전기사는 빠짐없이 알았다. 운전기사가 보이는 의리의 배경에는 풍선의 남편이 장치해 둔 덫이 당연히 있었다. 세상의 대부분의 관계들은 약육강식이 진리였다.

그래서 권력을 가지고 싶어서 힘겨운 투쟁을 하고 조폭영화를 보며 대리 만족을 하는 것인지도 모른다. 조폭영화는 인간세계의 영원불멸의 아이템이다. 관계가 복잡하게 꼬일수록, 잔인할수록 인기가 높다. 앞으로 이런 종류의 영화는 어떻게 더 진화할지 상상이 되지 않는다. 이미 극도로 잔인한 폭력과 살인이 이루어졌는데 이보다 더한 자극이 남아 있을까 싶다. 세상의 많은 사람들이 이런 영화에서 힌트를 얻었다. 전설이 될 만한 몇몇 조폭영화는 거의 교과서 수준이었다. 풍선의 남편과 운전기사도 이것들을 열심히 보았기에 자신의 역할에 충실했다.

"니 엄마 거기 갔냐?"

세 명의 아이들에게 차례로 전화를 했다. 하나같이 모른다고 했다. 만약 거짓말하면 이번 참에 인연도 끊고 돈줄도 끊을 테니 알아서 하라고 엄포를 놓았다. 아버지와 통화를 한 아이들은 제발 엄마가 자신들의 앞에 나타나지 않기를 빌었다. 돈으로 움직이는 로봇 같은 아이들은 자신들이 엄마를 고발하게 될 것이 두려웠다. 무슨 일인지 알 수는 없지만 심상찮기에 엄마가 사라졌을 것이다. 부모가 만일 이혼을 한다면 누구를 따라야 할 것인지는 분명했다. 부모 중 누구에게도 그리 애틋한 정이 없는 아이들이 선택할 것은 자신들을 보호해 줄 돈줄이다. 아버지의 몰락이란 상상해 본 적도 없었다. 아버지는 화수분이고 엄마의 돈은 그냥 독에든 쌀이라고 생각했다.

풍선은 머리가 나쁘지 않다. 썩 빼어나게 좋은 것도 아니었지만, 자신의 앞가림 정도는 충분히 할 수 있었다. 그녀에게는 든든한 배후인 돈까지 있다. 우선 샌프란시스코에서 좀 지내기로 했다. 애들한테 연락을 하거나 찾아가는 일 따위는 없을 것이다. 샌프란시스코는 풍선에게 희망의 도시였다. 진우가 있는 곳이다. 싱글이 되어 있는 진우를 몇 년 전에 서울에서 잠깐 만났었다. 수십 년 전, 진우는 사법고시를 준비하는, 가난이 영혼과 살과 뼈에까지 스며 있는 시골 청년이었다. 그의 모든 것이 지지리도 빈한했다. 진우는 그 시절 의식 있는 청년들이라면 당연시했던 시국 비판이나 성토를 위한 어떤 행동에도 동참하지 않았다. 파리한 지성인의 외모를 가진 진우는 낭만파 로맨스 청년의 표상같이 허름한 바바리코트에 거친 수염을 하고 기타를 치며 시를 읊조렸다.

진우의 암울한 매력은 한때 풍선의 마음을 통째로 흔들어댔다. 풍선은 중매쟁이들에게서 들어오는 선을 열심히 보면서도 진우와의 데이트를 계속했다. A여대 앞 다방에서 풍선을 보고 설레었던 진우가 먼저 대시를 해왔다. 진우는 예쁘지는 않지만 사랑스러운 풍선의 애교를 보며 세상의 근심이 사라지는 듯했다. 부잣집 딸의 철없어 보이는 해맑음을 동경했다. 풍선은 진우의 암울한 외모에서 느껴지는 매력과 학벌이 마음에 들었지만, 불확실한 미래와 가난에 대해서는 자신이 없었다. 단지 연애만 할 수 있었을 뿐 결혼의 상대는 될 수가 없었다. 진우가 또래의 다른 청년들과 좀 달랐듯이 풍선도 다른 여대생들과는 달랐다.

두 사람이 함께 처음으로 밤을 보냈던 기억은 그들의 기억 속에 특별한 의미로 남았다. A여대 앞 허름한 2층 여인숙에서 그 시절 유행하던 싸구려 보드카에 오렌지 주스를 섞은 칵테일 비슷한 것을 나누어 마셨다. 진우는 자신이 기억할 수 있는 낭만적인 시들과 철학적인 아포리즘들을 읊었고 샹송을 나지막이 불렀다. 두 사람은 어설프게 몇 번을 안았고, 서로가 첫 경험이었다. 밤을 하얗게 새웠다. 밤은 정말 하얀 것이었다. 잠들지 않은 모든 것들이, 살아 있는 모든 것들이 색을 잃고, 모든 것들이 없어지고 지상에 두 사람만 남겨진 텅 빈 하얀 세상이었다. 아주 오래된 기억이다.

진우는 이혼을 했다. 한국에서 잘 나가는 로펌의 대표이사까지 했던 진우는 너무 바빴다. 일이 많아서 가족을 잘 돌볼 수없는 사람도 있다. 그렇게 살고 싶지 않아도 어쩔 수 없는 사람이 정말 있다. 생리적 욕구조차도 빈틈을 활용해야만 하는 삶이 있었다.

진우의 아내는 전통적인 사고를 가진 여자가 아니었다. 자신의 직업을 가진 것도 아니었다. 진우의 아내는 결혼의 대가로 남편의 경제력 덕을 넘치도록 누렸지만, 가족을 위한 희생이나 인내에 가치를 두지 않았다. 전통적 가치와 새로운 가치의 틈새에서 자신에게 유리한 것만을 취했다. 그 반대의 경우로 '낀 세대'가 되어 화병에 걸리는 여자들이 더 많은 세대였지만, 진우의 아내는 남편이 가정에 할애하는 시간이 모자라는 것을 참지 않았다. 진우의 아내는 남편보다 시간이 많은 멋진 남자와 연애를 했다. 숨기지 않았다. 변호사인 남편에게 결국 먼저 이혼을 요구했다.

진우는 순순히 받아들였다. 아내의 남자도 변호사였기에 서로에게 변호사라는 직업이 묘하게 걸림돌이 되었다. 진우는 이혼을 하고도 계속 일만 했다. 돈은 아주 많이 벌었다. 거의 돈 버는 기계가 된 듯했다. 돈 버는 기계 같은 남자에게 어울리는 여자도 있을 테지만, 그런 여자를 찾을 틈이라고는 없이 세월이 흘렀다. 후배에게 밀려나게 되어 로펌의 대표이사를 내놓게 되자 그는 휴식이 있는 삶을 살고 싶었다.

아들을 미국의 명문 로스쿨로 보내기 위해 일찌감치 유학을 보냈었다. 진우는 퇴직을 한 후에 샌프란시스코에서 아들과 함께 지냈다. 아들은 아버지처럼 변호사가 되었지만 아버지보다 바쁘지 않았고 행복지수가 높았다. 부자가 같이 여행을 다녔고, 운동을 하고 산책을 하다가 카페에 들르기도 했다. 진우는 지난시절에 아들과 함께하지 못했던 것들에 대해 속죄를 하며 아들과 지냈다. 우습게도 두 사람은 동성애자란 오해도 숱하게 받았다. 진우가 젊은 애인을 가진 능력자로 보였을 것이다.

샌프란시스코에서 여유로운 삶을 알게 된 진우는 한국에는 아주 이따금씩 다니러 왔다. 아들의 엄마이며 이혼한 아내의 부부를 만나서 식사도 했고, 첫사랑 풍선도 만났다. 용서와 이해의 힘은 삶의 터전을 바꾼 후에 외로움과 그리움을 아프게 겪으며 생겼다. 마치 산을 오를 때보다 내려왔을 때 잘 보이는 것과도 같이 삶을 관조하는 자처럼 되어 갔다. 삶에 대한 넉넉한 아량이 생겼다.

세월은 누구에게나 공평하게 흐르지만, 변한 것과 변하고 있는 것과 변하지 않은 것과 변하지 못한 것은 선택이 제각각 달랐기에 책임과 결과도 다른 것이다. 풍선의 시간과 진우의 시간은 똑같이 흘렀지만 삶은 서로 달랐다.

몇 년 전에 풍선과 진우는 만났다. 한강이 보이는 프렌치 레스토랑에서 저녁식사를 했다. 풍선은 삼십 년도 훨씬 더 지난 옛 애인을 만난다는 설렘과 긴장으로 만반의 준비를 했다. 명품전시회를 연상시킬 만큼 자신의 소장품을 총동원하였다. 메이크업 숍에서 아티스트에게 심한 짜증까지 내면서 준비를 마치고 약속 장소로 갔다.

진우는 많이 늙었지만 주름마저도 매력으로 보일 정도로 자연스러웠다. 그의 차림은 중저가 국산 브랜드의 티셔츠와 코튼 바지, 재킷은 아르마니 꼴레지오니를 걸치고 저가의 나이키 스니커즈를 신었다. 손목에는 매우 비싼 파텍필립 시계가 빛나고 있었다. 비싼 것과 비싸지 않은 것들은 서로를 침범하지 않으며 자연스런 조화를 만들었고 편안했다. 진우는 과하지도 모자라지도 않게 언제나 살던 모습으로 나왔다.

풍선은 진우의 모든 것을 훑어보며 저 남자는 자신에게 무심한 감정으로 나왔다고 느꼈다. 서운했다. 자신의 준비가 슬며시 억울하고 허무했다는 생각마저 들었다. 그리고 화려하게 꾸미지 않았는데도 당당하고 품위가 느껴지는 그에게 야릇한 주눅이 들었다.

진우는 풍선의 불행을 감지했다. 풍선에게서는 불안만이 느껴졌다. 주렁주렁 복잡한 패션이 보여 주는 화려함 뒤에 넘실대는 공허를 느끼며 애잔해졌다. 게다가 상대의 얘기를 경청하기보다는 대화의 속도를 앞지르는 풍선을 어떻게 대해야 할지 난감했다. 예전의 귀엽고 애교스럽던 여자는 없었다. 불안에 사로잡힌 철없는 여자가 쉬지 않고 말을 했다. 진우는 풍선의 불행을 가슴 아프게 느꼈다.

샌프란시스코에서 다시 두 사람은 만났다. 진우는 오히려 더 활기에 차 있고 젊어 보였다. 풍선은 옛 애인에게 좀 진실해지고 싶었다. 진우도 풍선을 안타깝게 생각하고 있었기에 서울이 아닌 이곳에서 마음을 터놓고 얘기를 해보리라 생각했다. 생각이 일치해서인지 두 사람은 좀 걸어서 갈 수 있는 언덕에 위치한 팝 레스토랑으로 자연스럽게 향했다. 덩치가 큰 사람들 사이로 두 사람은 마치 없는 듯이 존재감이 미미한 채로 나란히 걸었다. 서울 한강변에서 보던 허풍선이 같던 여자는 없었다. 큰 사람들 사이를 걸으며 바라보노라니 풍선은 작디작은 동양 여자였다. 수다 없이 조용히 걷는 모습에서 예전의 귀여운 풍선이 보이는 듯했다.

오후 4시를 좀 지난 거리는 부산한 매력이 있었다. 곧 하루를 마감하는 가게들과 하루를 시작하게 될 가게들은 각자들의 준비를 하고 있었다. 풍선과 진우도 마음을 나눌 준비를 하며 그 길들을 묵묵히 걸었다. 두 사람은 무언의 진심을 오롯이 느끼고 있었다.

"풍선아, 지금 제일 하고 싶은 게 뭐야?"

"……."

"말해 봐. 지금 네 마음을."

"아주, 아주 편안하게, 마음의 거리낌 없이 누군가에게 내 얘기를 하고 싶어."

풍선은 힘이 약해져 가는 태양빛을 올려다보았다. 고개를 들어야만 했다. 중력을 이겨야만 했다. 눈물이 떨어지면 안 되니까.

"풍선아, 누군가가 나구나. 그지?"

"……."

"내가 지금 임자 없는 몸이니, 거리낄 것 없이 말할 수 있는 게지? 허허허. 풍선이 땜에 홀아비인 것이 좋게 생각되네 그려."

진우는 애써 울음을 참는 풍선을 쳐다보지 않고 말했다. 어깨라도 감싸 주고 싶었지만 참았다. 육십이 다 된 옛 연인들은 이제 문을 열기 시작한 레스토랑에 들어섰다. 서울의 이국적인 분위기를 낸 레스토랑과 인테리어는 비슷했지만, 여기는 진짜로 이국이었다. 창가의 자리는 예뻤다. 연한 베이지색 갤러리 덧문이 있고 하얀 레이스 미니 커튼은 깨끗했다. 창가에 놓인 갖가지 색의 제라늄은 건강했다. 흙 화분에서 잘 자라서 꽃송이가 크고 화려했다. 화분에 낀 이끼들마저도 싱싱했다. 아름다웠다. 창밖의 하늘은 깨끗했고 지나가는 사람들은 코가 높고 덩치가 컸다. 여기는 한국이 아니구나. 밤비행기에 오르며 마시던 그 공기의 느낌이 떠오르며 뭔가 가슴이 쿵하고 무너지는 것 같았다. 풍선은 빨리 알코올을 마시고 싶었다.

"언제 왔니? 애들은 뉴욕에 있다고 했지? 설마 나를 보려고 여기에?"

"맞아, 너를 보려고. 부담은 갖지 말기를."

"부담은 무슨, 우리 나이가 몇인데, 서로 만날 수 있는 것을 감사하게 생각해야지."

"아픈 덴 없지? 서울서 보았을 때보다 더 좋아 보여. 훤하네. 새장가 가도 되겠네. 호호호."

"응, 껍데기는 아직 쓸 만하지? 근데 힘이 없다. 새 장가 가면 소박맞을 걸."

"큭큭, 솔직하게 고백을 먼저 하면 안 될까? 좋은 약도 많은데. 현대의학의 힘을 빌려서…… 큭큭. 혼자 산 지 얼마나 되었어?"

"햇수를 세는 것이 의미가 없다. 내가 좀 잘못 살았어. 한동안 반성을 많이 했어. 지금은 편안하고 좋아. 너도 알겠지만, 내가 힘든 청춘을 보냈잖아. 지금이 내 인생에서 가장 평화로운 시절이라는 걸 느껴."

"그래. 그렇게 보인다. 옛날에 너의 모든 것을 아주 많이 좋아했어. 우리가 결혼하지 않은 것이 다행이라는 생각을 해. 이렇게 마주 보고 앉아 있는 지금 이 순간이 너무 고맙……."

풍선의 눈에서는 중력을 거스르지 못하는 물들이 아래로 흘러내렸다. 진우는 같이 울고 싶었다. 어금니를 깨물었다. 자신이 지금 풍선을 지탱해 주어야 했다. 말없이 냅킨을 건네었다. 손을 뻗어서 탁자 위에 떨어진 눈물도 닦았다.

"풍선아, 괜찮다. 마음껏 울어도 되고, 이유를 말하지 않아도 된다. 정말로 괜찮다."

진우가 건넨 냅킨으로 눈물과 콧물을 닦으며 풍선은 숨을 골랐다.

"미안, 내가 힘들어서 자꾸 감정이 넘치네. 좀 진정시킬게. 잠깐만 기다려 줘."

"괜찮다니까, 신경 쓰지 마라. 안아 주지 못해서 미안하다. 오늘 좀 좋은 티셔츠를 입어서 눈물이 묻으면 약간 골치가 아프거든, 허허."

풍선은 진우를 바라보았다. 반백의 머리칼이 가슴을 저리게 했다. 길게 늘어진 허름한 바바리코트에 암울한 표정의 가난했던 로맨스 청년이 중년의 남자가 되었다. 울어서 빨개진 눈과 코를 하고 자신을 바라보는 풍선에게 진우는 웃어 주었다. 윙크도 했다. 그 옛날에도 윙크를 했고 휘파람도 불었을 것이다.

"나는 잘못 결혼을 했어. 자존심이 상해서 이혼을 할 수가 없었어. 애들 아빠가 성격 파탄자야. 어느 날 나를 돌아보니 너무 비참하더라. 내 책임이라고 생각하고 버텼어. 이제는 너무 지쳐서 모두 버리고 싶어……."

"풍선아, 자존심이 뭐라고. 자존심이 정말 강한 사람은 타인의 눈에 비친 자신보다 진정한 자신의 안녕을 더 중요하게 생각하는 거야. 너는 너무 약해."

"이제 와서 나를 바꿔 놓을 수가 없으니 마치 수렁에 빠진 것만 같아."

"빠져 나올 수 있다. 풍선아, 인간은 말이야, 자신의 행복을 누릴 권리를 타고 나는 거야. 누구라도 절대 절명적으로 자신의 행복을 추구할 수 있는 거야."

"애들을 어떻게 해? 자식들에게 너무 큰 죄를 짓는 거 같아."

"애들이 부모덕으로 그만큼 누렸으니, 앞으로 다른 세상도 깨닫게 되겠지. 죽을 때까지 품에 끼고 살 거야?"

"애들이 공부가 많이 모자라. 자립심도 꽝이라서 부모 없이는 정말 힘든 애들인데. 어떻게 해야 할지를 모르겠어…….”

“풍선아, 섭섭하게 들릴지 모르겠다만, 애들은 죽지 않아. 어떻게든 자신들의 삶을 꾸려 갈게야. 네 마음을 들여다보렴. 네 자존심이라는 것이 아이들을 붙잡고 있는 게 아닐까? 네가 커버를 한다고 해결되지 않아. 네가 네 삶을 살게 되면 아이들도 자신들의 삶을 살게 되어 있어. 인간은 생각보다 강해.”

진우는 짐작이 되고도 남았다. 인간관계를 포함한 세상의 모든 것들이 선순환과 악순환의 굴레에 놓여 있다. 크게 깨달아서 변화하지 못하면 시지푸스의 돌처럼 그렇게 끝없는 굴레가 된다. 풍선은 지금 전환점에 있다. 남편과 자식의 굴레를 벗어나는 것은 결국에는 모두를 위한 최선일 것이다. 용기가 필요한 옛 애인을 바라보자니 풍선의 주변이 원망스러워졌고 미지의 그들이 미워졌다.

“풍선아, 나는 와이프가 동료 변호사와 눈이 맞았어. 먼저 이혼을 하자고 당당히 말하더라. 버림받는 것에 익숙한 줄 알았는데, 괴롭더라. 쿨한 척하며 보냈지만. 시간이 지나면서 떠나게 한 게 나라는 것을 깨달았어. 와이프가 가해자인 것처럼 했지만 실상은 사는 동안 내가 가해자였던 거지. 인생사가 그래. 누구의 탓을 따지기가 좀 애매해. 먼저 깨닫는 사람이 혁명을 하면 되지. 삶이 뭐 그리 길겠니? 고통 받으며 살지 마라.”

“나는 겁쟁이였어. 변화가 너무 무서웠고, 세상의 시선이 너무 신경 쓰여.”

“풍선아, 네가 남의 일에 관심이 지나치다는 반증 아니겠어?”

“무슨 뜻이야?”

"네가 남의 일에 열린 마음으로 대할 수 있다면 타인들도 마찬가지지. 사람들은 자신의 마음에 비추어 세상을 판단하지. 네 마음을 바꿀 수 있으면 베스트겠지만, 우선 타인들은 생각보다 그리 너에게 집중하지 않는다는 것을 깨달았으면 해. 내 말을 믿어도 돼. 확실히."

"그래, 줏대 없이 살아온 내가 밉다. 그래서 이제라도 바뀌고 싶어."

"우리가 꽤 많은 나이야. 자신을 편하게 놓아 주자. 풍선아, 못나고 불완전한 우리를 위해 건배하자."

"그래, 건배."

풍선은 이혼을 결심했다. 포장하고 덮으려고만 했던 것은 잘못이었다. 이미 많이 늦었지만 포기하지 않기로 했다. 샌프란시스코의 밤이 시작되는 창밖의 풍경이 아름다웠다. 밝고 환한 도시의 밤이 오고 있었다. 진우와 풍선의 건배는 계속되었다. 도시의 밤은 껍데기는 검고 단단했으며, 속은 한없이 밝고 부드러웠다. 매력적인 도시의 밤이 깊어 갔다. 풍선은 숙소로 돌아오며 진우를 만날 수 있어서 정말 다행이었다고, 자신의 인생은 의미가 없지 않다고 되뇌었다.

웨딩숍이 어울리는 여자

로즈는 병실로 배달되어 온 꽃을 아주 오랫동안 바라보았다. 이름도 밝히지 못하고 꽃을 보냈을 연구를 생각하니 마음에 스산한 바람이 일었다. 그와 단절된 시간이 거의 반년이 되어 간다. 꽃에는 연구의 향기가 있었고 꽃송이마다 연구의 메시지가 담겨 있었다. 로즈는 울었다. 로즈의 이마에는 가냘픈 핏줄이 도드라졌다. 움푹 꺼진 눈에 가득 눈물이 차고 넘쳤다. 자신도 모르게 소리 내어 울고 있었다. 그의 목소리가 그리웠다. 함께 했던 시간은 언제나 아쉬웠고 짧았던 듯한데 이렇게 긴 그리움이라니. 세상의 모든 사랑은 비극임이 분명하다. 로즈와 연구의 사랑은 이별조차도 없었다. 결별의 선언도 없이 원망도 없이 오직 서로 그리움만으로 그렇게 흐르고 있다.

로즈는 40대 후반에 수술을 받았어야 했다. 결국 미루다가 육십이 다 된 나이에 암을 만들게 되어 자궁 적출 수술을 했다. 어제 이른 아침에 수술을 했다. 오늘 오전에 꽃을 보낸 것을 보면 연구는 로즈의 소식을 모두 챙기고 있는 것이다. 전화를 할 엄두를 못 내는 것은 두 사람이 똑같았다. 목소리를 듣게 된다면 서로 감당하지 못할 것을 잘 알아서였다. 불면과 음주와 눈물은 두 사람의 삶에 익숙한 주제들이 되었다. 언제 끝날지 모르는 고통의 바다를 표류하는 것은 지상의 가혹한 형벌이었다. 로즈는 이제 여성성을 잃고 더 이상 매력적인 존재도 아닐 터이지만, 두 사람에게는 성적인 매력을 초월하는 애정이 있었다. 세상에 대한 책임감도 꼭 그 애정만큼의 크기였으리라.

연구의 아내는 여리고 순했다. 단정한 용모에 지적인 여자였다. 연구를 하늘이라고 생각하며 살았다. 남편의 외도는 상상도 못 했다. 연구는 아내를 매우 아꼈다. 도무지 아내를 미워하거나 떨칠 만한 어떤 이유도 없었다. 안정되고 단란한 가정을 꾸리고 살았다. 연구의 고통이 더 심한 것도 그래서였다. 로즈도 남편의 사랑을 아낌없이 받는 여자다. 세상의 어떤 힘이 로즈와 연구를 만나게 하였으며, 어떤 계기도 없이 두 사람이 멀어져 있게 하는 것일까. 지금 두 사람은 애정과 책임감이라는 힘의 균형 사이에서 힘겹게 노력 중이다. 주변 사람들에게 상처를 주지 않기 위해 시간을 버티며 견디고 있다.

참았어야 했다. 몇 년 전의 그날은 없었어야 했다. 연구는 로즈에게 연락을 했던 자신을 후회했다. 그는 로즈에게도 아내에게도 죄인이었다. 로즈도 연구에게 응대를 하지 않았어야 했다고 후회하고 또 후회했다. 더구나 연구와 같이 자게 된 것은 너무도 큰 죄였다.

로즈는 태어날 때부터 죄인이었다고 스스로 생각했다. 엄마의 운명이 가혹한 것을 아프게 보며 성장했기에 인생에서 남자를 중요한 위치에 두지 않으려 했다. 로즈도 평탄치 못한 운명을 타고 난 것이 분명했다. 남편이 있는 여자가 두 명의 남자를 만났고 깊은 관계가 되었다. 정윤은 지워 버리고 싶고 깨끗이 잊고 싶은 기억이 되었고, 연구는 인생의 일부이며 로즈의 안에서 같이 살고 있었다. 어디서 무엇을 할지라도 연구는 한순간도 빠짐없이 로즈와 함께였다.

엄마가 보고 싶었다. 퇴원을 하면 엄마의 산소에 가 봐야겠다고 생각했다. 폐암으로 고통스러워하던 엄마를 끝까지 간호해 준 아저씨는 가 보고 싶어도 어디에 있는지 알지를 못한다. 장례식조차 참석할 수가 없었기 때문이다. 로즈에게는 참석의 자격이 없었다. 로즈에게 아저씨는 아버지나 다름없었고, 엄마가 돌아가시고 나서 아저씨가 떠나갈 때는 마치 친정엄마와도 같았다. 세상에는 할 수 없는 것이 많다. 말로도 할 수 없고 행동으로도 보여 주지 못하는 것, 가슴 찢어지는 한들이 너무 많다. 세상의 수많은 줄긋기는 누구를 위한 것일까?

로즈의 엄마로 인해 아저씨의 본래 가족들이 겪었을 고통을 생각해 보면 로즈는 엄마 대신 속죄의 삶을 살아야 할 것 같았다. 연구와 자신이 세상의 줄긋기를 어기면 연구의 가족과 로즈의 가족은 모두 고통을 받게 된다. 이미 수천 수만 번을 생각해 왔다. 죽는 날까지 끝나지 않을 그리움으로 사는 수밖에 없을 것이다. 로즈는 세상의 모든 사랑을 이해할 수 있을 것 같았다. 사랑은 시작과 끝이 다르지 않았다. 그것은 간절한 기다림일 뿐이었다. 사랑은 기다림이며 슬픔이었다.

병실 창으로 들어오는 겨울의 여린 햇볕이 꽃들 위에 내려앉았다. 햇볕이 잘게 부서져 작은 꽃들 한 송이 한 송이마다 곱게 정성스럽게 내려앉고 있다. 로즈는 새 힘을 얻고 싶었다. 회복이 되고 나면 무엇을 할까 생각했다. 오직 부바르디아로만 만들어진 꽃다발은 연한 핑크와 바이올렛, 화이트와 크림색, 연한 블루 등이 어우러져 청초하고 예뻤다. 마치 순결한 신부의 부케 같았다. 창밖을 보았다. 두터운 외투를 입고 종종걸음을 걷는 사람들과 나목들이 쓸쓸한 풍경을 만들고 있었다.

올해는 눈이 많이 내리지 않았구나. 춘천의 겨울이 생각났다. 두텁게 얼어붙어 무심하던 강과 매섭고 독한 겨울바람의 느낌이 가슴속으로 들어왔다. 로즈는 가슴 한복판에 가만히 손을 얹었다. 찬바람이 마구 일었다. 추웠다. 슬픔의 온도는 언제나 그랬다. 어쩔 수 없는 눈물이 또 흘렀다. 울지 않아야 하는 이유는 무엇일까? 왜 사람들은 울면 안 된다고, 울음을 그쳐야 한다고들 하는 건가. 마음껏 울 수조차 없는 것이 인생인가. 로즈는 슬픈 눈물을 흘릴 때 감정의 순도가 가장 높다는 것을 안다. 슬픔이 아닌 것이 심연에 가닿을 수 있다는 것을 믿을 수가 없었다. 문득 와인이 마시고 싶었다. 환자에겐 절대 금기이니 빨리 회복을 해야 마실 수 있다. 눈물을 닦고 손거울을 꺼냈다. 푸석한 얼굴에 흰머리가 많이 자랐다. 앞으로 염색을 아예 하지 않고 살면 어떨까 생각하며 거울을 보고 있는데 노크 소리가 들려왔다.

"자기야, 우리 왔어."

"로즈 씨, 어떠세요?"

유난과 비누가 병문안을 왔다. 풍선의 빈자리가 확 느껴졌다. 화려한 원색이 빠지고 무채색들만이 있다. 그들의 손엔 핑크색 인터레이 장미 다발이 가득했다. 로즈에게는 장미가 제일 잘 어울린다고 생각했을 것이다. 두 여자의 무채색은 꽃을 더욱 예뻐 보이게 했다. 부바르디아처럼 장미도 신부의 부케 같았다. 로즈는 꽃을 한참 바라보았다. 병문안을 위한 것으로 꽃보다 더 훌륭한 것이 없을 듯싶다.

꽃의 물성이란 참으로 오묘하다. 봉오리에서 만개, 시듦까지 제각각의 모습과 의미가 있다. '활짝 피다'는 말은 완성의 표징어이며 가장 아름다운 상태라고들 여긴다. 봉오리가 무한한 가능성이라면 시듦은 무너져 가는 것일까? 시들 수 있다는 것은 앞의 과정이 있었기에 가능하다. 처음부터 시들지는 못한다. 만개를 위한 애씀이 있었으니 찬란한 의미를 부여해도 되지 않겠는가. 로즈는 꽃을 바라보며 힘들고 고단했던 자신의 삶도 의미가 있을 것 같았다. 이루지 못한 사랑에 아픔만 있는 것은 아닐 것이다. 뭔가 의미 있고 성취감을 느낄 수 있는 일을 해보고 싶어졌다. 늦었다고 느낄 때가 가장 이른 때라고 하던데.

"어머나 부바르디아를 이렇게 멋지게 배색을 하다니, 어떤 멋쟁이가 보내신 거예요? 신부 부케로 만들면 참 좋을 거 같아요."

비누가 화가답게 부바르디아의 색감을 칭찬했다.

"나도 청초한 느낌이 좋아서 부케 같다고 생각했어."

"진짜 꽃 이쁘다. 로즈, 당신한테 어울린다. 당신은 웨딩드레스나 꽃이 어울리는 여자야. 전부터 그렇게 생각했지."

"아파서 누워 있다고 립 서비스로 위로하는 거야?"

"어머, 진짜. 저도 로즈 씨에게 웨딩드레스가 어울릴 거라고 생각해 왔어요."

"나보고 웨딩드레스 입고 시집 가라고? 이제 빈궁마마까지 되었는데?"

로즈는 평소 같지 않게 농담을 먼저 건네었다.

"큭큭큭. 그게 아니고 웨딩드레스 만지고 그런 거…… 웨딩숍…… 큭큭큭. 빈궁마마…… 그러고 보니 우리 세 사람 모두 빈궁이네요."

"풍선은 빈궁 아닌데…… 로즈, 풍선 소식 모르지?"

"풍선 씨, 보고 싶어요. 풍선 씨가 우리 집을 위기 탈출시켰어요. 쉽지 않았을 텐데요."

"울 남편이 그러는데, 풍선이 남편이 이혼한 뒤 동창 모임에 와서 새 인생을 찾은 것 같다고 하더래. 사업도 잘 풀리는 게 이혼을 해서 운이 트인다고. 결국 풍선을 탓하는 거잖아. 그지? 그 사람은 반성이 없더라. 파산이 임박했다던데."

로즈의 말을 들으며 유난은 맘이 편치 않았다. 풍선의 허풍 뒤에 감춰져 있던 외로움과 불안을 알고 있었기에 볼 때마다 안쓰러워했었다. 로즈는 유난의 얼굴을 물끄러미 바라보았다. 풍선과 가장 가깝게 지냈던 유난의 상실감을 알 것 같아서였다. 풍선은 아마도 한국에 오기 싫을 것이다. 비록 허풍선이 같았지만, 빈자리가 크게 느껴졌다. 로즈는 풍선의 질투가 그립기까지 했다.

"풍선 씨가 우리 집에 전화해서 자기 남편의 계획을 알려 주지 않았더라면 큰일 날 뻔했어요. 세상에는 악의적이고 고의적인 사람들이 정말 있네요."

"영화나 드라마가 바로 실상이야. 나의 삶과 다르니 공감이 되지 않아서 허구같이 느껴지지만 말이야. 인간은 참 복잡 미묘한 감정의 생명체야. 상상할 수 있는 일이란 것은 곧 실재할 수도 있는 일이라고 생각돼."

풍선이 있었다면, 유난에게 또 S대를 들먹였을 것이다. 밥질이나 언어생활에 S대는 정말 아무런 영향력이 없음에도 늘 그랬다. 그것은 편견과 착각이었다. 족쇄 같은 S대를 들먹이며 유난을 제지하여 같은 아줌마로 편히 머물자는 의도였다. 유난이 조금이라도 더 빛나면 자신들이 상대적으로 초라해 보일 테니까. 풍선은 남편의 거칠고 단조로운 언어와 욕설들에 익숙해져서 유난의 일상 언어조차도 언제나 부담스러웠던 것이다.

"가끔 병원에 입원해서 이렇게 한갓지게 누워 있어 보는 것도 좋겠다. 저렇게 예쁜 꽃들에, 지인들이 차례로 와서 관심도 보여 주고. 호호호."

"증말로 꽃이 너무 이뻐요. 부바르디아가 너무 비싸서 꽃집 아닌데서 이렇게 풍성하게 본 적이 없네요. 근데 꽃이 여려서 그런지 좀 빨리 시드니까 신경을 써 줘야 되겠어요. 아, 너무 너무 이뻐네."

"비누 씨, 퇴원하고 내가 부바르디아 많이 사서 자기 집에 한번 갈게. 요즘 작품은 잘되고 있지?"

유난과 비누는 조금 어색해졌다. 로즈가 타인에게 관심과 염려를 보이다니. 마음속을 알 수는 없었지만, 로즈는 언제나 말이 없었기에 차고 냉정한 분위기였다. 환자복을 입고 헝클어진 머리에 흰머리가 많이 올라온 로즈에게서 따뜻함이 느껴졌다. 언젠가부터 유난은 로즈에게 있던 방어벽이 무너지고 있는 것을 느꼈다. 풍선이 로즈의 외도를 의심하기 시작했을 즈음부터였다. 유난은 문득 잊고 있었던 로즈의 비밀이 궁금해졌다.

로즈에게 정말 비밀스러운 남자가 있다면 어떤 사람일까? 이 나이에 자궁을 없애는 수술까지 했으니 천하의 미인이라 해도 이제 한 풀 꺾일 수밖에 없는 것 아니겠는가. 유난은 로즈같이 멋진 여자에게 어울림직한 로맨스그레이를 떠올려보았다. 멋지게 늙어가는 한국 영화배우와 외국 영화배우들 중 누구라도 로즈와 멋지게 조화를 이룰 것 같았다. 멋진 로즈가 너무 늙어 버리면 유난은 아마도 서글플 것이다. 유난은 은근히 기대가 되었고 괜스레 자기가 설레는 것을 느끼고 멋쩍어졌다. 내가 차마 못 하는 일을 남에게 기대해보는 심보였다.

"자기 남편은 급하게 왔겠네. 뉴욕엔 다시 가겠네?"

"아니, 중요한 일 있을 때만 갈 거래. 베이스캠프를 서울 집으로 옮겼어."

"그래요. 로즈 씨, 정말 잘되었어요. 혼자 있으면 회복도 더디고 마음도 우울해질 수 있어요."

"뉴욕 일은 어떻게 하고?"

유난은 괜스레 로즈의 남편이 마땅찮게 여겨졌다. 자신이 머릿속으로 그리고 있는 소설에서는 로즈의 남편은 좀 더 늦게 나타나야만 했다. 유난은 속으로 그런 자신이 우스웠다. 나이가 들어 가면서 점점 철이 없어지는 것 같다. 유난은 로즈를 참 좋아하면서도 로즈가 사건을 일으켜 주었으면 하는 양가감정이 있었다. 로즈가 불행에 빠지기를 원한다든가 하는 감정은 절대 아니었으나 로즈의 탈선을 훔쳐보고 싶었다. 그런 것을 대리만족이라고 하는 건지도 모르겠다. 유난은 너무도 반듯하여 완고해 보이기까지 하는 자신의 삶이 싫었다. 다시 태어난다면 불량소녀로 태어나고 싶을 지경이었다.

"자기야, 나 퇴원하고 회복하고 나면 뭔가를 좀 해보고 싶은데……."

"로즈 씨, 왕비님께서 그런 말씀을 하시니까 좀 어색하긴 한데요…… 하고 싶은 일이 있어요?"

"아뇨, 이제 찾아봐야지. 너무 의미 없이 지겹게 살고 있는 것 같아."

"로즈 씨, 웨딩숍은 어떨까요? 어울려요. 상상해 보니 멋져요. 하얀 드레스들 사이에 로즈 씨……."

"근데, 자기야. 로즈가 이 나이에 복장학원에 다니며 고생스럽지 않겠어? 그쪽 일이 보기에는 화려하고 멋져 보여도 거의 노가다라고 하던데…… 중노동은 안 돼……너무 힘든 건 하지 마라. 빈궁마마 되고 나면 한동안 몸조리 잘해야 돼."

"아뇨, 바닥부터, 기초부터 하면 너무 힘들어요. 그냥 숍을 하는 거예요. 디자이너랑 전문 기술자를 고용하고요. 아마 수입 드레스를 많이 취급하게 되실 거예요. 로즈 씨 남편께서 멋지게 차려 주시면, 로즈 씨는 숍에서 우아하게 감각을 발휘하면서 얼굴마담 하는 거죠. 호호."

"그래, 로즈는 미인이니까 얼굴마담 그거하면 되겠네. 게다가 세

런된 멋쟁이니까…… 맞다. 그러면 딱이네.”

“그렇게 외양만 가지고 그러지들 마라. 오늘 꽃다발들을 보니까 신부들 부케 같더라. 너무 아름답지 않아? 근데 웨딩숍은 뭔가 의미도 있어 보이네. 비누 씨가 좋은 제안을 한 것 같아. 난 원래 웨딩드레스 좋아해. 다시 입지는 않을 거지만.”

“크크크, 뭐라고? 다시는 입지는 않을 거라고? 못 입는 게 아니고 안 입는대…….”

“어머, 자기야. 그러지 마라. 나는 딸도 없으니…… 자기는 딸 결혼시킬 때 한 번 느껴라도 보았지? 비누 씨도 아들만…… 쯧쯧.”

로즈는 외계에서 탈출하여 지구의 여자가 되어 가고 있었다. 이 변화는 어디에서 기인한 것일까? 풍선은 활기찬 분위기를 만들기는 했지만 진정성이 부족했다. 모두를 긴장되게 만드는 탓에 진심을 털어놓는다거나 의논을 하기에는 적당치 못했다. 풍선은 언제나 로즈를 시기하고 경계하면서 분위기를 주도했으니 로즈가 자신을 열어 보일 수가 없었을지도 모른다. 생각해 보니 그랬다. 모두가 느끼고 있었지만 어쩔 수는 없었던 것이다. 로즈의 희생이 컸지만 모두들 그러려니 하고 당연시했던 것이다. 풍선이 빠지자 세 사람 사이에 힘의 균형이 이루어졌다. 병실에 가득하게 퍼지는 평온함과 진심어린 대화의 온기가 좋았다. 진심은 조용하고 느리고 평화로웠다.

“뭘 해야겠다고 생각하니 갑자기 마음이 좀 바빠지네. 그것도 사업인데 준비할 것이 많겠지? 시간이 걸릴 텐데. 얼마나 더 살지 모르지만, 일단은 시작해 보는 걸로……. 비누 씨가 좀 도와줘. 그리고 자기는 남편에게 창업자를 위한 협조 부탁해 줄 거지?”

"사업은 자기 남편이 짱이지. 우리 남편은 당연히 도울 수 있는 건 다할 것이고. 근데, 자기가 갑자기 달라 보인다. 대단한 결심을 했네?"

"생각 중이었는데 비누 씨가 아이디어를 멋지게 낸 거지. 정말 좋은 아이템이야."

"내 마음이 왜 이러지? 로즈가 일을 시작하면 나만 뭘 해? 풍선은 언제 올지도 모르겠고. 영감쟁이 밥하는 것도 지친다. 밥하고 원수가 졌는지 세상의 밥은 다 먹어치울 기세로 평생을 먹어댄다니까. 아, 지겨워."

유난의 말에 두 여자가 웃었다. 유난은 밥이라는 단어를 입에 올리며 가슴이 답답해졌다. 무슨 숙명의 굴레라도 되는 듯 밥질에서 벗어나지 못하는 자신의 삶이 진부함을 넘어 미개하다는 생각까지 들었다. 그래. 졸혼을 해야 내가 산다. 로즈는 웨딩숍 창업을 한다는데 나는 졸혼을 하자. 어떻게든 벗어나면 길이 보이겠지. 남편이 퇴직을 할 때까지 기다린다는 건 어리석은 생각이었다. '얼마나 더 살지 모르지만'이라는 로즈의 말이 가슴에 꽂혔다. 하루하루가 소중한 나이가 되었는데, 무엇을 하고 있었던가? 누구를 향하는 것인지 알 수 없는 분노가 치밀었다. 분노로 몸이 뜨거워졌고 땀이 났다. 두 손을 꼭 쥐었다.

"로즈 씨는 우선 당장에 웨딩 관련 잡지를 많이 구독하셔야 해요. 그리고 우수한 인력을 영입해야 하니까, 헤드헌터에게 일단 의뢰를 하시고요. 간단하게라도 경영에 관한 기초 지식을 공부하시면 시작이죠. 가게 자리나 임대에 관한 부동산 업무는 남편분이 워낙 잘하실 테죠. 참, 관심 있는 숍을 답사하는 것은 기본이에요. 겁내고 걱정하면 할 일이 하나도 없어요."

비누의 말을 들으며 유난은 놀라웠다. 자신의 졸혼에 대해서도 비누에게 상담해 보고 싶을 지경이었다. 자신의 분야도 아닌데 어떻게 저런 조언을 할 수가 있는 것일까. 세상 사람들은 참 똑똑하고 대범하다. 무식하면 용감하다고 우길 수도 없는 상황이다. 유난은 손을 더욱 꼭 쥐었다. '나는 반드시 졸혼을 하고 밥질에서 벗어날 것이다.' 땀이 몹시 흐르고 있었다. 왜 이렇게 더운 거지? 유난만 그런 것 같았다. 유난은 이윽고 정신이 아득해지는 것을 느꼈다. 요즘 유난히 몹시 예민해졌다.

"아직도 아침 식탁 차려?"

"그렇지 뭐, 별 수 있어?"

로즈는 유난이 자극 받을까 봐 말하지 못했다. '왜 그렇게 살아?'라고. 로즈는 남편과 가사도우미가 차려 주는 밥상만 받았으니 도무지 이해할 수가 없었다. 비누도 역시 배가 고프거나 더 여유 있는 사람이 밥을 했고, 서로 나눠 먹는 즐거움이 있었기에 밥을 하는 것을 생활 속의 엔조이로 생각했다. 유난만이 세상에서 온전히 이해받지 못할 고통을 지고 끙끙대는 꼴이다. 30년이 넘도록 변함없는 이른 아침 밥질의 수고로움을 누구나 알 수 있는 것은 아니었다. 그녀에게 밥과 밥질은 무엇인가. 밥과 밥질이 삶의 구속이 된 배경은 무엇인가.

"언니는 하루에 밥을 몇 번 하세요? 점심은 당연히 안 하실 테고. 두 분 사시니까 훨씬 수월하지 않나요?"

"아침밥은 반드시 해야 하고, 저녁도 요즘은 대부분 집에서."

"아, 힘드시겠네요. 주어진 의무니까요. 반드시 해야 하는 일이란 건 결코 즐거울 수가 없죠. 어느 정도 융통성이 있어야 즐기기도 하고 그러죠."

"자기야, 저녁은 같이 외식을 해. 아침도 간단한 거 먹고. 삼십 년도 넘게 해온 일이니 지겨운 것이 당연해. 옛날에 자기는 애들 도시락도 많이 쌌잖아."

"급식이 있는데 왜 도시락을?"

"로즈랑 비누 씨는 이해 못 할걸? 애들이 대학 다닐 때 학교 앞에 숙소를 정해 놓고 공부를 했어. 제대로 못 챙겨 먹으니 밥을 해다 바쳤지. 지금 같아선 절대 못할 거 같아."

"이해가 돼요."

비누의 이해라는 말 한마디에 그녀는 울컥했다. 다른 어떤 말도 더 이상 필요 없었다. 이해라는 단 한마디에 감격했다. 빈우(貧友)는 정말 비누 같은 사람이다. 자신을 녹여 거품으로 모든 것을 씻어낸다. 대부분의 비누는 향기가 있다. 비누는 유용하고 향기롭기까지 하다. 저 여자의 넉넉함의 원천은 무엇일까. 과거의 상처를 가진 사람이라고 다 삶을 해탈하는 것은 아니다. 오히려 옹졸해지고 방어에만 능해서 까칠한 경우를 많이 보았다. 비누는 좀 달랐다. 예술가라서 그럴지도 몰랐다. 고단한 현실을 작품으로 승화시키면서 내면의 강도가 상승하는 것일까. 그녀는 비누가 갈수록 대단해 보였다. 처음 만났을 때는 꾀죄죄하고 초라한 외모에 기겁을 할 정도였는데 지금의 비누는 참으로 다르다.

“하기 싫고 불만이 생기는 일은 안 할 수 있으면 좋을 텐데요. 하고 싶은 일도 마음껏 할 수 있으면 좋겠고요. 아유, 어디 뜻대로 되기나 하나요. 세상사가 이겨내는 것 아니고 버텨내는 것 같아요. 자신의 의지대로 모든 것이 이루어질 것처럼, 그리고 의지대로 된 것처럼 다들 말하지만 아닌 거 같아요. 의지를 높게 평가하지 않으면 두렵거나 망설이지 않게 되지요. 느낌만을 믿고 나머지는 초월하는 어떤 힘에 맡겨요. 언니도 밥을 하지 않을 수도 있다는 마음이 자신을 괴롭히는 거 아닐까요. 그냥 어떤 날은 하기 싫지만 삶이 그런 거니까 넘어가고, 이제까지 해온 일이니까 하루만 더 참고 하다 보면 끝나는 날이 오죠. 밥을 하는 그날의 느낌만 언니 것이고 밥을 해야 하는 건 언니의 의지나 권한이 아니라고 생각해 버리면 분노나 갈등이 줄어들지 않을까요?”

비누는 풀어서 말하고 있지만 요약하면 겸손하라는 뜻이다. 이 여자는 천재인지도 모른다. 천지개벽이 되지 않고서는 유난 앞의 생이 달라지지 않을 것임을 꿰뚫고 있는 듯 말한다. 받아들이고 겸손히 살라는 것이다. 유난은 점점 더 더워졌다. 땀이 등골을 타고 흘렀다. 비누는 옳은 말을 했다. 그러나 세상에는 옳은 일만 있는 것은 아니다. 유난은 천지개벽을 꿈꾼다. 천지개벽을 하여 새로 태어날 것이다. 비누가 유난을 이해한다고 하면서 유난의 고통을 덜어주겠다고 하면서 자기처럼 비누가 되라고 한다. 비누는 졸혼을 어떻게 생각할까? 그녀는 갈등했다. 졸혼 얘기를 꺼내어 볼까 하고.

“자기들 뭐라도 좀 마실래?”

“그럴까요? 제가 카페에 다녀올게요.”

"냉장고에도 뭐가 많아. 열어 봐."

"커피가 너무 마시고 싶어서요. 언니는요?"

"나도 커피. 같이 안 가도 될까?"

"근데 환자분이 커피가 간절하시겠네. 어쩌죠? 커피 아로마 치료를, 호호."

비누가 커피를 사러 나가자 로즈가 말했다.

"비누네가 풍선이 남편에게 큰일 당할 뻔했어. 그지? 풍선이 어떻게 의리심을 발휘했을까? 뒤에서 비누를 헐뜯기만 했었잖아. 어쨌든 참 다행이야."

"풍선이 힘들게 버티고 살았지. 불쌍하더라. 비누네는 지금 가족들이 서로 아끼며 잘사니까 다행인데 앞으로는 힘든 일 없어야지. 풍선이 잘했어."

"풍선이 남편이 우리 남편하고 오랜 친구잖아. 풍선하고 결혼하기 싫어했대. 풍선이 시아버지한테 잘 보여서 결혼이 되었대. 두 사람이 모두 힘들었겠지. 결혼이 참 뭔지……."

"안 맞는 사람끼리 참으며 사는 것은 당연히 고통이고, 서로 좋은 듯해도 그리 긴 세월을. 생각해 봐. 참 대단한 의지로 버티며 결혼을 유지하는 것만으로도 위대한 업적이야. 누구나 다 그렇게 살지만 쉬운 일은 아니야. 인생에 있어서 결혼생활은 정말 위대한 업적이야."

"그렇지? 결혼이나 웨딩숍이란 게 아름다운 의미만 있는 것도 아니네. 그지?"

"무슨 의미만 따지고 사업을 하나? 그냥 할 일을 정했으니 하는 게지. 웨딩숍에 로즈가 있다고 생각하니 어울린다. 이미지가 마케팅의 중요한 요소 아닐까. 난 오늘 또 한 번 비누에게 놀랍더라."

"그치? 참 묘한 매력이 있지? 그래서 그림이 멋지나 봐. 비누 그림 좋더라."

"우리 남편도 비누 그림 좋아해. 비누 외모하고 너무 다르다고, 놀랍다고. 호호호. 비누가 눈에 켈로이드 땜에 고민을 많이 하던데……."

"세상이 공평한 것 같아. 좀 못생겼지만, 재주가 많고 성품이 좋잖아."

"조금 못생긴 게 아니지. 솔직히 심하게 못생겼지."

"그런가? 비누가 조용히 웃을 때 표정이 난 좋더라. 가식이 없는 편안한 미소가 사랑스럽더라."

"나도. 사람들의 느낌이 같네. 진심이란 게 그런 거겠지?"

비누는 종이컵 두 개가 담긴 포장 용기와 커다란 쿠키 두 개를 들고 들어왔다.

"비누 씨, 댕큐. 참, 로즈는 아직 식사 시작 못 했니?"

링거를 쳐다보며 유난이 말했다.

"점심으로 죽 먹었어. 도우미 아줌마가 갖고 왔더라. 앞으로 우리 집 일만 하기로 했어. 입주는 아니고 출퇴근."

"잘했네. 몸조리도 돕고, 그 아줌마도 오랫동안 의리가 있다, 그지?"

유난은 로즈의 곁에 있는 꽃들을 보며 커피를 마셨다. 꽃과 로즈의 흰머리와 겨울 창밖이 어우러져 만드는 풍경이 왠지 슬퍼 보였다. 사람이 나이가 들어 가면서 유쾌하려면 많은 에너지가 있어야 가능할 것이다. 나이가 들어 간다는 것은 힘이 들고 우울한 일이다. 그게 자연스런 것일 게다. 늙을수록 밝고 곱게 꾸미고 노력하라는 것은 누구를 위한 서비스인가. 늙음에게 또 하나의 부담을 주다니. 유난은 세상이 못마땅했다. 어느새 비어 있는 컵을 보며 한 잔의 커피가 언제나 모자라는 자신의 건강이 살짝 염려되었다. 또 땀이 났다.

로즈는 커피 향기에 기분이 좋아졌다. 비누의 말대로 아로마 치료가 되는 것 같았다. 커피를 너무 좋아하는 유난을 보며 커피를 닮은 여자라고 생각했다. 로즈는 유난이 언니 같은 분위기를 지닌 것이 좋았다. 그다지 푸근해 보이는 언니는 아니었지만, 올바른 사람의 까칠함이라고나 할까 그런 분위기가 있었다. 믿음직하고 위안이 되었다. 유난이 다섯 자매의 맏이인 것은 어느 자리에서나 교통정리를 잘하는 것으로 어쩔 수 없이 드러났다. 풍선은 그녀가 S대 출신이라서 교통정리를 잘한다고 했지만, 로즈는 그녀가 많은 자매들의 맏이라서 그렇다고 생각했다. 비누는 그녀가 지적 사유를 많이 하고 인품이 좋아서 그렇다고 생각했다. 유난에 대한 각자의 관점이 달랐다.

유난의 남편은 어떤 관점으로 그녀를 보는 것일까. 세상의 남편들은 자신의 아내들을 어떤 관점으로 볼까. 유난은 요즘 졸혼에 대한 생각에 사로잡혀 있다. 이혼을 하는 것은 생각할 수조차 없는 유난에게 졸혼은 솔깃했다. 이혼이란 단어는 떠올리는 것만으로도 불경스런 죄를 짓는 것 같았다. 이혼을 한다는 것은 불행의 상징이며,

인생의 실패라는 낙인이며, 인격의 미성숙이며 세상의 질서에 대한 배신이었다. 온갖 부정적인 의미를 다 갖다 붙여도 모자라지 않을 것이 이혼이었다. 왜냐면 결혼이라는 굳은 약속을 스스로 했기 때문이다. 제도는 변덕을 부리는 것을 쉽게 용서하지 않았다. 상품을 구매하는 조건에도 '고객 변심'이라는 것은 수용될 수 없는 항목이라고 명기되어 있지 않은가. 심지어 결혼!

남자 한 명과 여자 한 명이 맺어지는 결혼은 질서 유지를 위한 제도의 최고봉이다. 무수히 많은 불륜과 계약결혼, 축첩, 동거, 동성애, 혼인 빙자 간통 등은 제도의 뒤안길에서 언제나 결혼을 위협해 왔지만, 인류문화의 최고 산물인 결혼이라는 거대 산맥을 뛰어넘을 수 있는 자들은 많지 않다. 특히나 유난이 사는 이 나라에서 그런 무모한 짓을 자행한다는 것은 파멸의 지름길로 가는 것일지도 모른다.

유난은 이혼은 정말이지 두려웠다. 그런 유난에게 새롭게 다가온 졸혼이라는 것은 매력 그 자체였다. 생각만 해도 설레었다. 참 유치한 이유 같겠지만, 우선 아침밥을 하지 않아도 된다. 아니 아침밥뿐만이 아니라 먹거리 담당의 고통으로부터 완전한 해방이 될 수 있다. 상상만 해도 감동이 왔다.

하루에 세 끼를 챙겨 먹여야 한다는 틀을 깨는 것은 그녀에게는 식민통치하에서 해방이 되는 것만큼이나 큰 의미다. 죽어도 세 끼 식사만큼은 정확한 시간에 챙겨 먹어야 한다는 사람들이 싫다. 그들의 머릿속에, 몸속에 들어가서 새로운 생체 리듬이라도 만들어 주고 싶을 지경이다. 세 끼 식사는 관념이 아닐까. 그녀는 진저리가 났다. 제발 '밥질'에서 벗어날 수만 있었으면 좋겠다.

"차가 막히기 전에 출발해야겠어. 모레쯤 퇴원을 할 거지? 그 수술은 퇴원이 빠르더라구. 맞지?"

"응, 맞아. 와 줘서 고마워. 다들 조심히 가."

비누와 유난은 병실을 나와 주차장으로 향했다. 유난은 집에 가는 길에 백화점 지하 매장에 들러서 사야 할 것들을 머릿속에 정리했다. 저녁 밥질의 메뉴와 필요한 재료들을 하나씩 머릿속에 새기며 걸었다. 유난의 귀가는 언제나 백화점 식품관의 비닐 쇼핑 봉지와 함께였다.

비누는 깊은 시름에 잠긴 듯 생각에 빠져서 걷는 유난을 보았다. 수심이 가득한 얼굴을 보며 차마 말을 건넬 수가 없었다. 무슨 일이라도 있는 것일까? 두 사람은 묵묵히 차를 향하여 걸었다.

"비누 씨, 졸혼이라고 알지?"

"그럼요. 왜요?"

"나는 말야, 너무 너무 졸혼이 하고 싶어."

"아유, 언니가 왜요? 남편분이 자상하시고 언니는 시댁에 대한 부담도 없으신데…… 자녀들도 다 훌륭하게 키웠고…… 혹시 애인 생기셨어요?"

"그냥 지긋지긋해서. 혼자 홀가분하게 조용히 살아 보고 싶어."

"그럴 수도 있겠네요. 사람마다 원하는 생활이 다 다르니까요."

"결혼한 지 33년째. 아침에 일어나서 밥 차리는 거 하기 싫어서 죽을 것만 같아. 저녁에도 밥 시간 맞추어 푸닥거리는 것도 하기 싫고."

"언니, 정말 죄송한데요……."

"왜? 또 받아들이고 참고 살면 된다고 말할 거지?"

"아뇨…… 저…… 남편분도 아마 아침밥 먹고 출근하기 싫으실 걸요. 아마도요."

유난은 저도 모르게 화가 울컥 치밀었다. 실망이었다. 역시 사람은 입장이 비슷할 때 이해가 가능할 것이다. 괜히 말을 꺼냈구나 싶었다. 비누는 그녀의 밥질의 부담은 이해한다고 하더니 졸혼은 이해가 되지 않는 게다. 밥질이라는 것은 졸혼의 명분이 되지 못한다는 뜻일 게다. 밥질 뒤에 숨어 있는 수많은 사연들까지 이해 받으려는 것은 유난의 착각일 뿐이다.

"그래. 내가 괜한 말을 했지? 그나저나 로즈가 웨딩숍 하면 어울릴 게야. 정말 기대된다."

"네, 로즈 씨에게 웨딩숍은 인생의 제 2의 웨딩 같을 거예요."

유난은 생각했다. 내 인생에는 제 2의 웨딩 따위는 없다. 졸혼만이 내 삶에 남겨진 과제일 뿐이다. 어떻게든 졸혼을 할 수 있는 방도를 찾아야 한다. 아들놈의 결혼만 해결되고 나면 이혼인들 못 하랴. 유난은 또 땀이 났다. 한 번 흘린 땀은 몸에 남아서 쉽게 다시 땀샘을 자극하는 것 같다. 졸혼 문제만 생각하면 어김없이 땀이 흐르고 몸이 굳어졌다. 운전석에 앉기 전에 외투를 벗었다. 시원했다.

카레라이스

저녁 시간의 백화점 VIP라운지는 분주함이 가라앉고 들뜬 환호성도 없이 조용히 해안에 정박해 있는 배 같았다. 낮의 도도하고 뜨겁던 유람선의 열기는 침몰하고 없었다. 큰 유리창에 창밖 가로등의 불빛과 라운지의 실내 전경이 반사되어 찬란한 한 폭의 미술작품처럼 펼쳐져 보였다. 저녁과 낮의 차이가 너무도 확연하여 유난은 입구에서 잠시 주춤했다. 시내가 잘 내려다보이는 창가에 앉아서 카페 라떼를 주문했다. 저녁 7시의 풍경이 이렇구나. 유난은 로즈의 병실에서 모자랐던 커피를 기억하며 라떼를 천천히 마셨다. 이 시간에 집의 주방이 아닌 곳에서 혼자 앉아 있자니 익숙한 라운지였지만 어쩐지 이방인이 된 기분이다.

저녁의 라운지에는 나이가 지긋해 보이는 사람들이 더 많았다. 그들은 노부부인 듯하다. 음악 소리도 매우 조용하고 대화 소리도 조용조용하니 차분한 분위기다. 창밖으로 길 건너편의 상가들을 내려다보았다. 네 명의 여자가 갔었던 아귀찜 가게의 간판도 있다. 문득 풍선이 몹시 생각났다. 언제나 약속 시간보다 늦게 들어오면서도 전혀 미안한 기색도 없이 웃던 풍선이었다. 유난은 입구 쪽을 바라보았다. 눈에 띄는 화려한 차림에 뚱뚱한 몸을 흔들며 풍선이 금방이라도 들어설 것만 같았다. 풍선은 감추고 또 감추느라 몹시도 힘들었을 것이다. 애처롭다는 생각이 들었다. 그렇게 풀리는 인생도 있다는 것이 믿기지도 않고 이해할 수도 없지만, 풍선의 고통은 짐작이 되었다. 풍선이 언젠가는 유난에게 연락을 할 것이다. 아직은 때가 아닌 것일 게다.

유난은 비누에게 졸혼 얘기를 괜히 꺼냈다는 후회가 계속 마음에 남았다. 병원의 주차장에서 비누와 헤어져 돌아오는 길에 땅거미 내리는 겨울 도로가 무참해 보였다. 냉기만 남은 차갑고 차가운 아스팔트 위를 질주하는 차들이 냉혹하고 매정해 보였다. 아스팔트 도로가 마치 자신의 마음인 듯했다. 아무도 아껴 주지도 보호해 주지고 않고 당연한 듯 짓밟고 지나가는 도로일 뿐인 듯했다. 유난은 어디에서도 이해를 받을 수 없고 도움을 받을 입장이 못 되는 현실을 깨닫고 싶지 않았다.

밥이 하기 싫다는 것은 명분이 되지 못한다. 남편이 벌어다 주는 돈으로 속편하게 사는 여인네의 철없는 투정으로 치부해 버리는 사람들이 야속했다. 밥질 뒤에 숨어 있는 것들의 의미를 헤아려 줄 사람은 세상에 없을지도 모른다. 비누마저도 그랬지 않은가. 서러움이 밀려드는 가슴을 달래 보려고 라디오를 틀었다. 저녁 초입의 방송에선 언제나 센티멘털한 노래 일색이다. 더 서글퍼지기 싫어서 채널을 이리저리 돌려 보았다. 어디선가 남자와 여자가 열심히 사연을 읽어 주고 있었다. 남자와 여자가 서로 역할을 나누어서 실감나게 목소리 연기를 하고 있었다.

남편이 하루는 제 일터로 전화가 왔어요. 삼만 원만 자기 계좌로 빨리 입금해 달라는 거예요. 전 삼십만 원도 아니고 삼백만 원도 아닌 단 삼만 원을 입금해 달라는 남편의 전화에 너무 짜증이 났어요. 어디냐고 했더니 수원에 왔는데 식당에서 카드 결제를 하려니 잔고 부족이라는 거였어요. 너무 기가 막히고 억장이 무너져서 그냥 전화를 탁 끊어 버렸어요. 다시 전화가 왔어요. 차분하지만 안타까움이 묻어나는 비참한 목소리 그 자체였어요. 집에 가서 설명을 할 테니 우선 입금을 좀 해달라고 했어요. 할 수 없이 하던 일을 멈추고 인터넷 뱅킹을 했어요. 삼만 원을 부치려다가 저도 모르게 삼십만 원을 부쳐 버렸어요. 그리고 화장실로 뛰어갔어요. 소리 내어 펑펑 울었어요. 남편은 일 년 전에 실직을 했어요. 제가 너무 무심했던 거예요. 식당에서 당황했을 남편을 생각하니 가슴이 터질 듯했어요. 단돈 삼만 원을 입금해 달라니. 차라리 남편이 삼백만 원이라고 했더라면 그렇게 마음이 아프지는 않았을 거예요. 가장이 실직을 해서 경제적 곤란이 생긴 것에만 골몰하느라 남편의 어떤 것도 헤아려 주지 못했던 거예요. 전화를 받고 화부터 냈던 자신을 나무랐어요. 아직도 남편은 새 직장을 찾지 못했어요. 그날 이후로 매달 삼십만 원의 용돈을 입금시키고 있어요. '여보, 그동안 내가 너무 잘못했어. 미안해. 서두르지 말고 당신 마음에 드는 일자리를 찾아보자. 이제까지 버텼는데 조금만 더 힘내. 사랑해.'

진행자들은 삼십만 원이라는 돈은 요즘 물가에 비해서 그다지 풍족하지 못한 액수이지만 그 돈의 가치는 금액으로 따질 수 있는 것이 아니라며 부부를 위로했다. 유난은 가난한 부부의 사연에 가슴이 먹먹하고 코끝이 찡했다. 참 힘겹게 살면서도 서로를 위로하는구나 싶었다. 이어서 노래가 한 곡 나왔다.

'이 세상에 하나밖에 둘도 없는 내 여인아…… 내 사랑아…….'

광고가 나오고 또 다른 사연이 이어졌다. 70대의 노부모가 있는 40대의 시집 간 딸이 보낸 사연이었다. 진행자들은 참 실감나게 진행을 잘했다.

우리 친정 부모님은 평생을 부부 싸움을 하세요. 저희 4남매는요, 어릴 때부터 하도 부모님의 다툼을 많이 보고 살아서 원래 어른들은 그렇게 사는 것인 줄 알았더랬어요. 제가 결혼을 해서 시댁 부모님을 보고 놀랐지 뭐예요. 시부모님들은 모든 일을 대부분 같이 하세요. 목욕탕에 가실 때만 남탕과 여탕으로 따로 가시죠. 호호. 처음엔 낯설기까지 했어요. 새 며느리 앞에서 척하시는 게 아닐까 의심까지 들었죠. 두 분이 다투시기를 학수고대해도 그런 일은 안 생기더라구요. 반면에 제 남편은 친정 부모님을 보고 충격을 받았어요. 일상 대화도 시비조로 하는가 하면 이혼을 하자는 말을 밥 먹듯 하시니까요. 저는 남편에게 부끄러웠어요. 드디어 저희 집 늦둥이 막내동생이 작년에 결혼을 했어요. 친정엄마가 기다렸다는 듯이 이혼을 하겠다고 했어요. 아버지는 75세, 엄마는 76세입니다. 이제까지 참으셨으니 그냥 사시는 게 어떠냐고 옆에서 다들 말렸어요.

엄마는 자신의 소원이 단 하루만이라도 자유롭게 혼자 살아 보는 거라고 했어요. 죽기 전에 꼭 이혼을 하겠답니다. 아버지는 엄마에게 위자료를 한 푼도 줄 것이 없고 있다 하더라도 주지 않을 것이니 나가서 거지가 되라고 하십니다. 저희 남매들의 고민은 말로 다 할 수가 없습니다. 엄마를 달래는 것이 최선이라고 생각해서 졸혼이 어떠냐고 했지요. 졸혼에 대해 설명을 드렸더니 아버지에게 오만정이 떨어져서 호적상으로도 묶이고 싶지 않다고 하십니다. 오직 깨끗이 갈라설 것이니 이혼 절차를 밟아 달라고 부탁하십니다. 황혼에 이혼이라는 것이 자녀들 걱정이 없으니 간단할 줄 알았지만 쉬운 일이 아닙니다. 우선 경제적 문제가 크더라구요. 참 큰일입니다. 평생 우리를 위해 고생해 오신 엄마에게 저희가 경제적 책임을 져드릴 형편도 못되고 아버지가 혼자 계실 수 없으니 생활 전반을 책임져 드려야 하는데 보통 문제가 아닙니다. 두 분의 화해만을 기대하는데 어렵겠죠?

진행자들은 난감해 했다. 황혼 이혼의 문제점에 대해 다시 생각해 보게 되었다고 했다. 졸혼의 경우도 마찬가지로 경제적 문제가 선결 문제라고 했다. 이혼의 대안으로 떠오르는 졸혼의 개념도 모호할 뿐이라는 애매한 멘트로 마무리를 했다. 누구라서 시원한 해결책을 제시할 수가 있겠는가. 이어서 들려주는 노래의 가사가 참 우스웠다.

'밧줄로 꽁꽁 묶어…… 그대 사랑…… 꽁꽁 묶어…….'

익살스런 선곡을 한 연출자의 센스가 개그 수준이다. 그래. 결혼은 밧줄로 꽁꽁 묶는 일인가 싶다. 졸혼에 대한 정보라도 있을까 했지만 별 내용이 없으니 실망스러웠다. 이어지는 사연들은 인간사의 온갖 정감어린 얘기들이었다. 차창 밖은 엄동설한인데 사연들은 절로 마음이 따뜻해지게 했다.

아까 유난이 백화점에 도착했을 때는 지하 식품관이 제일 붐빌 시간이었다. 오늘 따라 마음이 어수선하고 갈피가 잡히질 않았다. 밥질 재료 사는 것을 잠깐 미루고 그냥 에스컬레이터를 타고 위층으로 향했다. 무엇에 쫓기듯이 한 층씩 자꾸 올라갔다. 에스컬레이터에 발걸음을 밀리며 남편에게 전화를 했다. 오늘 저녁은 외식을 하자고 할 참이다.

"여보, 내가 오늘 로즈 병문안 갔다가 좀 늦었어. 밥도 하기 싫고 같이 외식하자. 지금 백화점인데, 어디서 만날까?"

"어, 그래? 로즈 씨는 괜찮았어? 그냥 나는 근처에서 먹고 갈게. 당신도 편하게 해. 근데 쫑쫑이가 혼자 있어서 어떡해. 당신이 빨리 들어가서 맘마를 좀 줘."

쳇, 앉으나 서나 쫑쫑이 걱정이다. 옛날의 그녀가 아니다. 남편의 말 한마디에 신경을 써 가며 실행할 생각은 없다. 개가 혼자 있다고 죽기라도 해? 어쨌든 오늘 저녁은 운수가 길하다. 같이 만나서 가끔 저녁 외식을 하기도 하지만, 유난은 오늘 저녁에 혼자 있을 수 있는 자유 시간이 생겼다. 딱히 할 일이 있는 것은 아니지만 좋았다. 에스컬레이터를 타고 위층을 향하며 눈길로 여기저기 기웃거리다가 커피가 간절해서 라운지로 들어온 것이다. 의외로 라운지의 저녁 분위기가 괜찮은 것을 발견했다. 시간대가 가져다 주는 평온함만은 아니었다. 이미 경쟁이나 허세로 에너지를 낭비할 기력이 없어진, 그래서 편안해졌을 수도 있는 노년의 차분함이 만들어내는 공기가 흐르기 때문인지도 모른다.

창밖을 보니 버스정류소에는 추위에 옷깃을 여민 사람들이 가득했다. 신호등을 건너는 남녀 커플들이 많았다. 남자들은 여자들을 품에 꼭 끼고도 모자라서 거의 게걸음으로 걷고 있다. 저리도 좋을까. 저리도 좋은 게 당연하지. 유난은 아들보다 한참 어려 보이는 청년들을 바라보며 한숨도 쉬었다. 유난의 아들도 요즘 연애 비슷한 것을 하고 있다.

중매시장의 작태에 염증이 난 유난이 아들에게 제발 연애 좀 하라고 종용을 해댔다. 한 세 달 전쯤에 아들이 폭탄선언을 했다. 엄마의 주문대로 머리가 똑똑하고 키가 큰 여자이니 다른 어떤 조건에도 불만을 갖지 말라고 했다. 유난은 불안해서 아들에게 여자의 프로필에 대해 소상히 브리핑해 달라고 부탁했다. 아들은 집에 온 날, 저녁을 먹고 강아지와 놀고, 텔레비전을 보고, 컴퓨터에 앉아서 자료 검색을 하는 걸로 시간을 보내면서 좀체 여자에 대해서는 말을 꺼내지 않았다. 유난은 안달이 났다.

"얘, 일루 좀 와라. 어떤 여자야?"

"겁나 똑똑한 여자."

"야, 너 정말 일루 와서 앉으라니까?"

유난은 점점 불안해졌다. 아들은 회피하고 싶은 것이다. 그런다고 해결될 일은 아니다. 아들은 어릴 때부터 자신에게 불리하면 말을 하지 않고 슬슬 피해 다녔다. 이런 큰일이 생겼구나 싶으니 더욱 조급해졌다. 아들은 엄마가 한껏 불안이 고조되어 온갖 상상을 하여 지칠 때쯤이 적합한 타임이라고 계산한 모양이다. 매사에 서두르지 않고 관망하는 것은 유난을 닮았다. 남편은 성격이 좀 급했고 말이나 행동을 참지 않았다. 특히 배고픔을 절대로 참을 수 없어 하고 허겁지겁 밥을 챙겨 먹는 것도 성격대로였다. 하루 세 번 끼니때마다 배가 어김없이 고파지니 참 딱했다. 유난은 남편의 그런 모습이 진저리나게 싫었다. 자신을 밥쟁이로만 보는 것 같아서다. 어쩌면 남편은 식모가 필요해서 결혼을 한 것인지도 모른다. 유난은 아들이 아빠를 닮은 생체 리듬이 아니라서, 세 끼 식사에 연연해하지 않아서 참 다행이라고 생각되었다.

“너 정말, 얼마나 형편없는 여자이기에 빙빙 돌고 있는 거야? 어서 까놓고 말하지 못해?”

“생각하신 대로예요. 형편없어요. 무슨 상상을 하셔도 그 이하예요.”

“너 엄마 죽는 꼴을 봐야 정신 차릴래? 야, 이 자식아. 일루 와서 앉으란 말야.”

“아이참, 귀청 터져요. 그러니까 돌아가시지 않게 차라리 듣지 마세요.”

“야, 이놈아, 뭐라고?”

유난은 아들을 두들겨 패주고 싶었다. 서른 살도 넘은 녀석이 아직도 엄마 애를 태우다니. 부아가 치밀었다. 키가 작은 유전자를 물려준 남편의 아버지, 시아버지가 너무 원망스러웠다. 유난의 남편은 보통 키 이상은 되었다. 아들이 보통 키 이하라서 중매시장에서 등급이 떨어지는 것이다. 차마 아들에게 키에 대해서는 말할 수가 없었다.

“야, 내가 의대 가서 의사나 하라 했잖아. 공부한다고 고생은 바가지로 하면서 물리학자라고 누가 알아주기나 하나. 부모 말이라고는 안 듣지. 결혼도 니 맘대로 할 생각이지?"

너무 열이 나서 말을 뱉는 순간 유난은 아뿔사 했다. 쏟아버린 물이다. 너무도 귀한, 천재인 아들에게 할 말은 아니었다. 아들의 눈치를 보니 아무런 기색이 없다. 아들은 속으로 은근히 엄마의 약세가 반가웠다. 저런 식으로 몇 방만 터뜨려 주면 자신의 입장이 좀 나아질 것 같았다. 아들은 속으로 엄마가 키에 대해서도 말해 주기를 간절히 바랐다. 유난은 더 이상 실수를 할 생각이 없었다. 물리학자를 폄하한 자신의 속물 근성이 부끄러웠다. 세상이 야속했다. 그리고 아들에게 미안했다.

"미안, 솔직한 내 마음은 물리학자가 자랑스러워. 하도 다들 돈벌이를 따지니까 속이 상해서……."

"괜찮아요. 세상은 돌고 도니까 지금 최고로 보여도 언제 추락할지 모르는 직업도 있고 그렇지요. 물리는 아무나 하는 게 아니라서요. 제가 좋아하는 학문이니 전 행복지수가 높아요."

아들이 소파 쪽으로 어슬렁거리며 걸어왔다. 유난은 쿠션을 들어서 아들의 자리를 내주었다. 이렇게 밤톨같이 잘생긴 내 새끼를 키가 작다고 다들 거부하다니. 세상의 멍청함에 부아가 났다. 아들은 엄마의 마음을 다 읽고 있다. 언제나 여동생이 더 좋다고 하면서도 자신을 우선시했던 것을 기억한다. 엄마는 거짓말쟁이다. 엄마는 세상의 무엇보다도 내가 제일 귀하면서 가끔 원수라고도 하지 않는가 말이다. 원수라는 말이 얼마나 무시무시한 말인데. 결국은 내가 원하는 대로 될 것이다. 다만 과정이 지난하게 전개되겠지.

"나이 차이가 많이 나요. 8살 어려요."

"어려서 좋것네. 감당이나 되것냐?"

유난은 꼬인 말투로 되받았다.

"물리학과 후배예요. 아주 똑똑해요."

"키는 크다고 했지? 얼마큼 커?"

"169센티예요. 얼굴이 작아서 비율이 완벽해요."

"짜식, 재어 봤냐? 너도 비율 그런 거 볼 줄 아냐? 너보다 훨 크네."

유난은 여기까지는 흡족했다. 큰 키를 상상해 보니 좋았지만 다음에 나올 것들이 걱정이다.

"집이 많이 가난해요."

"얼마큼 가난해? 얼굴에 궁티라고 쓰였어?"

유난의 머릿속에 비누의 얼굴이 그려졌다. 그러면 정말 안 되는데.

"못생겼니? 못생기고 궁티도 나?"

"이쁘지는 않아요. 불쌍해 보이지는 않아요. 부티가 나지도 않아요."

"뭐야? 도대체 어떻다는 거야? 사진 있어?"

아들이 방에 가서 사진을 갖고 왔다. 유난이 예상했던 대로 못생기고 궁티가 나 보였다. 쯧, 아들의 안목이 한심했다.

"포토 샵을 했는데도 이래? 너무 못생겼다. 기대 이하 맞네."

"집안이 좀 복잡해요."

"그게 무슨 소리야? 어떻게 복잡해? 너한테 직접 말했어?"

유난은 가슴이 철렁했다. 사진 속 못생긴 여자의 표정이 우울해 보인다.

"아버지가 안 계셔요. 여동생과 남동생이 아직 어려요. 아르바이트를 엄청 열심히 해서 동생들을 돌보고 있어요. 엄마가 자주 아프대요. 그런데도 공부는 빼어나요. 천재예요."

천재라니, 거지 천재 소녀구나. 유난은 너무 기가 막혀서 소리라도 꽥 지르고 싶었다. 망할 놈의 자식, 귀하게 키웠더니 어디서 턱도 없는 여자에게 눈길이나 주고. 천재면 뭐해? 아버지도 없고 소녀가장이라는데. 우리 집이 무슨 자선사업이라도 해야 돼? 유난은 아무 말도 하고 싶지 않았다. 서로의 감정이 어떠하며 어떻게 만났느냐는 따위의 질문은 의미도 없었다. 열이 나서 냉장고를 향해 내달았다. 쫑쫑이가 발에 걸렸다. 깨갱 하고 개가 놀라며 울부짖었다.

"이 영감탱이는 오늘은 왜 이렇게 늦어? 일찍 와서 개새끼나 챙길 것이지. 집안 꼴이 어찌 되려고 다들 하는 짓이…… 쯧쯧."

유난은 냉장고를 열고 냉수를 따랐다. 마시려다 컵을 다시 내려놓고 위스키를 작은 스트레이트 잔에 따랐다. 단숨에 한 잔을 마셨다. 술병과 술잔을 들고 서재로 가서 문을 잠갔다. 헤드셋을 쓰고 음악의 볼륨을 높였다. 세상을 잠시 떠나고 싶었다. 안마의자에 몸을 묻고 눈을 감았다. 문 밖에서 아들은 노크를 했다. 유난에게 들릴 리가 없다. 아들은 옷을 입고 가방을 챙겼다. 현관을 나설 때 쫑쫑이가 짖었지만 유난은 듣지 못했다.

다음날, 유난은 일찍 중매쟁이에게 전화를 했다. 비용은 걱정하지 말고 될수록 많은 여자를 보여 달라고 했다. 그날 이후 많은 선 자리를 소개받았다. 번듯한 일등 신붓감을 제외한 그 다음 자리들이거나 아예 결함이 있는 자리였다. 신붓감의 학벌이 많이 떨어지거나, 학벌이 좋으면 인물이나 키가 부족한 경우였다. 더러 돌싱(결혼했다가 이혼을 하고 다시 싱글로 돌아옴)도 있었다. 요즘은 돌싱이 그다지 흠이 되지 않는다고 중매쟁이가 말했다. 유난은 아들이 중매시장에서 일등이 못 된다는 사실이 뼈아프게 느껴졌다. 그래도 천재 소녀 가장보다는 낫지 않을까 싶었다.

아들과는 뜻이 맞지 않는 상태였기에 유난은 혼자서 열심히 비교하고 골랐다. 쉬운 일이 아니었다. 옛날 친정엄마가 생각났다. 다섯 자매의 혼사를 얼마나 힘겹게 치렀을까. 이제야 그 노고를 알 듯하다. 맏이인 그녀와 막내는 11살 차이가 난다. 친정엄마에게 자랑스러운 딸들이 손해를 보는 결혼은 상상도 할 수 없는 일이었다. 쉼 없이 지치지 않고 중매쟁이와 조율을 했다. 친정엄마는 언제나 큰소리를 떵떵거리며 우위에 있었다. 친정엄마의 노하우가 쌓여 가면서 점점 아래 동생들의 혼사는 빛이 났다. 유난은 친정엄마처럼 떵떵거릴 수 없는 처지다. 유난의 딸은 알맞은 상대를 만나서 잘살고 있다. 유난은 차라리 딸과 아들의 키가 바뀌었으면 좋았을 것이라고 가끔 어처구니없는 생각도 했다. 사돈집에서 딸의 큰 키를 마음에 들어했다는 것을 잘 알고 있으면서도 말이다.

유난의 속상함을 알게 된 딸이 자신의 대학 동기를 소개했다. 딸의 대학 동기는 키도 컸고 성형을 잘해서 이목구비도 또렷했다. 꽤 유명한 상표의 식품가공업을 하는 제법 부잣집 딸이었다. 유난의 딸이 학창시절에 본 친구 중에 성격도 제일 좋았다고 했다. 유난이 보기에는 좋은 조건이었다. 근데 딸이 머뭇거리며 돌싱이라고 했다. 결혼 후에 바로 미국으로 가서 3년을 살고 이혼을 했다는 거다. 유난은 기분이 매우 나빴고 찜찜해서 안 되겠다고 했다. 딸에게 괘씸한 마음이 들었다. 오빠를 뭘로 보냐며 호통을 쳤다. 유난은 이래저래 자식들과 좋지 못한 관계가 되어 속이 많이 상했다.

서운한 마음을 달래갈 무렵에 중매쟁이가 또 돌싱을 권했다. 딸의 친구보다 못한 조건이었다. 딸은 어차피 엄마 세대처럼 순결한 여자는 없다고 했다. 결혼에 한 번 실패를 했다고 인생을 영영 포기하는 것은 억울한 일이라고 항변했다. 유난은 기가 막혔다. 아들에게도 돌싱에 대해 물어보았다. 아들은 자기가 돌싱이 될 수도 있는 일이라며 큰일 아니라는 듯 말했다. 유난은 남편에게도 물어보았다.

"돌싱은 돌싱끼리, 초혼은 초혼끼리, 재혼은 재혼끼리 하는 게 제일 낫지. 같은 조건이면 문제가 없겠지. 웬 쓸데없는 질문이야?"

유난과 같은 생각인 것이다. 세상이 변하여 온갖 가족 형태가 존재하는 세태라고 하여도 보편적인 룰이 있지 않겠는가 말이다. 보편적인 상식이란 것이 엄연히 있을진대, 어찌 초혼인 남자에게 돌싱 여자를 권할 수가 있을까 싶다. 있을 수가 없는 일이다. 유난은 남편에게는 아들의 얘기를 차마 할 수가 없었다.

유난은 돌싱을 소개받은 것에 대해 처음에는 무시당하는 것 같아 화가 났고 어이가 없었다. 그다음엔 상식이 무너져 가는 세상이 한심했다. 거기에 편승하는 자신의 아들과 딸이 믿기지 않았고 실망스러웠다. 다음에는 대 혼란이 왔다. 혼란스러움은 두려움과 함께였다. 엄청나게 변화된 세상 속에서 남은 생을 온전히 버틸 수나 있을까 싶었다. 드라마 속에나 있음직한 온갖 일들 중의 하나가 자신의 삶에 일어났다. 드라마는 갈등이 필수 요소라서 극적인 관계 설정을 끝없이 해댄다. 유난의 삶은 현실이다. 드라마처럼 극적인 반전이나 공공의 이익을 위한 인류애를 발휘해야 할 이유도 없다. 그렇지만 유난이 살아오며 깨달은 바에 의하면 인간이 상상을 할 수 있는 일이란 것은 결국 실현이 되고 말았다. 시차를 두고 기어이 그렇게 되는 것을 체험했다. 그래서 유난은 두려웠다. 전환기의 혼란 속에 서 있는 자신을 명확히 인식할 수가 있었기 때문이다.

아들은 결혼을 서두르지 않겠다고 했다. 그러니 엄마도 서두르지 말고 중매쟁이도 찾지 말라고 했다. 아들의 주장을 듣고 보니 일리가 있었다.

"엄마, 인간의 평균 수명이 길어졌어요. 점점 만혼이 되어 가는 것도 같은 맥락이에요. 그리고 삶이 길기 때문에 변화를 많이 겪을 수밖에 없지요. 그래서 이혼을 흠이라고만 할 수 없어요. 참고 사는 건 너무 가혹하잖아요? 결혼을 쉽게 하는 사람은 없어요. 이혼도 마찬가지예요. 어려움을 감수하면서도 하는 데는 이유가 있는 거예요. 누구라도 운이 없으면 맞지 않는 결혼을 하고 후회할 수가 있는 거예요. 헤어지는 게 미래를 위해 더 낫죠."

"야, 그러다가 너도 나도 이혼을 해대면 우짜냐? 열정이나 사랑은 식기 마련인데, 책임감도 없이 싫증났다고 이혼을 해대기 시작하면 세상이 우찌 되겠어?"

"엄마는 인간이 무슨 짐승인 줄 아세요? 인간은 가치를 추구하는 신성한 존재예요. 너무 단순한 예인지는 모르겠지만요, 서양 사회를 보세요. 이혼이 그렇게 성행을 해도 사회질서가 무너지지 않았잖아요. 책임지는 자세가 더 중요한 것 같아요. 옛날 축첩의 시대에 남자들이 자행했던 만행을 생각해 보세요. 남자라는 지위를 악용하지 않았다고 누가 말할 수 있어요? 인간에 대한 예의가 없는 제도였지요. 그보다는 책임질 만큼 지고, 운명적인 로맨스도 추구하는 것이 인간다워요."

아들은 똑똑하다. 아들은 남자이지만 편파적이지 않다. 아무리 보아도 남편보다 잘난 아들이다. 식사도 하루 세 끼에 목숨 걸지 않는 멋진 내 아들이다. 이렇게도 멋진 내 아들의 여자는 어디에 있는 걸까. 미지의 여자에게 부러움이 일었다.

아들 생각에 골몰하는 새에 라운지 창밖이 깜깜해졌다. 7시 30분이다. 유난은 일어섰다. 화장실에 들르고 거울 앞에서 머리를 한번 매만졌다. 에스컬레이터를 타고 아래로 또 아래로 내려갔다. 대부분의 쇼핑센터나 백화점은 맨 아래층에 식품관이 있다. 그 이유는 냄새나 운반, 위생 등의 여러 가지 편의성을 고려해서였다. 유난은 그것이 마치 인간의 맨 밑에 있는 가장 원초적인 욕구의 위치로 여겨졌다. 생체이니 반드시 먹어야 했다. 먹어서 생성되는 에너지에 기반해 세상에 존재할 수가 있다. 참으로 신성하고 중요한 일이다. 밥질을 담당하는 자신에게 상이라도 주어야 할까.

지하 식품관에는 아직도 사람이 제법 많았다. 유난은 조리된 음식을 파는 곳을 기웃거렸다. 평소에 자신의 구매 품목이 아니라고 생각하며 설핏 지나치기만 했다. 놀라웠다. 상상할 수 있는 반찬이란 것은 거의 다 있었다. 퓨전에다 웰빙에다 절묘하게 조화를 이룬

재료로 만들어진 반찬들. 심지어 갓 지어서 김이 나는 밥의 종류만 해도 수십 가지였다. 밥질의 달인이 마주하기에는 맘이 편치 않은 풍경이었다. 자신의 진부하고 알량한 홈메이드의 자부심이 상처를 받는 순간이었다. 씁쓸한 마음으로 지나쳤다. 정육점을 향하다가 유난은 다시 반찬가게로 발길을 돌렸다. 마감시간이라 덤까지 있었다. 어느새 유난의 쇼핑카트엔 반찬통이 수북이 쌓였다. 카트를 밀며 지나는 길에 즉석 조리식품을 파는 곳이 있었다. 유난스레 예뻐 보이는 젊은 청년이 앞치마를 하고 시식을 권했다. 유난은 시식은 하지 않고 3개가 묶음으로 되어 있는 그것도 카트에 담았다.

유난의 마지막 코스인 식품관에 들렀으니 집에 가야 할 차례이다. 겨울이라 여름보다는 서두르지 않아도 된다. 푹푹 찌는 여름날의 식품은 빨리 옮겨서 냉장고에 넣어야 하니까 언제나 부리나케 서둘렀다. 유난은 다시 마음의 여유를 확인했다. 오늘은 저녁 밥질도 휴무다. 천천히 느긋하게 주차장을 걷고 차문도 아주 느리게 여닫으며 여유로움을 온몸과 마음으로 느껴 보고 싶었다. 자주 가질 수 있는 기회는 아니다. 그렇다고 지금 딱히 할 수 있는 일이나 하고 싶은 일이 있는 것도 아니다. 운전석에 앉아서 할 일을 생각했다. 집에 가서 비닐 쇼핑 봉지를 정리하고 피트니스까지 걸어가서 운동과 사우나를 하자. 돌아오는 길에 집 앞의 팝에서 맥주를 한잔 시키고 앉아서 혼자임을 느껴 보자. 남편이 같이 가겠다고 하면 딱 잘라서 거절하자. 마치 대단한 인생의 계획이라도 세우듯이 비장하게 마음을 다졌다.

유난이 현관을 열고 비닐 쇼핑 봉지와 함께 집에 들어서는 순간,

남편의 갈색 구두가 현관에 떡하니 있었다. 그녀의 기분은 조건반사를 했다. 툭하고 바닥에 떨어졌다. 쫑쫑이를 안은 남편이 눈앞에 다가와 섰다.

“쫑쫑이를 어두운데 혼자 두지 말라 했잖아. 왜 이렇게 늦게 들어왔어. 전화한 지가 언젠데. 어디 있었어?”

“어디 있었으면 왜? 두어 시간밖에 안 되었는데. 뭔 간섭이야?”

“쫑쫑이는 내가 방금 간식 주었어. 근데 내가 밥을 못 먹었어. 지금 챙겨 볼까 하던 중이야.”

뭐라고? 너무 화가 치밀어 어떤 대응도 하고 싶지 않은 그런 상태를 아는가. 말없이 주방으로 향했다. 머릿속엔 사 가지고 온 반찬들이 많으니 식탁은 차고 넘칠 것이란 생각이 떠올랐고, 가슴엔 뜨거운 불길이 활활 탔다. 들고 온 쇼핑 봉지를 패대기라도 쳐버려야 마땅했다. 그녀의 몸에서는 땀이 흘렀다. 뜨거운 불을 안고 수증기를 뿜어 대며 그녀의 몸이 연소라도 되는 듯했다.

“당신이 준비도 없이 귀찮을 텐데 그것 있잖아. 간단하게 카레라이스나 해줘. 저번에 참 맛있게 먹었어.”

간단하게라는 말이 쇠망치 같았다. 가슴이 무참하게 짓내려 앉았다. 분노의 눈물이 왈칵 나오려 했다. 접시 하나에 담겨 있었으니 간단해 보였으리라. ‘밥 먹고 온다고 했잖아?’라고 따지는 말조차도 하기 싫었다. 쇼핑 봉지에서 3개로 묶인, 진짜로 간단한 즉석 카레라이스를 꺼냈다. 전자레인지에 돌려 주는 서비스까지 할 뻔했다. 유난은 남편에게 즉석 카레라이스 상자를 건네주고 서둘러 집을 나왔다. 쫑쫑이가 남편의 품에 안긴 채 극성맞게 짖어댔다.

맥주 마시는 밤에, 카레라이스

피트니스에서 돌아오는 길에 꼭 팝에 들러 맥주를 마시리라. 그리고 졸혼을 반드시 해야겠다. 이 지긋지긋한 밥질의 굴레를 벗어나야만 즐겁게 살 것 같다. 가로등이 추위를 견디느라 파리하게 떨고 있는 길을 유난은 땀을 줄줄 흘리며 걸었다. 길모퉁이를 돌며 외투를 벗었다. 시원했다. 목적지는 익숙한 피트니스이고 매번 다니는 길이건만 그녀는 마치 낯선 길에 들어서는 것처럼 이상한 기운을 느꼈다.

"유난아, 춥다. 외투는 왜 벗어? 감기 걸린다."

유난은 깜짝 놀랐다. 어느새 남편이 그녀 옆에 섰다. 외투를 다시 유난의 어깨에 얹어 주며 어깨를 안았다. 스르륵 어깨에 얹히는 남편의 팔도 마치 다른 남정네의 것만 같았다. 그것은 얼음이 가득 채워진 컵에 음료를 따를 때 얼음을 타고 흘러내리는 액체의 흐름과도 같은 느낌이었다. 이질적인 두 물질의 접촉 같은. 유난은 머릿속이 혼란스러웠다. 이 남자가 정말 유난과 삼십 몇 년 전에 몇만 볼트 이상의 전기를 통하며 살았던 그 남자가 맞는가. 유난 부부가 젊었을 때 나이든 사람들이 하던 말—"나이 들어 봐라. 아무런 감동도 없고 내 살인지 네 살인지 모르는 날이 온다."—이 생각났다. 그런 상태는 좋은 감정일 때 느끼는 것이다. 내 살인지 네 살인지 알 수가 없다는 건 하나이기 때문이다. 수많은 부대낌과 출렁임을 이미 다 겪었고 그 어떤 경계도 필요 없어진 진정한 평화, 그것은 노년에 받을 수 있는 인생의 고귀한 선물이리라. 유난은 지금 자신의 위치는 어디쯤일까 하는 생각에 잠깐 먹먹해졌다. 눈앞에 매캐한 무엇이 순식간에 지나간 듯도 했다.

"화났어? 내가 밥 먹고 온다고 해놓고선 밥 달라고 해서?"

유난은 대답을 하지 않았다. 소리 내어 어떤 말도 하고 싶지 않았다. 어깨에 얹힌 낯설고 어색한 느낌에만 신경이 집중되었다. 잠깐 사이에 땀이 식어서 어깨에 걸쳐 있는 외투 사이로 찬바람이 새어 들어와 오한이 일었다. 유난의 오한을 느낀 남편이 외투에 팔을 꿰어 주었다. 하나, 둘, 셋, 단추도 잠가 주었다.

"우리 유난 여사, 까칠 여사가 화가 나쪄서 어쩌징? 어케 풀어 주야되징?"

남편은 쫑쫑이에게 하듯 귀여운 말투를 흉내 냈다. 유난은 슬그머니 웃음이 나올까 걱정이 앞섰다. 마음과 다르게 곤란한 상황이 될까 봐 유난은 어금니를 꽉 물었다.

"왜 이래? 내가 쫑쫑이야? 당신 사랑 쫑쫑이한테나 가셔!"

"유난아, 우리 저기 펍에 가서 맥주나 마시자. 안주로 밥을 대신하고. 어때?"

그러면 그렇지. 맥주가 아니라 끼니를 때우려는 거겠지. 유난은 갈등이 일었다. 배가 고플 남자를 생각하니 안쓰럽기도 하고, 혹여 지금 기분으로 마주앉아 말다툼이라도 하게 될까 염려도 되었다.

"자, 우리 까칠 여사, 들어가자."

남편이 유난의 어깨를 감싸며 팝의 문을 밀었다. 유난은 남편의 시장기가 염려되어 못 이기는 척 떠밀리며 가게로 들어섰다. 고급 아파트 단지에 위치한 팝은 깨끗하고 음악도 조용했다. 작은 사이즈의 예쁜 팝아트 액자들이 한쪽 벽에 가득 차 있고 그랜드피아노 옆에는 이름은 알 수 없지만, 유명한 조각 작품이 있었다. 미술에 관심이 많은 주인일 거라고 짐작했다. 디저트 바까지 있으니 풍요로워 보였다. 디저트 바에는 자동 에스프레소 머신도 있었다. 유난 부부처럼 부부 단위로 앉아 있는 손님이 많았다. 남편이 자리를 잡고 유난에게 의자를 빼어 주며 서비스를 했다.

"왜 이러실까? 쫑쫑이한테나 쏟을 정성을 왜 나한테? 무슨 일이라도 있어?"

"아냐, 그냥 당신이 힘들어 보여서. 같이 맛있는 것 먹자. 맥주도 몇 가지 마시고."

"당신이나 많이 먹어. 나는 운동가는 길이었잖아."

유난은 퉁명스레 말하면서도 메뉴를 열심히 살펴보았다. 남편이 좋아하는 것이 있는지를 보는 것이다. 좀 전까지 밥질을 저주하고 졸혼을 다짐하던 유난은 어디로 갔을까. 식당에서조차도 주도적으로 메뉴판을 챙기는 이 여자의 본질은 식모다. 옛 궁궐이었다면 무수리나 찬모였겠지. 아니 좀 더 높은 수라간 상궁쯤일까. 유난의 입에서 기어이 웃음이 새어 나왔다. 밥쟁이 아줌마가 할 수 있는 사고의 한계가 참 지지리도 궁상맞아서 실소를 하는 것이다.

"어머나, 이 집에 나가사끼 우동도 추가되었네. 당신이 국물 좋아하니 딱이네. 철판스테이크와 나가사끼 우동, 오케이?"

유난은 좀 전까지의 감정 상태를 잊고 먹거리 담당 본능이 시키는 대로 행동하고 있다. 남편의 의향을 묻다가 불현듯 깨닫고는 스스로 머쓱해졌다.

"아니, 뒷장에 카레라이스도 있잖아. 난 카레라이스 먹고 싶어."

유난은 기가 찼다. 기어이 이 남자는 오늘 그 간단한 카레라이스를 먹어야만 하나 보다. 집에 던져 놓고 왔을 즉석 카레 생각이 났다. 진짜로 간단한 그것을 건네준 게 살짝 미안해졌다.

"당신이 만들어 주는 카레라이스가 최곤데……. 우리 유난 여사는 일류 요리사니까."

꽥하고 소리를 지를 뻔했다. 남편은 칭찬이라고 하는 말일 테지만 유난에게는 자극적인 단어다. 요리사라니. 유난은 감정 조절이 필요해서 호흡을 크게 한 번하고 허리를 곧추세웠다. 갑자기 자신도 카레라이스가 먹고 싶어졌다. 얼마 전에도 남편만 카레라이스를 먹었고 남은 것은 냉동실에 넣어 두었다.

"나도 카레로 먹을래."

"그러자. 강황이 몸에 좋대잖아. 먹고 나서 맥주랑 과일 먹자."

종업원을 불러 주문을 했다. 종업원은 두 사람이 두 그릇을 시키시면 배가 불러서 맥주를 마시지 못할 수도 있으니 한 그릇만 시키는 게 어떻겠냐고 했다. 맞는 말이라 그러자고 했다. 잠시 후 카레라이스는 아주 멋진 소스 보울과 접시, 스푼도 특이한 것으로 세팅이 되어 나왔다. 시각적으로 너무 훌륭했다. 유난은 기분이 좋아졌다. 행복감마저 느껴졌다. 유난과 남편은 시선이 부딪쳤다. 유난은 자기도 모르게 미소 띤 얼굴이 되어 있었기에 유난의 남편은 안심이 되었다. 남편은 유난의 접시에 밥을 덜어 주고 소스도 뿌려 주었다. 딸려 나온 샐러드 채소도 유난의 앞으로 밀었다. 유난은 흡족했다. 카레라이스는 맛있었다.

"풍선 씨가 없으니 당신이 요즘 골프를 통 안 가는 것 같네? 그래서 우리 유난 여사가 점점 더 예민해지는 거 같은데? 풍선 씨는 잘 지내나? 소식도 없지? 풍선 씨 남편은 지난주에 구속되었어. 여기저기 저지른 게 많더라구. 그 나이에 고생스러울 텐데. 인생 끝난 거나 마찬가지지. 안됐어."

"그러게. 당신도 그 집 일에 관련된 거 있지 않아?"

"아, 옛날에 다 했던 일들이야. 그 집 잘 돌아갈 때."

"다행이네. 풍선이 언젠가는 오겠지. 애들이 참 걱정된다, 쯧."

"참, 로즈 씨는 상태가 좋은가 보던데? 남편이 퇴근 전에 전화를 했더라구."

"응, 떼어냈으니 회복해서 잘 관리하며 살면 되지, 뭐. 그 정도는 별일 아냐."

"로즈 씨 남편이 그동안 마음고생이 심했나 봐. 오늘 통화를 꽤 길게 했어. 한잔 하고 싶었나 본데 오늘은 내가 내키질 않아서……."

"왜? 자궁암이 뭐 그리 죽을병이라고. 그 사람 자기도 한의사이면서."

"그게 아니고……."

"왜? 로즈가 다른 데도 안 좋아?"

"당신은 알았어? 로즈 씨가 남자 있는 거……."

"뭐……? 로즈 남편이 그래? 어떻게 그런 말을 당신한테? 나도 감만 있었지 잘 몰라. 근데 누구야?"

"그게……."

남편은 곤란한지 숟갈을 뜨다 말고 물을 마셨다.

"오늘은 말이야, 정말 혼돈스럽다. 지금부터 차례대로 당신한테 말하겠지만, 하루가 어떻게 지났는지도 모르겠어. 사무실 앞에서 식사를 하고 온다는 게 그냥 깜박하고 집까지 와 버렸지 뭐야."

"세상에나, 당신이 밥 먹는 걸 까먹어? 두식이가 뭔 일이 있긴 있었나 보네."

유난은 남편이 밥을 먹지 않고 집에 온 이유를 알게 되자 좀 미안했다.

"두식이가 누구야?"

"일식 씨, 두식이, 삼식이 새끼…… 한창 유행했었잖아."

"맞네, 내가 두식이네. 허허……."

"로즈 남편은 알고 있으면서도 세상에나 혼자 고민만 했대? 근데 상대가 누구야?"

유난은 남편을 다그쳤다. 맛있게 먹던 카레라이스의 맛이 갑자기 맹해졌다.

"당신은 모를걸? 한의원 본원의 부원장이래."

"아! 역시 그랬구나. 풍선이 예리했네."

"풍선 씨는 알았어? 오래되었다던데?"

"로즈가 변했다고, 이상하다고 그랬지. 아무래도 부원장하고 바람난 것 같다고."

"로즈 씨 남편 말이야, 짐작했지만 그릇이 큰 친구더라. 풍선 씨 남편한테 도움도 많이 주었더구먼. 손해가 컸을 거야. 돌려받지 못할 각오로 주었겠지만. 로즈 씨가 탈선한 것도 일치감치 알고 있었나 봐. 로즈 씨는 남편이 모르는 줄 알고 있을 거야. 마음잡게 일거리를 만들어 주려고 궁리 중이었던가 봐. 오늘 웨딩숍 차리기로 결정을 했다는군. 마누라가 바람난 걸 알면 어떤 마음일까? 어떻게 견뎠을까?"

"대단한 남자네. 로즈도 참 대단해……."

유난은 이 뉴스를 어쩌다 남편에게서 듣게 되었는지 도무지 믿기지가 않았다. 턱없이 로즈에게 서운한 마음과 함께 짜릿함이 없어지는 것 같아서 맥이 풀렸다. 간직하고 있던 비밀이 별거 아니었다는 허탈감이었다. 사람의 마음이란 게 참 묘했다.

"로즈 씨 남편이 당신하고 로즈 씨가 동업하면 어떻겠냐고 하더라. 나는 우리 유난 여사는 유기농 반찬가게를 할지도 모른다고 했지. 허허허."

유난은 어이가 없었다. 이 남자가 제정신이야? 밥질에 지쳐서 졸혼, 아니 황혼 이혼까지 고려하고 있는데 반찬가게라고? 미친 게 확실하다. 유난은 치미는 화를 다졌다. 낮은 소리로 말했다.

"농담이지? 당신이 아무리 나를 식모로 생각해도 그렇지 어떻게 나를 반찬가게 하라고 할 수가 있어? 진심이라면 나는 당신과 더 이상 부부로 살 수가 없어."

"아니, 이 사람아. 누가 반찬가게 하래? 그게 아니고 당신이 요리에 소질이 있다는 게지."

"헛소리하지 마. 내가 무슨 요리에 소질이 있어? 평생 밥질한 것 생각하면……."

기어이 유난은 눈물을 뚝 흘렸다. 너무 분해서 온몸이 덜덜거렸다. 너무 깊은 분노는 소리마저 삭이는 게 맞다. 아무 말도 정말 아무 소리도 낼 수가 없고 그저 눈물만 흘렸다. 남편은 당황했다.

"당신, 왜 그래? 갱년기 맞구나. 한참 전에 끝난 줄 알았는데. 별거 아닌 것 가지고 괜히 울고 그래."

유난의 남편은 진짜 중요한 얘기는 시작도 못 했는데 유난의 갑작스런 눈물 땜에 어찌할 바를 몰랐다. 어쩌면 좋을까. 그는 초조했다.

"졸혼을 하든지 이혼을 하자. 나는 정말 혼자 살고 싶어. 당신이 특별히 싫다기보다는 내 생활이 싫어졌어. 오래전부터 생각해 왔어. 이혼이 너무 부담스러우면 졸혼이라도 하자."

유난의 이성이 감정을 누르며, 이곳은 식당이며 자신을 추스르지 못하는 것은 부끄러운 일이라고, 눈물을 보이는 것은 온당치 못하다고 타이르고 있기에 눈물을 닦고 애써 감정을 조절했다.

"이 사람아, 졸혼이 이혼이야, 그냥 이혼을 포장하는 게지. 뭐가 달라? 유행을 만드는 것 같고 좀 사기 같지 않아? 그리고 우리는 무엇이든 의논해서 해결하면 되지. 무슨 쓸데없이 제목을 붙여야만 해? 당신은 나하고 정말 이혼하고 싶어? 일단 밥 먹고 맥주 마시며 얘기하자. 유난 여사, 오해는 풀어야지. 나는 변함없이 당신을 사랑하지."

유난은 할 말이 궁해졌다. 사실은 졸혼이라는 것의 개념 정의가 애매하다는 생각을 줄곧 하고 있었기 때문이다. 남편의 말이 맞기는 하다. 밥질이라는 한정된 자신의 역할 분담이 넌더리가 났을 뿐이지 남편과 무슨 심각한 문제가 있는 것은 아니지 않는가. 밥질을 벗어나려고 이혼을 하거나 대안으로 졸혼을 택하는 것이 현명한 처사일까? 두 사람이 나뉜다는 본질은 같은데, 제목만 취향에 맞게 갖다 붙인 것인지도 모른다. 졸혼 선언을 하면 왠지 쿨하고 멋져 보이는 측면도 있다. 남편의 말처럼 굳이 제목을 붙여야만 하는 것은 아닌 것 같다. 게다가 두 사람이 합의가 되어야 졸혼을 하든 이혼을 하든지 할 것이 아닌가. 유난은 밥질에서 해방되고 싶은 것이다. 졸혼을 합의할 것이 아니라 밥질을 합의하는 게 맞다.

"나는 이제 밥을 그만하고 싶어. 그동안 너무 밥을 많이 했어. 질린 상태야. 끼니때마다 시간 맞춰 밥하는 거 안 하고 싶어. 배고플 때 편한 마음으로 먹고 싶은 것 즐기면서 만들고, 그러면서 살고 싶어. 해방되고 싶어."

"그래. 당신이 이해는 돼. 그런데 내가 시간에 맞춰 사는데 어떻게 당신이 시간 개념 없이 자유로울 수가 있어? 각자 역할이라는 게 있잖아. 그러지 마라. 나도 이제 얼마 안 남았어. 사무실에 후배들 가득한데 조만간 대표자리 내놓고 나와야지. 내가 나오는 날 당신도 퇴직이지. 안 그래? 이 날들이 그리울지도 몰라."

"아니, 나는 그립지 않을 거야. 왜냐면 나는 성취라는 게 없으니까. 그냥 주방에서 밥질만 삼십 년이 훨씬 넘었지. 당신은 폼 나게 회계법인 대표까지 했지만. 나는 그냥 밥장이 여편네야. 나는 너무 지겨워."

"왜 나만 폼이 나? 우리는 같은 팀이잖아. 유난과 나는 세트야. 당신이 열심히 밥 먹여 줘서 내가 일할 수 있었지. 밥도 아주 수준 높게 해주니까 나는 너무 행복했어. 언제나 고맙고. 주변에 보면 아침에 무슨 선식 같은 거 먹고 온 놈들 점심때 게걸스럽게 먹어. 아침에 집밥 얻어먹는 나를 얼마나 부러워하는 줄 알아?"

"부러워할 거라고 생각하는 거 당신 착각이야. 하루 세 끼는 관념일 뿐이야. 아침 먹는 것도 습관이야. 그중에도 당신처럼 밥과 국을 먹는 습관이 제일 문제야. 고쳐지지 않으니까. 마누라 골병들게 하는 가장 나쁜 습관이지."

"그래? 그럼 나는 천하에 나쁜 놈이야?"

"누가 천하에 나쁜 놈이래?"

"허어, 참, 사랑의 밥이 아니고 저주의 밥이구먼……. 근데 이 카레라이스는 당신이 만든 거보다 못 하다."

다시 숟가락을 접시 위에 가져가는 남편의 낯빛이 어두워 보였다. 유난은 결혼 후에 자기 주장을 강하게 하거나 남편의 비위를 거슬러 본 적이 거의 없다. 언제나 재빠르게 눈치를 보는 게 습관이 되었다. 마치 주인님을 섬기는 하녀의 처신과도 같았다. 무엇이 유난을 그렇게 살게 했을까?

"나는 평생 당신을 존중했어. 식모라는 자학을 하면 내가 뭐가 돼? 그리고 당신 같은 식모가 세상에 어디 있을까. 당신이 훌륭하게 역할을 다했으니 우리가 이렇게 살게 된 거지. 내가 똑똑한 머리 하나 믿고 강원도 촌놈이 이 자리까지 오게 되었으니 나름 큰 출세잖아. 나 혼자 이룬 게 아니고 최유난이 함께 한 거야. 그렇지 않아?"

유난은 남편이 말은 잘하는구나 싶었다. 돈을 많이 벌어다 주었으니 아내를 호강시켰다는 자부심이 충만한 게지. 밥질은 내가 주변머리가 없어서 스스로에게 족쇄를 채운 것인가? 유난은 백화점의 식품관이 생각났다. 그 무수히 많은 반찬들과 건강식품들은 누가 다 가져갈까? 심란해졌다. 모든 것이 유난 자신의 탓인 것 같다. 현실 감각도 없고 시대에 동떨어진 여편네인 것만 같다. 유난은 서글픈 생각을 환기시켜야 했다.

"맥주 좀 시키자. 기네스 흑맥주."

"그래, 그러자."

남편은 가끔 유난에게서 자조 섞인 푸념을 들을 때면 유능한 아내가 자기계발을 못 하고 사는 것에 대해 안타까움과 함께 막연한 죄스러움을 느끼기도 했다. 그렇지만 자신도 몹시 바빴기에 아내를 고무시킬 만한 여유를 갖지 못했다. 오늘 로즈 남편에게서 유난의 남편은 큰 자극을 받았다. 아내의 삶이라는 것에 대해 좀 더 깊이 생각해 보아야 할 것 같다. 그나저나 곧 유난에게 핵폭탄 같은 소식을 전해야 하므로 그는 초조했다. 어떻게 말해야 할지 긴장되었고 적당한 때를 만들어야만 했다. 우선 어떻게든 유난을 달래야 했다.

"유난아, 당신이 먼저 퇴직해라. 나한테 맞추지 말고. 아침을 대체식으로 갑자기 전환하는 건 내가 감당할 자신이 없어. 밥과 국만 준비해 놓으면 내가 아침에 간단히 챙겨 먹고 갈게. 심플하게 하자. 그러자?"

간단하게라는 말은 참 간단하다. 남편은 세심하게 단어 선택을 할 줄 모른다. 아니, 밥질은 간단하다는 잠재의식이 부지불식간에 튀어나온 것이리라. 밥질에 큰 의미 부여를 하지 않는 인간이 기를 쓰고 밥을 챙겨 먹으려 한다면 모순이다.

"내가 무슨 퇴직이 있어? 말장난 하지 마. 난 33년 전에 했지. 지금 내 상태는 벗어날 수 없는 구덩이 속이나 마찬가지야. 죽을 때까지 벗어나지 못하는 굴레! 말 같지도 않게 퇴직이라니?"

"아침밥 안 차리면 늦잠 편하게 잘 수 있잖아. 시간에 얽매이지 않으면 그게 퇴직이지 뭐야?"

"아침밥만 안 차리면 내 삶이 달라지기라도 해? 저녁밥은? 밥질이 간단하다며? 그렇게 간단한 거 그만두는 게 퇴직이라고? 당신이야말로 퇴직하면 휴식이라 좋겠구먼. 나는 두 끼가 세 끼로 늘겠지. 생각만 해도 끔직하다. 해결책이 없네 그려. 죽어야 끝난다니까. 꼴까닥 죽어야 끝나는 일!"

"이 사람이 왜 이렇게 말을 거칠게 해? 밥이 하기 싫어서 죽을 정도면 세상을 어떻게 살아? 나는 뭐 좋아서 새벽밥 먹고 나가냐? 밥을 먹어야 일을 할 것 아냐. 하기야 죽으면 안 먹어도 되겠네. 억지를 부리는 것도 아니고, 참 기가 막히네. 왜 그래? 다투는 거 하지 말자. 그냥 저녁에 국만 끓여 둬. 아침에 챙겨 먹고 나갈게."

"아침을 안 먹겠단 소리는 안 하는군? 당신도 참 딱하다. 그래서 내가 졸혼을 하자는 거야. 아침밥을 포함해서 당신 시중드는 거 그만하고 싶어서. 그동안 어지간히 했잖아? 치사한 얘기 같지만, 나는 근무시간이 정해져 있는 것도 아니잖아. 24시간 풀가동이었지. 내가 365일 중에 진정한 휴가를 가진 적이 있어? 낮에 놀았다고? 너희 남자들 밤에 술 마시고 돌아다니는 거에 비하면 여자들 식당에 모여서 밥 먹고 수다 떠는 거 아무것도 아니지. 그렇게라도 하니 숨통 트이고 가족들 치다꺼리하며 사는 게지. 아줌마들 작태라고 뭉뚱그려 욕할 자격들이나 있을까?"

유난의 남편은 힘겨웠다. 자신의 인생을 통틀어 오늘처럼 이렇게 한꺼번에 다양한 사건을 겪은 적이 없는 것 같다. 차라리 로즈 남편과 밤늦게까지 왕창 취해 버릴 걸 하는 후회도 됐다. 유난의 감정상태가 저러니 오늘은 적당한 때가 아닐지도 모른다. 난감했다. 차분함을 잃지 말자고 다짐하며 숟가락을 다시 들었다. 아참, 맥주를 주문해야지. 이미 평정심이 무너지고 있었다.

"당신은 밥이 하기 싫어서라기보다는 삶 자체가 의미를 잃은 듯 보이네. 로즈 씨하고 동업을 해볼래? 아니면 당신 취향에 딱 맞는 취미를 찾아 푹 빠져 보든지……. 세상에 밥을 안 먹고 사는 사람도 있나?"

"쓸데없는 조언이나 제안 따위 듣고 싶지 않아. 진정한 가치평가를 받지 못하는 전업주부의 업을 일단 벗어야겠어. 그 다음의 삶은 내 영역이야. 타인의 염려 따위는 필요 없어. 누구를 위한 삶이 아닌 나만의 삶을 살고 싶어. 내가 잘살 수 있을 것이라는 건 당신도 알걸?"

"유난아, 우리 나이가 내일 모레면 육십이다. 손자를 보는 나이야. 네 삶, 내 삶 따지는 게 우습지 않아? 그리고 타인이라는 말을 그렇게 스스럼없이 하다니. 쯧쯧. 당신 도대체 왜 그러냐?"

"내가 살아온 꼴이 주인님을 섬기는 하녀 같았지. 돈 벌어 오는 남편에게 빌붙어 사는 기생충 같은! 내가 무슨 바보라서 이렇게 살아? 젊은 시간 다 보내고 이 나이에 좀 자유롭고 평온해지고 싶은 게 잘못이야? 제발 그만하고 싶다. 당신이 전에 나보고 하고 싶은 거 다 하고 살면서 무슨 불만이냐고 했지? 하고 싶은 거 다 하지도 못했지만, 안 하고 싶은 것을 그만두는 게 더 절박해."

"그래, 죽도록 안 하고 싶은 게 겨우 밥이야? 그러면 그딴 밥 하지 마라. 밖에 나가면 온갖 것 다 있어. 사 먹고 살게. 그러면 돼. 나 원 참, 밥하기 싫어서 죽겠단 여자를 다 보네."

유난은 땀이 나기 시작했다. 집을 나서기 전에 수증기를 뿜어대며 연소하던 그 상태가 되고 말았다. 앞에 앉아 있는 이 남자, 이 원수에게 쏟아낼 수 있는 최악의 독설은 무엇일까? 유난은 식탁 위의 카레 접시에 눈길을 둔 채 나지막이 말했다.

"그딴 밥? 그딴 밥을 평생 열심히도 먹어치운 사람이 그런 말을 해? 그딴 밥질 이제 그만할게. 나는 이제 그만 떠날까 해. 당신에게 식모였던 나는 이제 끝이야."

남편은 가슴이 철렁했다. 실수를 했다. 어쩌면 좋을까.

Over The Horizon 선율이 울려 퍼졌다. 남편의 휴대폰 수신음이다. 남편은 화면에 비친 발신인을 확인하고 통화 버튼을 눌렀다. 아들 준수의 전화였다.

"응, 엄마하고 밥 먹으러 나왔어. 집 앞에 있는 펍이야. 넌 저녁 먹었냐? 지금 어디야?"

전화를 받으며 엉거주춤 일어서려다 다시 앉았다. 남편의 표정은 굳어지고 있다.

"알았다. 마음 크게 먹고 기다려. 괜찮다……."

남편은 전화를 끊고 종업원을 불렀다. 맥주를 주문하고 화장실에 갔다. 유난은 뭔가 좋지 않은 느낌이다. 아들이 유난에게는 말 못 할 사고를 쳤나? 여자 문제인가? 언제나 아들이 자신과 더 친밀하다고 여겨 왔건만, 어쩔 수 없는 한계가 있다는 걸 절감했다. 서운하기도 했지만 무슨 일일까 하고 불안함이 더 컸다. 아들의 전화번호를 누르려는데 남편이 돌아왔다.

"준수한테 전화하지 마. 지금 제정신이 아닐 게야. 내가 말해 줄게. 맥주부터 마시자."

"아니, 괜찮으니 얘기부터 해."

유난은 싸늘하고 단호하게 말했다. 남편은 대꾸도 없이 맥주를 따랐다. 건배를 하자며 여유를 가장했다. 다투고 있던 부부가 건배라니. 술은 건배라는 의식을 치러야만 마실 수 있는 것이라는 듯 그렇게 어색한 분위기임에도 남편이 잔을 들었다. 잔을 따랐으니 건배가 뭐 어려운가. 유난은 눈을 내리깐 채로 손을 뻗어 남편과 잔을 건성으로 부딪쳤다. 두 사람은 단숨에 잔을 비웠다. 남편은 두 개의 빈 잔에다 다시 맥주를 채웠다. 또 어색하게 건배를 하고 잔을 비웠다. 남편은 또 묵묵히 빈 잔에 맥주를 따랐다. 두 사람은 기계적으로 또 건배를 했고 잔을 비웠다. 우스꽝스럽고 어색하면서도 심각한 분위기가 하이코미디를 연기하는 듯했다. 유난은 남편과의 밥질 다툼도 끝나지 않았는데 심상찮아 보이는 아들의 염려까지 더해져 머릿속이 복잡해졌다. 맥주에 약한 유난은 술기운도 급히 올라왔다.

"우리 지금 왜 건배를 하는 게지? 무슨 멘트라도 해야지 않아? 이제 말해 봐. 준비가 되었으니. 도대체 뭐야?"

"오늘 오전에 준수가 사무실로 왔어. 생전 처음 있는 일이잖아. 반갑고 놀라웠지. 근데 애 얼굴이 죽기 직전이더라구. 이놈이 울기 시작하는데, 나 원 참. 아, 내가 또 눈물이 나려 하네……."

"얼굴이 왜? 뭐야? 병이야? 무슨? 빨리 말해!"

유난은 몸이 덜덜 떨리고 정신이 아득해지는 것 같았다. 눈앞엔 아들의 장례식장 풍경이 지나갔다. 영특한 놈, 재주 많은 놈이 명이 짧다더니. 이를 어쩌나. 차라리 자신이 죽는 게…… 덜덜 떨면서 남편의 얼굴을 쳐다보았다.

"여보, 우리 준수 어떡해? 죽을병인 거야?"

유난은 기어이 울먹였다. 남편은 기가 막혔다.

"여보, 유난아, 정신 차려. 준수가 죽게 되었는데 우리가 여기서 이러고 있겠나?"

맞다. 그런 일은 절대 있을 수가 없다. 유난은 자신의 유난스런 상상력이 어긋난 것에 안심이 되었다. 맥주를 마시니 오한이 일었다. 외투를 어깨에 걸치며 다시 남편을 쳐다보았다. 좀 전까지 원수 같던 남자는 온데간데없어졌다. 은색의 가느다란 금속테 안경을 쓰고 선한 눈을 껌벅이며 유난을 바라보고 있는 남자는 아들의 얼굴이었다. 하마터면 '준수야'라고 부를 뻔했다.

"준수가 여자 친구가 있잖아. 이놈들이 우리한테 선물 주겠다잖아. 글쎄……."

이미 죽음이라는 강펀치에 놀란 가슴인지라 무엇을 말해도 조금은 여지가 있게 받아들일 것이다. 남편은 그냥 과감히 말해 버리기로 했다. 유난의 놀라는 눈빛과 남편의 간절한 눈빛이 마주쳤다.

"맞아, 당신이 생각하는 거. 지금 산통 중이야. 다 되어 가나 봐."

"망할 놈, 기어이…… 웬수 같은 놈, 차라리 죽는 게 낫겠다."

"유난아, 너 정말 말을 그렇게 함부로……. 애들이 힘들었을 시간을 좀 헤아려 봐."

"힘들기는커녕 좋기만 했을 걸? 어디서 거지 같은 계집애를 세상에나."

"여보, 최유난, 당신 정말 몹쓸 사람이 되고 싶니? 가난한 건 나쁜 게 아니야. 애는 반듯한 것 같더라. 우리 새끼가 좋아서 그러는데 어쩌겠니?"

"나는 정말 싫어!"

"그래? 그러면 아들을 버려. 나는 출산 소식 오면 바로 병원에 가 볼 테야. 당신은 마음 내키는 대로 해."

유난은 할 말이 없었다. 발끝에서부터 머리끝까지 가득 차오르던 술기운이 순식간에 수그러들었다. 유난의 몸속에 퍼지던 알콜은 머리끝에서부터 발끝으로 도로 내려가 땅으로 스며들고 가라앉다가 다시 올라와서 공기 중으로 발산하고 산화하였다. 유난은 멍하니 앉아 아직 남아 있는 카레라이스 접시와 맥주잔을 번갈아 쳐다볼 뿐이었다. 언젠가 아들이 보여 주던 사진 속 여자의 얼굴이 떠오르기도 했다. Over The Horizon 선율이 다시 울렸다.

"여보세요. 응, 그래. 다행이다. 둘 다 건강하지? 축하한다."

유난과 남편의 시선이 마주쳤다.

"아들이래. 순산했고 산모는 입원실로 갈 거래."

유난은 남편에게 아무 대꾸도 하지 않았다. 그러고는 종업원을 불렀다.

"카레라이스를 테이크 아웃으로 포장해 줄 수 있나요? 밥을 좀 많이 해서요."

주문을 하고 유난은 화장실로 갔다. 거울을 보았다. 거울 속에서 평소보다 몇 배는 늙어 보이는 할머니가 멍한 눈빛으로 바라보고 있었다. 크게 숨을 내쉬었다. 가까스로 서글픔을 누르며 얼굴 화장을 고치고 머리를 매만지고 손을 씻었다.

다시 크게 숨을 뱉어냈다.

백 속에서 휴대폰을 꺼냈다.

"밥 먹었어?"

"……."

"기다려. 한 삼십 분이면 도착할 거야."

아들은 남편처럼 카레라이스를 좋아했다. 유치원 다닐 때 곰돌이 모양으로 생긴 그릇에 카레라이스를 담아 주곤 했다. 온 입가에 카레를 노랗게 묻히면서, 오이 피클도 깨물며 맛있게 먹던 모습이 생각났다. 아들이, 그 시절의 예쁜 아들이 너무 그리웠다.

제가 좋아하는 어떤 선생님이 모친을 추모하며 쓰신 글 속에 "의식주를 관장하던 만능의 손"이라는 표현이 마음에 오래 남아 있었습니다. 그 느낌을 간직한 채 어머니들의 이야기, 여자들의 삶을 써 보고 싶었습니다. 여자들의 이야기를 생각하다 보니 결국 결혼 이야기가 되었습니다. 남자가 있어야 여자들의 얘기가 이뤄질 수 있고, 남자와 여자가 지지고 볶으며 사는 게 결혼이니까요. '지지고 볶으며 산다.'라는 말은 참 재밌고도 정겹습니다. 마치 냄비나 커다란 웍에서 재료들이 섞이고 부딪히며 어우러지는 것처럼 우리들 삶도 그렇게 서로 부대끼면서 조화를 이뤄내는 것이겠지요. 수십 년 전 의식주를 관장하며 집안을 갈무리하던 어머니는 당연히 전업주부셨습니다. 만능의 손을 가진 고귀한 가치의 직업이었습니다.

현재 이 시대를 사는 젊은 여인들에게 전업주부라는 말은 진부하다 못해 무가치하게까지 느껴질지도 모릅니다. '현모양처'가 되는 것이 꿈이라고 말하던 세대를 이해나 하겠습니까. '일부종사'라는 단어의 의미를 알게 된다면 기절을 할지도 모르겠습니다.

베이비부머세대는 여러 모로 '낀 세대'입니다. 특히 여인네들에겐 교육의 기회가 활짝 열려 비록 학력은 높아졌지만, 전공 분야의 사회적 직업을 가지기엔 제한점이 많았지요. 가정을 잘 지켜야 한다는 전통적 가치와 자아성취라는 의식의 싹이 충돌하는 세대입니다. 전업주부로 살아온 것에 대한 일말의 열등감마저 느끼게 할 정도로 급변한 세상 앞에서 방황하는 여인들이 되었는지도 모릅니다. 경제적 독립을 할 수 없었던 여인들은 어쩌면 굴욕감으로 마음속에 어두운 우물을 파고 있었을지도 모릅니다. 갈등이 깊어지는 만큼 황혼이혼율이 급증하고 있고, 대안으로 졸혼이라는 것도 대두되고 있습니다.

『카레라이스』 속의 여인들은 경제적 풍요를 누리며 살고 있지만, 삶이 결코 만족스럽지 못합니다. 홀로서기를 추구해 보지만 황혼이혼이나 졸혼이라는 극단적인 결론 앞에서 좌절합니다. 이 여인들뿐만이 아니라 힘겨운 바깥노동과 가사노동을 병행할 수밖에 없는 다른 많은 여인들에게도 결혼의 의미는 그다지 다르지 않을 것입니다. 세태에 편승하여 여태까지의 삶을 무가치한 것으로 폄하해 버리지 않았으면 좋겠습니다. 지지고 볶아서 한 그릇의 요리가 되듯이 우리들의 결혼도 흔들리며 아프게 진통을 겪는다 하더라도 소중한 가치를 일구어냈으면 좋겠습니다.

2017년 가을

김은령